HEDWIG COURTHS-MAHLER

Der Australier

HEDWIG COURTHS MAHLER

Der Australier

WELTBILD VERLAG

Genehmigte Lizenzausgabe für
Weltbild Verlag GmbH, Augsburg 1996

Einbandgestaltung: Peter Engel, München
Umschlagfoto: Superbild, München
Gesamtherstellung: Presse-Druck Augsburg
Printed in Germany
ISBN 3-89604-184-3

I

Frau Ellen von Schönau hatte für das Gartenfest einige Dutzend elektrische Tischlampen mit großen, roten Seidenschirmen von Berlin kommen lassen. Die Seidenschirme hatten originelle Formen, und es war ein hübsches Bild, wie sie gleich rotleuchtenden Riesenblumen durch das dunkle Grün der Pflanzengruppen schimmerten, die auf der Terrasse vor dem Schönauer Herrenhaus aufgestellt waren.

Frau Ellen konnte mit der Wirkung zufrieden sein, und war es auch. Die Lampen hatten zwar eine hübsche Summe gekostet, und Geld dazu war nicht vorhanden gewesen. Aber wo man so viel schuldig blieb, kam es auf einige tausend Mark mehr auch nicht an. Die Hauptsache war, daß man ihr Fest reizend fand und ihr Talent, solche Feste zu veranstalten, bewunderte.

Natürlich glaubte man allgemein, daß Herr von Schönau über die nötigen Mittel verfügte, um so feiern zu können. Nur wenige Menschen ahnten, daß er seit Jahren über seine Verhältnisse lebte und ihm sozusagen kein Halm auf seinem Gut mehr gehörte. Ebenso allgemein war die Ansicht verbreitet, daß seine Stieftochter, Komtesse Dagmar Riedberg, eine reiche Erbin sei. Sie sollte von ihrem verstorbenen Vater ein enormes Vermögen geerbt haben, das hatte Herr von Schönau mehrmals selbst bestätigt. Vielleicht hatte er es aber nur getan, um seinen Kredit zu haben. Er stellte gewissermaßen das Vermögen der Komtesse als eine Art Bürgschaft hinter sich. Und wer in der Gesellschaft so nachdenklich war, sich auszurechnen, daß ein Gut wie Schönau unmöglich die Mittel zu der prunkvollen Lebensführung des Herrn von Schönau und seiner Familie einbringen konnte, sagte sich höchstens: »Da seine Stieftochter so reich ist, wird ja auch ihre Mutter eine gute Mitgift in die Ehe gebracht haben. An Geld kann es in Schönau jedenfalls nicht mangeln.«

Diesen Anschein erweckte auch heute wieder das luxuriöse Gartenfest mit den »originellen Nuancen«, die Frau Ellens spielerisches Köpfchen erfand.

Man hatte ein lukullisches Mahl eingenommen. Nun strömten die Gäste hinaus in die laue Frühsommernacht. Es stand zwar noch Frühling im Kalender, aber der Mai hatte schon heiße Tage gebracht, und man fühlte sich bis in die Nacht hinein behaglich im Freien. Frau Ellen, noch sehr jugendlich aussehend, elegant gekleidet, im Beginn der Vierzig, die man aber bei Lampenlicht für zehn Jahre jünger hielt, bekam viele Komplimente über das reizende, originelle Arrangement des Festes. Sie quittierte mit einem charmanten Lächeln.

Ihr Gatte, Axel von Schönau, eine hagere, sehnige Sportfigur mit gelichtetem Haupthaar, ging durch die Reihen seiner Gäste und plauderte hie und da mit lebhafter Lustigkeit. Das unruhige Flackern seiner dunklen Augen und der zuweilen geistesabwesende Blick verrieten aber, daß diese Lustigkeit nicht echt war.

Er wußte, daß ihm das Messer an der Kehle stand. Es war ihm in der letzten Zeit immer schwerer geworden, seine Gläubiger durch phantasievolle Versprechungen zu veranlassen, ihm eine weitere Gnadenfrist zu gewähren. Und nun war er zu Ende mit seinem Latein.

All die fröhlichen Menschen, die sich einem heiteren Lebensgenuß hingaben und nach Herzenslust plauderten, lachten und flirteten, ahnten nicht, daß sie heute abend in Schönau gleichsam auf einem Vulkan tanzten.

Nur einer wußte es außer Axel von Schönau. Aber der gehörte nicht zu den geladenen Gästen, gehörte überhaupt nicht zur Gesellschaft. Es war Ralf Jansen, »der Australier«, wie er in der Umgegend genannt wurde; ein Mensch, mit dem die adligen Kreise, die hier in der Umgegend und der nahen Garnison dominierten, noch keine Fühlung genommen hatten, obwohl er schon seit Jahresfrist in der Gegend ansässig war. Er hatte Schloß Berndorf mit den dazu gehörigen Ländereien und allem lebenden und toten Inventar gekauft. Dieser Besitz hatte den Grafen Berndorf seit Jahrhunderten gehört, allein der letzte Vertreter des gräflichen Geschlechtes hatte ihn nicht mehr halten können.

Ralf Jansen mochte den Verkehr mit seinen adligen Nachbarn bisher auch keineswegs suchen. Er lebte sehr zurückgezogen in seinem schönen, alten Schloß, das er, soweit es nötig war, hatte restaurieren lassen. Es war allgemein bekannt, daß er Berndorf, das ziemlich verlottert gewesen war, wieder emporgebracht hatte. Dort herrschte jetzt in allen Dingen Ordnung, und Ralf Jansen wurde als ein tüchtiger, fleißiger und zuverlässiger Mensch gerühmt von allen, die geschäftlich mit ihm zu tun hatten.

Aus irgendeinem Grund mußte Ralf Jansen ein lebhaftes, mehr als nachbarliches Interesse für Schönau und seine Bewohner haben, denn er, der sich sonst um niemand kümmerte, erkundigte sich bei seinen Geschäftsfreunden nach allem, was mit Schönau und seinen Bewohnern zusammenhing, sehr auffallend. Und da diese Leute, die auch auf den Nachbargütern Geschäfte hatten, über alles orientiert waren und außerdem wußten, daß Ralf Jansen mit niemandem verkehrte und nicht schwatzen würde, unterrichteten sie ihn von allem, was sie selber wußten. So war er sehr wohl über die schwierigen Verhältnisse des Herrn von Schönau unterrichtet.

Und obwohl nun Ralf Jansen nicht zur geladenen Gesellschaft gehörte, war er doch in Schönau anwesend. Er stand jenseits der Terrassenbrüstung, die das Schönauer Herrenhaus und die davorliegende Terrasse begrenzte, in einem Gebüsch verborgen, durch das hier herrschende Dunkel geschützt, und schaute mit brennenden Augen auf die im rötlichen Licht erstrahlte Terrasse.

Seine Augen sahen aber unter all den glänzenden Erscheinungen nur eine, die der Komtesse Dagmar, der Stieftochter Axel von Schönaus.

Ellen von Schönau war in erster Ehe mit dem Grafen Riedberg vermählt gewesen, der als sehr reich gegolten hatte. Wenige Menschen wußten, daß es Frau Ellen fertiggebracht hatte, in einer vierjährigen Ehe sein Vermögen ziemlich aufzubrauchen. Als ihr erster Gatte durch einen Unglücksfall im vierten Jahr ihrer Ehe starb, hatte er nur noch wenige Hunderttausende hinterlassen. Diese Summe hatte Frau Ellen mit ihrer Tochter Dagmar teilen müssen.

Als sie zwei Jahre später Axel von Schönau heiratete, der ihr schon zu Lebzeiten ihres ersten Gatten sehr eifrig den Hof gemacht hatte, brachte sie diesem also nur ein mäßiges Kapital in die Ehe und ihr Töchterchen, das die gleiche Summe als Vermögen besaß.

Axel von Schönau wurde der Vormund seiner Stieftochter und legte ihr Vermögen in sicheren Papieren an, wie es seine Pflicht war. Das Vermögen seiner Frau legte er in Schönau an. Ohne Besinnen hatte es ihm Frau Ellen übergeben, weil sie glaubte, eine sehr gute Partie zu machen. Damals war er auch noch ziemlich gut fundiert. Natürlich verwaltete er auch das Vermögen seiner Stieftochter. Die Zinsen dieses Vermögens bezog Komtesse Dagmar Riedberg, seit sie erwachsen war, als Nadelgeld.

Eigener Leichtsinn, noble Passionen und die Verschwendungssucht seiner Frau brachten Axel von Schönau von Jahr zu Jahr in immer schwierigere Verhältnisse. Und was er auch unternahm, um seine Finanzen aufzubessern — er entdeckte ein Kalilager, Porzellanerde und sogar Anthrazit auf seinem Grund und Boden —, nichts half ihm wieder in geordnete Verhältnisse. Alle diese Entdeckungen waren mehr Phantasiegebilde von ihm, um seinen Gläubigern Sand in die Augen zu streuen. In Wahrheit kosteten sie ihn mehr Geld, als sie einbrachten. Aber geschickt wußte er immer wieder den Anschein zu erwecken, als seien seine pekuniären Nöte nur Augenblicksverlegenheiten.

In den letzten Jahren war es aber für ihn immer schwieriger geworden, Geld aufzutreiben, und schon wurden seine Gläubiger unruhig und drängend. Da gelang es ihm nochmals, auf eine nur ihm bekannte Weise ein Kapital flüssig zu machen, womit er den ärgsten Bedrängern den Mund stopfen konnte. Noch einmal gelang es ihm, den Schein zu erwecken, als seien seine Hilfsquellen noch nicht erschöpft, als habe er noch Reserven. Und seine Gläubiger nahmen an, daß er das Vermögen seiner Frau und seiner Stieftochter, das man allgemein für sehr bedeutend hielt, noch hinter sich hatte. Niemand ahnte, um welchen Preis Axel von Schönau diesen letzten Aufschub seines Verfalls erlangt hatte.

Scheinbar ging das Leben in Schönau nun weiter wie zuvor. Aber Frau Ellen mußte sich in letzter Zeit sehr über »unangebrachte« Knauserigkeit ihres Gatten, über seine Nervosität und Reizbarkeit beklagen. Er predigte Sparsamkeit, und wenn sie ihn erstaunt und fragend ansah, stotterte er etwas vom Versagen des Kalilagers, von Verlusten und ähnlichen Dingen, die Frau Ellen nicht interessierten. Es blieb denn auch bei einigen vergeblichen Versuchen, ein sparsameres Leben in Schönau einzuführen. Axel von Schönau sah ein, daß nichts mehr zu retten war und daß ein Ende mit Schrecken so oder so vor der Tür stand. Er war nicht der Mann, einem im jähen Lauf abwärts rollenden Rad in die Speichen zu fallen.

Als seine Gattin nun dieses glänzende Gartenfest veranstalten wollte, ließ er ihr apathisch den Willen. Er wußte, es war das letzte Fest. Danach mußte die Katastrophe hereinbrechen. Weder seine Frau noch seine Stieftochter und seine eigene Tochter, die zur Zeit in einem vornehmen Genfer Pensionat weilte, hatten eine Ahnung davon.

Komteß Dagmar, eine sehr schöne und kluge junge Dame von zweiundzwanzig Jahren, hatte freilich in letzter Zeit zuweilen das Gefühl, als sei in Schönau nicht alles so, wie es sein sollte. Es fiel ihr auf, daß die Lieferanten nicht mehr so zuvorkommend und pünktlich waren wie früher und daß der Stiefvater, sonst stets ritterlich und aufmerksam ihr gegenüber, mit finsteren Augen und in reizbarer Stimmung umherging. Dazwischen trug er eine erzwungene Lustigkeit zur Schau und schwatzte, gegen seine Gewohnheit, gedankenloses Zeug, als wollte er sich betäuben.

Das befremdete sie zwar, aber sie ahnte doch keineswegs, welche Katastrophe bevorstand. Sie war eine viel zu verwöhnte junge Dame, die Glanz und Luxus für etwas Selbstverständliches hielt, als daß sie hätte daran denken können, daß es eines Tages damit aus und vorbei sein würde. Nicht, daß sie die verschwenderische Art ihrer Mutter geerbt hätte. Sie empfand manches, was ihre Mutter in dieser Beziehung tat, als überflüssig und unsinnig, sprach aber nicht darüber, weil sie glaubte, es sei Geld genug für eine solche

Lebensführung vorhanden. Ihr selbst lag mehr eine vornehme Einfachheit, die sie aber nur aus Neigung betätigte, nicht, weil sie glaubte, sparen zu müssen.

So stand Komteß Dagmar auch heute abend in ahnungsloser Harmlosigkeit zwischen den Gästen des Hauses.

Wer sie scharf beobachtete, hätte merken müssen, daß ihre Augen sehr oft mit denen eines schlanken, hochgewachsenen Offiziers zusammentrafen. Es war der Rittmeister Baron Heinz Korff, eine glänzende Erscheinung. Auch er hatte einen strahlenden Ausdruck in den Augen, wenn er sie ansah, und die beiden Augenpaare schienen sich heimliche Zärtlichkeiten zu sagen.

Der stille Zaungast jenseits der Terrasse sah diese Augensprache. Und seine Stirn zog sich wie im Schmerz zusammen, während sich die Lippen fest aufeinanderpreßten. Unverwandt ruhten seine Augen auf der lichten Mädchengestalt, an der ein schlichtes, weißes Seidenkleid in schönen Falten herabfloß. Das rote Lampenlicht warf einen metallischen Schimmer auf das leicht gelockte, goldbraune Haar, das in schweren Flechten am Hinterkopf aufgesteckt war und in weichen Locken über die schmalen Schläfen fiel. Ihre ganze Art zeigte eine selbstverständliche Eleganz, die Frauen der großen Welt eigen ist, eine Eleganz, die verfeinerten Sinnen als köstliches Attribut einer schönen Frau erscheint.

Ralf Jansens Augen hingen wie gebannt an der holden Erscheinung, und es schmerzte ihn, daß er zwischen der Komtesse und Baron Korff ein stilles Einverständnis bemerken mußte. Er kannte den Rittmeister vom Ansehen und wußte, daß dieser ein sehr flottes Leben führte, wußte auch, daß er außer einer kleinen Rente kein Vermögen besaß. Ein vorsichtiger Onkel hatte ihm diese Rente hinterlassen, statt ihm das ganze Kapital zur Verfügung zu stellen, weil er genau wußte, daß sein Neffe nicht haushalten konnte.

Aus sicheren Quellen hatte Ralf Jansen, der schon längere Zeit ein eifersüchtiges Interesse an Korff nahm, erfahren, daß dieser auf der Suche nach einer reichen Partie war. Er war erst seit einem halben Jahr in der benachbarten Garnison und hatte mit sicherem Blick sogleich die beiden reichsten Erbinnen der ganzen Umgegend aufs Korn genommen. Die Komtesse galt dem Rittmeister tatsächlich als reiche Erbin, und außerdem interessierte er sich noch für die Nichte des Bankiers Volkmann. Lisa Volkmann hatte von ihrem Vater erwiesenermaßen Millionen geerbt, und Komteß Dagmar schätzte Korff auf vielleicht halb so reich.

Da aber die Komtesse bedeutend lieblicher und schöner war als Lisa Volkmann, so hatte Korff wirklich sein Herz an die Komtesse verloren, soweit man bei ihm von einem Herzen sprechen konnte. Und dies Empfinden war immerhin stark genug, daß Korff lieber die Komtesse mit ihrem geringeren Vermögen als Lisa Volkmann mit allen ihren Millionen zu seiner Frau gemacht hätte. Wenn er aber eine Ahnung von den wirklichen Vermögensverhältnissen Komteß Dagmars gehabt hätte, dann würde er sich trotz dieses Empfindens nicht um sie beworben haben.

So ziemlich wußte Ralf Jansen über Baron Korffs Wünsche und Absichten Bescheid. Er wußte aber auch genauer als sonst ein Mensch, daß die Komtesse keine reiche Erbin war.

Ralf Jansen trieb es wieder und wieder in Komteß Dagmars Nähe, seit er sie das erste Mal gesehen hatte. Aber er vermied es, ihr in den Weg zu treten, aus Furcht lästig zu fallen. Zu einem Besuch in Schönau hatte er sich so wenig entschließen können wie zu einem bei den anderen adligen Gutsbesitzern der Umgegend, obwohl er als Besitzer von Schloß Berndorf der nächste Nachbar von Schönau war. Er fürchtete auch, von ihr, der Vollblutaristokratin, als Emporkömmling gering eingeschätzt zu werden.

Ralf Jansen war der Sohn eines schlichten Handwerkers, der schon gestorben war, als Ralf das zwölfte Lebensjahr kaum erreicht hatte. Seine Mutter war die Tochter eines Lehrers, der außer ihr noch sieben Kinder besaß. Sie hatte ohne Bedenken die Hand des braven Tischlermeisters angenommen, der trotz seiner Schlichtheit ein instinktives Verständnis für ihre stille, feine Seele besaß, zumal er auf jede Mitgift verzichtete, die auch der arme Lehrer nicht hätte schaffen können.

Als Tischlermeister Jansen starb, hinterließ er seiner Frau und seinem einzigen Sohn Ralf nicht viel mehr als seine Werkstatt und seine hübsche, solide Wohnungseinrichtung, die er selbst gearbeitet hatte. Frau Jansen hatte auch niemand, der ihr hätte helfen können. Ihr Vater war tot, Mutter und Geschwister auch. Sonst stand ihr niemand nahe. Sie verkaufte die Werkstatteinrichtung für einige hundert Mark und suchte für sich und ihren Sohn durch feine Nähereien Brot zu verdienen.

Ralf liebte seine Mutter sehr, und sie pflanzte edle und rechtliche Grundsätze in seine junge Seele und lehrte ihn, seinen Idealen nachzustreben. Dabei war Ralf ein kluger, aufgeweckter Junge, der mit offenen Augen in die Welt sah und von einem heißen Streben erfüllt war, es im Leben zu etwas zu bringen durch Fleiß und Tüchtigkeit.

Liebevoll vertröstete er seine Mutter auf die Zeit, da er ein Mann sein würde.

»Dann sollst du es gut haben, Mutterle«, sagte er oft.

Seine Mutter machte es durch allerlei Entbehrungen möglich, daß Ralf die Realschule besuchen konnte. Schon als Schüler suchte er sich hie und da etwas zu verdienen, und eines Tages, als er sich einen Taler verdient hatte, sah er in einem Schaufenster die Ankündigung einer Geldlotterie, das Los kostete drei Mark. Nach langem Zögern kaufte er sich ein Los für seinen Taler und brachte es nach Hause. Die Mutter hätte lieber den Taler gehabt, aber sie trübte ihm seine Freude nicht und half ihm sogar lächelnd, Luftschlösser zu bauen, die alle von dem Punkt ausgingen: Wenn das Los gewinnt, dann...

Und das Los gewann wirklich. Ralf hatte soeben sein Zeugnis zum Einjährigen erhalten, war im Begriff, die Schule zu verlassen und zu einem kleinen Kaufmann in die Lehre zu gehen, als er erfuhr, daß er auf sein Los eine nicht unerhebliche Summe gewonnen hatte.

Das gab seinem ganzen Leben eine Wendung. Immer war es sein Ideal gewesen, in die weite Welt zu gehen, draußen vom Leben selbst zu lernen, was er in keiner Schule lernen konnte, und dann, wenn er den Flug ins Weite hinter sich hatte, ein Stück eigenes Land zu erwerben, das er selbst bebauen wollte. Diesen Traum sollte ihm nun das kleine gewonnene Kapital verwirklichen.

Er entwarf einen richtigen Lebensplan und besprach ihn mit seiner Mutter, die klugerweise sein heißes Streben nicht einengte.

Zunächst diente Ralf als Einjähriger in einem bescheidenen Infanterieregiment, es sparsam vermeidend, mehr als unbedingt notwendig von seinem Schatz auszugeben. Er brachte es fertig, mit den Zinsen seines Kapitals auszukommen, wovon er seiner Mutter noch abgab.

Als er seiner Militärpflicht genügt hatte, gab er seiner Mutter einen Betrag für Fälle der Not. Das übrige Geld nahm er, in sicheren Papieren angelegt, mit sich. Er wollte nun zunächst eine Reise um die Welt machen, ohne dabei mehr als die Zinsen des ihm noch gehörenden Geldes zu verbrauchen. Natürlich wollte er kein Herrenleben führen, sondern überall zu verdienen suchen, wo er hinkam.

Diesen Plan führte er auch mit seinem eisenfesten Willen

durch. Er brauchte auf diese Weise drei Jahre zu seiner Reise um die Welt, weil er sich in den großen Städten immer erst das Geld zur Weiterreise verdiente. Aber er erreichte auch, daß er nicht nur sein kleines Kapital nicht anzugreifen brauchte, sondern es noch vergrößerte. Und dabei sammelte er im Anschauen aller Herrlichkeiten der Welt für Geist und Seele unvergängliche Schätze.

Mit seiner Mutter blieb er im regen Briefwechsel. Im Geist mußte sie teilnehmen an allem, was er erlebte und zu sehen bekam. Und sie war bei ihm mit ihrer ganzen Liebe und Sorge.

Als er schon alle Erdteile bereist hatte, kam er schließlich auch nach Australien.

Hier fand er Gelegenheit, für sein verfügbares Kapital einen verhältnismäßig großen Grundbesitz zu kaufen. Und es lockte ihn, hier vor Anker zu gehen und die eigene Scholle zu bebauen in der Hoffnung, hier sein Glück zu machen.

Er schrieb also seiner Mutter, daß er sich in Australien in einer schönen Gegend angekauft habe, und daß sie, sobald er aus der Wildnis rings um sich her ein freundliches Heim gebaut habe, zu ihm kommen sollte.

Die Mutter antwortete ihm, daß sie kommen würde, wohin er sie auch rufe, und sandte ihm all ihre Segenswünsche für sein neues Unternehmen.

Zunächst erlebte Ralf aber bittere Enttäuschungen. Seine von ihm mit zähem Fleiß angelegte Farm rentierte sich nicht. Der Boden erwies sich, obwohl er in einer anscheinend fruchtbaren Gegend lag, als wenig erträglich. Im heißen Bemühen rang er ihm nur spärliche Ernten ab, obwohl er alles tat, ihn fruchtbar zu machen.

Er biß die Zähne zusammen und wollte es erzwingen, seinen Besitz emporzubringen, aber es war alles vergebens. Eines Tages warf er sich nach schwerer Arbeit, vom Heimweh überwältigt, in den spärlichen Rasen an einem Abhang und starrte vor sich hin. Er fühlte sich matt und elend wie nie. Das Klima sagte ihm nicht zu, und die Enttäuschung über seinen unfruchtbaren Boden zehrte an ihm. Er wagte nicht, die Mutter zu sich zu rufen, und wollte sie auch mit Klagen über seinen Mißerfolg verschonen. Seufzend richtete er sich endlich auf und schlug gedankenlos, wie im Zorn, mit einer kurzen Hacke, mit der er die Erde bearbeitet hatte, auf den mageren Boden. Die Hacke traf auf felsiges Gestein. Zornig hieb er in dieses Gestein, so daß sich ein Stück davon löste und den Abhang hinunterrollte. Er warf, ärgerlich über sich selbst, die Hacke fort und faßte mit der Hand in die Öffnung, aus der sich der Stein gelöst hatte. Und — da hielt er ein Stück reines Gold in der Hand, von der Größe eines Nußkerns.

Überrascht beugte er sich hinab — und fand noch mehr Gold. Er hatte eine Goldader im Gestein entdeckt, auf seinem Grund und Boden.

Diese Entdeckung wendete sein Schicksal. Er war zielbewußt und energisch genug, um die Vorteile, die es ihm bot, klug auszunutzen.

In wenig Jahren war er durch seinen Fund ein reicher Mann geworden. Er verkaufte sein goldhaltiges Land an eine Gesellschaft, zu einem enormen Preis natürlich, und beteiligte sich durch den Ankauf von Aktien noch an dem Gewinn, den diese Gesellschaft erzielte.

Seiner Mutter berichtete er auch über diesen Glücksfall. Und in einem seiner Briefe schrieb er an sie:

»Du sollst nun nicht nach Australien kommen, Mutterle, es wäre ja doch nichts für Dich. Du würdest sehr vom Heimweh geplagt. Es geht mir ja selber so. Nun ich die ganze Welt gesehen, weiß ich doch, daß es daheim am schönsten ist. Einige Jahre halte ich hier noch aus, bis ich alle meine Geschäfte geordnet habe, und dann kehre ich heim. Inzwischen richte Dir Dein Leben recht behaglich ein. Laß Dir nichts entgehen. Dein Sohn ist jetzt ein reicher Mann, der Dir alle Wünsche erfüllen kann. Pflege Dich gut, ruhe Dich aus, daß ich Dich munter und frisch finde, wenn ich heimkehre. Dann kaufe ich mich im lieben, deutschen Vaterland an. Eine große Besitzung will ich haben, mit allem, was dazu gehört. Unter einem Grafenschloß tue ich's nicht. Jetzt denkst Du sicher, wie Du früher oft lächelnd zu mir sagtest: ›Mein Büble, Du bist ein rechter Obenhinaus.‹ Damit holtest Du mich immer von meinen stolzen Luftschlössern herunter, wenn ich drauf und dran war, eine Prinzessin hineinzuführen. Aber aus dem Grafenschloß wirst Du mich nicht herausholen, da ziehst Du mit hinein. Und eine Prinzessin hole ich mir dann vielleicht auch noch heim, gelt, Mutterle?«

Und wie er es sich vorgenommen, so geschah es. Dreiunddreißig Jahre war er alt, als er nach ungefähr zehnjähriger Abwesenheit in die Heimat zurückkehrte, ein stolzer, stattlicher Mann. Zuerst suchte er seine Mutter auf, die immer noch in ihrer bescheidenen Wohnung hauste, zwischen den Möbeln, die ihr verstorbener Mann für sie gearbeitet hatte. So reichliche Mittel ihr der Sohn auch sandte, sie lebte ein schlichtes, wenn auch sehr behagliches Leben.

Das Wiedersehen zwischen Mutter und Sohn war rührend. Ralf Jansen war auf all seinen Wegen ein einsamer Mensch geblieben, der nur immer mit verbissener Energie vorwärts gestrebt hatte. Nie hatte ein weibliches Wesen einen tieferen Eindruck auf ihn gemacht. Auf seinen Reisen führte ihn das Leben durch ziemlich alle Sphären. Aber er hatte nirgends sein Herz verloren, wenn er auch hie und da im Scherz angebändelt hatte. So war ihm die Mutter immer noch der höchste Inbegriff der Weiblichkeit, und sein Herz umfing die alte Frau mit großer Innigkeit.

Lange Rast hielt er nicht. Er reiste hierhin und dorthin, um ein zum Kauf ausgebotenes Landgut zu besichtigen. Er sehnte sich danach, eine fruchtbare Scholle zu bebauen und sein Ideal zu verwirklichen. Frohe, segensreiche Arbeit wollte er haben. Ohne Arbeit war ihm das Leben nicht wert, gelebt zu werden.

Und so fand er schließlich den gräflich Berndorfschen Besitz, der ihm ausnehmend gefiel, und kaufte ihn. Er war nun wirklich der Besitzer eines Grafenschlosses, und sein schlichtes, altes Mutterle mußte mit ihm Einzug halten in dieses stolze Schloß.

Seit Jahresfrist lebte er in Schloß Berndorf. Seine Mutter hatte sich in der feudalen Umgebung erst gar nicht wohl gefühlt. Da war er auf den Gedanken gekommen, ihre alten, lieben Möbel nach Schloß Berndorf schaffen zu lassen und ihre Zimmer damit in gewohnter Weise einzurichten. Und damit hatte er das Rechte getroffen. Nun fühlte sie sich gleich wohl und heimisch.

Und in den schlichten Zimmern der Mutter saß Ralf Jansen des Abends, wenn er fleißig sein Tagewerk verrichtet hatte, und plauderte mit ihr von der Vergangenheit, Gegenwart und Zukunft, von seinen Reisen, von allem, was er gelernt und erstrebt hatte und was er noch wünschte.

Nur von einem sprach er nicht mehr — von der Prinzessin, die er auf sein Schloß führen wollte, und auch nicht von Komteß Dagmar Riedberg, die einen so tiefen Eindruck auf ihn gemacht hatte, seit er sie zum ersten Mal gesehen hatte.

Das war mitten im Wald gewesen. Ralf Jansen war nach einem weiten Ritt über seine Felder auf dem Heimweg und hatte durch eine Waldlichtung eine Reiterin auf sich zukommen sehen. Sie ritt ganz langsam, im Schritt, hatte den Hut vom Kopf genommen und vor sich auf den Sattel gelegt. Die Sonnenstrahlen, die durch die Blätter des Waldes fielen, hatten funkelnde Lichter über das goldbraune Haar gestreut, und ihr holdseliges Gesicht war ihm so lieblich erschienen, daß es wie ein magnetischer Strom durch seine Seele ging. Wie ein Hammer hatte sein Herz in der Brust geklopft, als ihn die braunen, golden schimmernden Mädchenaugen einen Augenblick groß und ernst angesehen hatten. Etwas Unsagbares hatte den starken, sonst so ruhigen und besonnenen Mann erfaßt. Seine Augen sahen sie an, als tue sich ein Wunder vor ihm auf. Und Komteß Dagmar hatte fast betroffen in das energische, tiefgebräunte Männergesicht gesehen, dessen markante Züge durch keinen Bart verdeckt wurden.

Schon vor dieser Begegnung hatte die Komtesse von dem »Australier« gehört, der Berndorf gekauft hatte und so märchenhaft reich sein sollte. Man hatte ihr erzählt, daß er ganz zurückgezogen mit seiner Mutter im Schloß lebe und von sehr obskurer Herkunft sei. Seine kraftvolle, imponierende Erscheinung mit den kantigen, feingefügten Zügen hatte ihr einiges Interesse abgenötigt. Sie erkannte ihn sofort nach einer Beschreibung, die ihr von ihrer jungen Halbschwester Lotte geliefert worden war.

Lotte war damals noch nicht in der Pension gewesen und pflegte ziemlich frei und ungezwungen in der Gegend herumzustreifen. Natürlich hatte sie so schnell wie möglich eine Gelegenheit erspäht, dem vielbesprochenen »Australier« zu begegnen, der so »unmenschlich« reich sein sollte und der doch nur der Sohn eines schlichten Handwerkers war, woraus er kein Geheimnis machte. Lotte von Schönau hatte also ihrer Schwester bald eine genaue Beschreibung des Australiers liefern können, und die Komtesse hatte ihn danach sogleich erkannt.

Daß sie einen tiefen Eindruck auf ihn machte, entging ihr nicht, aber sie legte diesem Umstand keine Bedeutung bei. Zu sehr war sie gewöhnt, daß ihre Schönheit in ähnlicher Weise wirkte. Das war oft peinlich, und sie freute sich nicht daran wie andere schöne Frauen. So warf sie auch jetzt den Kopf stolz zurück, zumal man ihr gesagt hatte, Ralf Jansen sei ein Emporkömmling. Unter dieser Bezeichnung verstand sie einen ungebildeten, taktlosen Menschen mit schlechten Manieren. Man hatte schon allerlei Witzchen in ihrem Gesellschaftskreis über ihn gemacht und spöttisch in ihrer Gegenwart darüber debattiert, ob er mit dem Messer aß oder sich gewisse übertünchte Manieren der guten Gesellschaft angeeignet habe. Man hatte im Anfang allgemein die Absicht gehabt, den Australier glatt abfallen zu lassen, wenn er den Versuch machen würde, sich in die Gesellschaft hineinzudrängen.

Trotzdem hatte Dagmar gleich bei dieser ersten Begegnung das Gefühl, daß Ralf Jansen durchaus nicht uninteressant und unbedeutend war. Ein Weilchen hatte sie über ihn nachgedacht, und sie mußte ihrer jungen Schwester recht geben, die behauptet hatte: »Unsere Herren machen sich über den Australier nur lustig, weil sie fühlen, daß sie ihm das Wasser nicht reichen können. Er hat mehr Schneid als sie alle zusammen und wenn er zehnmal ein Emporkömmling und ein Handwerkersohn ist.«

Nach einer Weile aber hatte Komteß Dagmar diese Begegnung vergessen. Nicht so Ralf Jansen. Seit dieser Stunde zog es ihn immer wieder in die Nähe der Komtesse. Nicht, daß er sich ihr in den Weg gedrängt oder ihre Bekanntschaft zu machen versucht hätte. Er lebte zurückgezogen wie immer. Aber er versäumte keine Gelegenheit, die

Komtesse zu sehen, und wenn es nur von weitem geschehen konnte.

Die Sehnsucht, diesem feinen, holdseligen Geschöpf nahe zu sein oder gar mit ihr sprechen zu dürfen, verfolgte ihn bis in seine Träume und hätte ihn fast seine Zurückhaltung vergessen lassen. Er erwog ernsthaft, ob er nicht in Schönau einen nachbarlichen Besuch machen sollte. Keineswegs war er so unerfahren in gesellschaftlichen Sitten, daß er nicht wußte, wie er sich bei einem solchen Besuch hätte benehmen sollen. Dazu war er zu weit gereist und hatte mit offenen Augen um sich geblickt. Aber aristokratischen Verkehr hatte er noch nicht gehabt, und mit einer leichten Unsicherheit hätte er doch ringen müssen bei einem solchen Besuch. Die gute Kinderstube fehlte ihm eben, wenn auch seine Mutter ihm gelehrt und vererbt hatte, was man Herzenstakt und Höflichkeit nennt und wie man sich als gesitteter Mensch zu benehmen hat. Jedenfalls war er sich sehr wohl bewußt, daß zu den verfeinerten Sitten der ersten Gesellschaft allerlei gehörte, das ihm vielleicht noch abging. Und der Gedanke, er könne der Komtesse gegenüber unbeholfen sein, und sie würde vielleicht spöttisch darüber lächeln, trieb ihm das Blut in die Stirn.

So ging er lieber nicht nach Schönau, so wenig wie er auf den andern Güter Besuche machte.

Trotzdem bildete er mehr und mehr für alle seine Nachbarn und die Gesellschaft der nahen Garnison ein interessantes Thema, und es bildeten sich wahrhafte Legenden um seine Person. Man wußte ja nichts Tatsächliches, als daß er der Sohn eines Handwerkers war, in Australien Gold gefunden hatte, das ihn zum mehrfachen Millionär gemacht hatte, und nun mit seiner Mutter, einer schlichten alten Dame, in dem feudalen Berndorf hauste.

Erst hatte man also beschlossen, ihn abfallen zu lassen,

weil man als selbstverständlich annahm, daß er sich in die Gesellschaft drängen wollte. Nachdem er aber Monat um Monat verstreichen ließ, ohne einen Versuch zu machen, aus seiner Reserve herauszutreten, wurde man immer neugieriger. Und jetzt wäre ihm kaum noch ein Haus verschlossen gewesen, wenn er Einlaß begehrt hätte, denn an seinem großen Reichtum war so wenig zu zweifeln wie an seiner unbedingt imponierenden Erscheinung und seiner Tüchtigkeit. Hätte man ihn aufdringlich gescholten, wenn er Besuche gemacht hätte, so fand man nun, daß er eine taktvolle Zurückhaltung an den Tag legte. Man hätte ihn gern ermuntert, einen Verkehr anzubahnen durch regelrechte Antrittsbesuche, wenn man nur gewußt hätte, wie das zu machen gewesen wäre.

Ralf Jansen hatte keine Ahnung, wie sehr er Gegenstand der nachbarlichen Aufmerksamkeit war. Es hätte ihn auch nicht sonderlich berührt. Außer Komteß Dagmar schenkte er keinem Menschen eine besondere Beachtung, höchstens noch denen, die mit ihr im Zusammenhang standen.

Aber in letzter Zeit erwachte ein brennendes Interesse in ihm für Baron Korff. Mit dem sicheren Instinkt der Eifersucht fühlte er, daß dieser der Komtesse nicht gleichgültig war, daß sie ihn mit anderen Augen betrachtete als die anderen Kavaliere, die sich um sie bemühten. Und so unauffällig wie möglich erkundigte er sich nach ihm. Wenn er in der Stadt zu tun hatte, besuchte er meist das Kaffee oder das Weinrestaurant, wo die Offiziere verkehrten, und fast immer sah er den Baron, den er heimlich beobachtete, als müsse er ergründen, ob er wert war, von Komteß Dagmar geliebt zu werden.

Und er brachte bald allerlei in Erfahrung, was ihn stark daran zweifeln ließ. Ein Getreidehändler, der gelegentlich mit den Offizieren kleine Geldgeschäfte machte und ihre

Nöte kannte, erzählte Ralf Jansen, daß der Rittmeister darauf angewiesen sei, eine reiche Heirat zu machen und daß er zwischen der Komtesse und Lisa Volkmann schwanke.

»Die Komtesse ist die Schönere, Fräulein Volkmann aber die Reichere, und deshalb wird die letztere das Rennen machen«, hatte er gesagt.

Daran mußte Ralf Jansen jetzt denken, als er die heimliche Augensprache zwischen der Komtesse und dem Rittmeister beobachtete. Momentan war Fräulein Lisa Volkmann mit ihrer Tante verreist, und Korff schien ihre Abwesenheit zu benutzen, seine Aufmerksamkeit ausschließlich der Komtesse zu widmen. Sollte er dennoch, von ihrem Liebreiz bezwungen, ihr den Vorrang geben?

Diese Frage beschäftigte den stillen Zaungast im Gebüsch jenseits der Terrasse. Er sagte sich, daß ein so stolzes, vornehmes Mädchen, wie die Komtesse, nicht solche Blicke mit Korff tauschen würde, wenn sie nicht von seiner ehrbaren Absicht überzeugt war. Ein grimmiger Schmerz preßte ihm die Brust zusammen. Er hätte hinaufspringen mögen auf die Terrasse, um den Baron in sein schönes, siegesgewisses Antlitz zu schlagen. Wie durfte er es wagen, seine Augen zu Komteß Dagmar zu erheben, da er zugleich verlangend nach dem Geld einer anderen schielte?

Tief und schwer atmete er auf. Da stand er nun in seiner Herzenspein wie ein Eindringling auf fremden Boden und sah mit verzehrender Sehnsucht zu dem schönen Mädchen hinüber, das er anbetete wie eine Göttin und mit der er noch nie ein Wort gewechselt hatte. War er nicht ein Narr, daß er stundenlang hier stand und seine Pein noch vergrößerte? Wo war sein männlicher Stolz? Wie ein Primaner, der unter den Fenstern der Geliebten seufzt, kam er sich vor. Und doch hielt es ihn hier mit tausend Banden.

Als er sich eben den Entschluß abringen wollte, seinen

Lauscherposten aufzugeben, hörte er einen der Herren den Vorschlag machen, man könne jetzt nach Tisch eine kleine Promenade machen. Dieser Vorschlag wurde von allen Seiten akzeptiert und sofort ausgeführt. Ralf Jansen mußte sich jetzt noch tiefer in das Gebüsch verstecken, sollte er nicht durch die Promenierenden entdeckt werden, was doch sehr peinlich für ihn werden mußte.

Er sah noch, daß der Baron vor der Komtesse die Hacken zusammenschlug und ihr den Arm anbot, um sie in den Park zu führen.

Gleich darauf sah er die Gesellschaft, zu zweien und dreien gruppiert, dicht an sich vorübergehen. Man plauderte und lachte und fand die Promenade wundervoll.

Als letztes Paar passierte Baron Korff mit Komteß Dagmar die Stelle, wo Ralf Jansen verborgen stand. Und gerade hier zögerten sie beide, um einen größeren Zwischenraum zwischen sich und die übrige Gesellschaft zu bringen. Wider seinen Willen mußte Ralf die Unterhaltung der beiden jungen Menschen hören, die für keinen Lauscher bestimmt war.

»Also morgen, angebetete Dagmar, morgen komme ich nach Schönau, um mir das Jawort deines Stiefvaters und deiner Mutter zu holen«, sagte der Rittmeister leise.

Darauf erwiderte die weiche, dunkle Stimme der Komtesse mit einem zärtlich innigen Ausdruck:

»Ja, Heinz, ich erwarte dich bestimmt. Heimlichkeiten darf es für uns nicht geben. Da wir uns heute abend gesagt haben, daß wir uns lieben, müssen es nun auch meine Eltern wissen.«

»Selbstverständlich«, erwiderte Korff, »ich werde kommen. Aber wird mir dein Stiefvater auch seine Einwilligung geben?«

»Warum sollte er nicht?«

»Weil du leider eine reiche Erbin bist und ich nur ein armer Rittmeister mit einer sehr bescheidenen Rente.«

Ein weiches glückliches Lachen der Komtesse erklang.

»Ach, Heinz, diese Sorge kann ich dir vom Herzen nehmen. Man hat dir falsch berichtet, wenn man sagte, ich sei eine reiche Erbin. Du brauchst es also nicht zu bedauern. Ich habe von meinem Vater nur ein sehr bescheidenes Vermögen geerbt. Die Zinsen verbrauche ich als Nadelgeld. Und mein Stiefvater ist auch nicht in der Lage, etwas für mich zu tun. Er hat ja selbst eine Tochter, meine liebe kleine Schwester Lotte. Sei also ganz zufrieden, Liebster, deine Dagmar ist keine reiche Erbin und paßt sehr gut zu einem armen Rittmeister. Wir werden uns einschränken müssen — aber was tut das, wenn wir nur glücklich sind.«

Weiter vernahm Ralf nichts. Die beiden jungen Menschen gingen weiter. Aber er hatte sehr wohl bemerkt, daß der Baron sichtlich betroffen stutzte und sich mühte, seine Enttäuschung zu verbergen. Ralf Jansen fühlte instinktiv, daß Korff die Erklärung der Komtesse sehr verstimmte. Und so war es auch. Der Rittmeister fand eine Weile keine Erwiderung auf die Worte der Komtesse, während sie weitergingen. Endlich sagte er, sich zur Ruhe zwingend:

»Man nennt dich überall eine reiche Erbin und deinen Stiefvater einen reichen Mann. Ihr führt doch auch ein sehr großes Haus.«

Das liebende, vertrauende Herz der Komtesse ahnte nicht, daß sie von Baron Korff als Millionärin eingeschätzt worden war und daß es ihm nicht eingefallen wäre, um sie zu werben, wenn er geahnt hätte, wie unbedeutend ihr Vermögen war. Sie dachte nicht daran, dem Geliebten zu mißtrauen, und hatte sein »leider« sehr ernst genommen, als er sagte: »Weil du leider eine reiche Erbin bist.«

Sie schüttelte nun ernst den Kopf.

»Ich glaube, lieber Heinz, es wäre besser, würde hier in Schönau ein weniger großes Haus geführt. Soviel ich weiß, hat mein Stiefvater große Verluste gehabt. Er spricht in letzter Zeit viel vom Sparen. Aber gottlob berührt das unser Glück in keiner Weise. Ich weiß mich von dir um meiner selbst willen geliebt, wie ich dich um deiner selbst willen liebe. Wie gern verzichte ich auf ein großes Haus. Wir werden auch in den bescheidensten Verhältnissen sehr glücklich sein, nicht wahr?«

Korff biß sich auf die Lippen. »Gewiß, gewiß«, stieß er hervor. Aber er fühlte sich nicht recht wohl in seiner Haut. Ihm war auf einmal, als habe er sehr leichtfertig gehandelt, von Dagmars Reiz bezwungen, heute das entscheidende Wort zu sprechen.

Komteß Dagmar ahnte nicht, was in ihm vorging. Daß er stiller wurde, fiel ihr nicht auf, weil sie selbst keiner Worte bedurfte. Glückselig, seiner Liebe sicher, ging sie an seiner Seite.

Ralf Jansen hielt auf seinem Posten aus, bis drinnen im Saal Musik ertönte und die Promenierenden zum Tanze rief. Man beeilte sich, den schmeichelnden Walzerklängen zu folgen, und wenige Minuten später waren alle Gäste im Saal verschwunden.

Da ging Ralf Jansen mit schweren langsamen Schritten davon. Unter den Bäumen des Parkes blieb er stehen und schaute noch einmal zurück. Die roten Lampen glühten noch auf der Terrasse, aber sie war momentan menschenleer. An den geöffneten Fenstertüren sah man die tanzenden Paare vorübergleiten in rhythmischen Bewegungen.

Ralf atmete tief auf. Seine Augen blickten trübe. Aber dann warf er den Kopf zurück und biß die Zähne aufeinander.

Noch nie in seinem Leben hatte er einen so tiefen, brennenden Schmerz empfunden wie jetzt. Eine quälende Bitterkeit war in ihm, daß er nicht zu der Gesellschaft da drüben gehörte, daß er nicht hatte um die Komtesse werben, mit Korff hatte in die Schranken treten dürfen. Aber er wollte sich nicht von seinem Schmerz überwältigen lassen, deshalb biß er die Zähne zusammen. Und nun eilte er schnell durch den Park zum Wald hinüber, wo er sein Pferd angebunden hatte. In Gedanken versunken, ritt er davon. Und er sagte sich, daß Baron Korff sicherlich nicht um die Komtesse geworben hätte, wenn er gewußt hätte, daß sie nicht die reiche Erbin war, für die er sie hielt.

»Er wird sie verraten — sie wird morgen vergebens auf ihn warten, wenn er sich noch auf irgendeine Weise lösen kann. Und dann wird sie sehr unglücklich sein. Die strahlenden Augen werden erlöschen, der stolze Kopf wird sich beugen, und um den lieben, feinen Mund wird ein Leidenszug feine Linien graben. Könnte ich sie doch behüten vor allem Leid, dann wollte ich gern das meine tragen — denn ich liebe sie mehr als mich selbst.«

So dachte der Mann, der allen Stürmen des Lebens siegreich getrotzt hatte. Er zitterte um das Glück eines Mädchens, das er liebte mit der ganzen Kraft und Innigkeit seines Wesens, obwohl er noch kein Wort mit ihm gesprochen hatte.

II

Frau Marta Jansen saß in ihrem behaglichen Wohnzimmerchen in Schloß Berndorf, in dem all die Möbel untergebracht worden waren, die ihr verstorbener Mann für sie gearbeitet hatte. Ralf Jansen hatte unter den hohen, weiten Räumen des Schlosses Berndorf die kleinsten aussuchen müssen, damit die Möbel ein wenig dem Raum angepaßt waren. Dann hatte er viele Blumen darin aufstellen lassen — den einzigen Luxus, den sich seine Mutter gefallen ließ. Und zwischen den geliebten Möbeln und den sorglich gehegten und gepflegten Blumen saß nun die alte Dame, mit einer Handarbeit beschäftigt.

Sie hatte soeben einen Rundgang durch das Schloß beendet, um nachzusehen, ob alle Türen verschlossen, alle Lichter verlöscht waren. Etwas mußte sie doch zu tun und zu sorgen haben, und ihr Sohn hatte ihr erlauben müssen, daß sie sich ein wenig um sein Hauswesen kümmerte, obwohl Dienerschaft genug vorhanden war. Nach Frau Jansens Ansicht waren viel zu viele Dienstboten im Haus. Sie hatte ihre liebe Not, sie alle auseinanderzuhalten, und nicht den Silberdiener mit dem Stiefelputzer oder Küchenmädchen mit den Zimmermädchen zu verwechseln.

Die so bescheiden gewöhnte Frau mußte erst manchen Schrecken verwinden lernen, wenn sie merkte, was für Summen der vornehme Haushalt ihres Sohnes verschlang. Von der richtigen Größe seines Vermögens hatte sie nur eine unklare Vorstellung. Erst, als ihr Ralf einmal lachend auseinandersetzte, welche Summe er jährlich an Zinsen einnahm, ohne daß er sein Vermögen nur anzurühren brauchte, bekam sie einen leidlich klaren Überblick. Es war gar nicht so leicht für sie, sich in den Gedanken zu finden, daß ihr Sohn ein Multimillionär geworden war.

Mit Erschrecken hatte sie auch erst dagegen protestiert, daß Ralf von ihr verlangte, sie möge jetzt Tag für Tag seidene Kleider tragen. Sie wollte von ihren einfachen Wollkleidern nicht lassen. Da hatte Ralf schließlich energisch werden müssen.

»Es geht nicht anders, du kannst als Mutter des Schloßherrn von Berndorf nicht in Wollkleidern herumlaufen. Ich kann doch nicht zulassen, daß die Dienstboten sich besser kleiden als meine Mutter«, hatte er gesagt.

Frau Jansen hatte geseufzt. »Ja, Ralf, die Dienstboten treiben hier einen sträflichen Aufwand. Die Mamsell trug letzten Sonntag ein lila Seidenkleid«, hatte sie geantwortet.

Ralf mußte über ihr bekümmertes Gesicht lachen und küßte sie herzhaft. »Siehst du wohl, Mutterle, wenn die Mamsell am Sonntag Seide trägt, mußt du es schon in der Woche tun.«

»Alle Tage Seide, Ralf? Das kostet ja ein Heidengeld. Seide hält nicht so lange wie Wolle. Und wenn ich noch so vorsichtig bin, vier Seidenkleider im Jahr würde ich abtragen.«

»Und wenn es vierzig wären, Mutterle, das wäre auch nicht schlimm.«

Erschrocken wehrte sie ab. »Um Gottes willen, so ein Seidenkleid kostet beinahe ein Vermögen, auch wenn ich es mir im Haus arbeiten lassen will.«

Er küßte sie auf beide Wangen. »Wäre auch nicht schlimm, wenn es ein ganzes kosten sollte.«

»Ach, du Obenhinaus!« schalt sie halb erschrocken, halb lachend.

»Ich will ein schmuckes Mutterle haben und dich alle Tage in Seide sehen. Kannst dir die Kleider so schlicht und bequem wie möglich arbeiten lassen. Aufputzen sollst du dich nicht. Das paßt gar nicht zu deinem lieben Gesicht und zu deinem schönen, weißen Haar. Aber gute Stoffe suchst du dir aus, schwarze oder graue Seide, und von Spitzen ein kleines Häubchen auf das Haar, so, wie du dich sonst an hohen Festtagen hergerichtet hast. Da hast du mir immer so gut gefallen. Lieb und würdig schaust du dann aus. Und so will ich dich alle Tage haben.«

»Ich sag's noch mal, mein Büble, du bist ein rechter Obenhinaus.«

Er reckte die schlanke, kraftvolle Gestalt. »Alle Bäume wachsen nach oben, Mutterle, wenn sie die Kraft dazu haben, das hast du mir schon gesagt, als ich wirklich noch ein kleines Büble war. Und das hab ich mir halt gemerkt«, lachte er.

Aber bei den seidenen Kleidern war es geblieben. Frau Marta Jansen ging nun täglich darin umher. Und schöne Spitzen dazu hatte ihr Sohn selbst für sie ausgesucht. Zum Glück für Frau Jansens Seelenruhe hatte sie keine Ahnung, wie teuer diese kostbaren Spitzen waren. Auch eine schöne, goldene Brosche in edler Goldschmiedearbeit hatte Ralf seiner Mutter gebracht. Die mußte sie täglich tragen. Andere Schmucksachen mochte er gar nicht sehen. Brillanten und andere kostbare Steine paßten nicht zu seiner schlichten Mutter.

Sie gefiel ihm nun sehr gut. Die weichen Seidenstoffe fielen in schönen Falten an ihrer noch zierlichen, fast mädchenhaften Gestalt herab. Stolz und froh führte er sie mittags und abends zu Tisch, durch die hohen, schönen Räume des Schlosses. Er hatte schnell gelernt, sich darin heimisch zu fühlen.

Seine Reisen durch aller Herren Länder hatten ihm alles Kleinbürgerliche längst abgestreift, und wenn er auch kein modischer Stutzer geworden war, so paßte seine hohe schlanke Gestalt in den gutsitzenden, gediegenen Kleidern recht wohl in diese vornehme Umgebung.

Und Frau Jansen brauchte sich nicht neben ihrem stattlichen Sohn zu verstecken.

Auch heute hatte sie sich nach ihrem Rundgang durch das Schloß in ihr Wohnzimmer zurückgezogen und lauschte nun, über ihre Handarbeit gebeugt, hinaus, ob ihr Sohn noch immer nicht heimkam. Die laue Maiennacht im

Schmuck der zahllosen, flimmernden Sterne schien voller Wunder.

Es raunte leise in den Wipfeln der Bäume, die Blumen dufteten stark und süß, und die Nachtigall sang ihre schönsten Lieder. Die Dunkelheit war nicht so groß, daß man nicht hinter dem Park die schwachen Umrisse einer bewaldeten Bergkette hätte auftauchen sehen.

»Ein liebes Erdenfleckchen«, nannte Frau Jansen den Ausblick aus ihrem Fenster.

In andachtsvollem Frieden ließ sie ihre Arbeit in den Schoß sinken und sah zu der feinen Mondsichel empor. Die Sterne schienen ihr wie Millionen Fenster, durch die man in den Himmel hineinsehen konnte.

Sie faltete die Hände und sandte ihr tägliches Dankgebet zum Himmel empor, weil der liebe Gott es mit ihrem Sohn so gut gemacht hatte. Eine Frömmlerin war sie nicht, aber sie hatte sich bis in ihr Alter ein kindliches Gottvertrauen erhalten.

Und dann sah sie ein klein wenig besorgt nach der Schwarzwälder Uhr an der Wand. Heute kam Ralf arg spät nach Hause. Zur Stadt hatte er reiten wollen. Seit heute Nachmittag hatte sie ihn nicht mehr gesehen. Auch das Abendessen hatte sie allein einnehmen müssen, was sonst sehr selten geschah. Es würde ihm doch nichts zugestoßen sein?

Nicht um die Welt wäre sie zur Ruhe gegangen, bevor ihr Sohn nicht heimgekehrt sein würde.

Fast eine Stunde mußte sie noch warten, bis sie den Hufschlag seines Pferdes vernahm.

Da erhob sie sich mit fast jugendlicher Lebhaftigkeit und lief hinunter in die Schloßhalle. Dort hatte soeben ein Diener das hohe Portal geöffnet, und Ralf Jansen, der von Schönau kam, trat über die Schwelle.

Der Diener hatte das elektrische Licht eingeschaltet. Betroffen sah Frau Jansen, daß ihres Sohnes Antlitz wie in herbem Schmerz versteinert war.

Als er aber die Mutter erblickte, zwang er Lächeln auf seine Lippen. »Bist du noch wach, Mutterle! Solltest längst zu Bett gegangen sein.«

Sie legte die Hand auf seinen Arm und sah ihn besorgt an. »Es ist dir doch nichts Schlimmes geschehen, Ralf?«

Er schüttelte lächelnd den Kopf, um sie zu beruhigen. »Nein, nein. Aber sag, warum schläfst du noch nicht?«

»Ich konnte nicht, ich wollte dich erwarten. Bist du sehr müde, oder kommst du noch ein Weilchen zum Plaudern in mein Stübchen?«

Er zog ihre Hand durch seinen Arm. »Gern, wenn du nicht müde bist.«

»Nein, ich bin ganz wach.«

So gingen sie in das Wohnzimmer der alten Dame. »Willst du noch essen, Ralf?«

Er schüttelte den Kopf. Keinen Bissen hätte er in seiner Stimmung herunterbringen können. »Danke dir, nein!«

Er führte sie zu ihrem hohen Lehnstuhl am Fenster. »Laß mich noch ein Weilchen zu deinen Füßen sitzen, Mutterle«, sagte er mit seltsam heiserer Stimme und nahm auf dem Erkertritt Platz, auf dem der Lehnstuhl am Fenster stand.

Sie sah auf ihn herab und strich leise und sanft über sein dichtes braunes Haar, das über dem linken Auge gescheitelt war. »Du hast etwas auf dem Herzen, mein Büble, ich merke es dir an«, sagte sie weich, aber doch bestimmt.

Er haschte nach ihrer Hand und drückte sie an seine heißen Augen. »Mutteraugen sehen scharf. Hast schon recht, es liegt mir etwas schwer auf der Seele. Aber das ist etwas, das ich allein mit mir ausmachen muß.«

»Kann ich dir gar nicht helfen?«

»Nein, du nicht, und niemand sonst. Damit muß ich allein fertig werden. Sorg dich nicht – ich zwinge es schon.«

Sie beugte sich zu ihm nieder. »Ich möchte fast meinen, Büble, daß du einen Herzenskummer hast.«

Er sah zu ihr auf. Sein Gesicht zuckte. »Mütter sind Hellseherinnen.«

»Sie fühlen nur mit ihren Kindern. Hab ich's erraten? Du hast dein Herz verloren, Ralf?«

»Nun ja, Mutter, es ist so, wie du sagst. Mein dummes Herz – es will nicht vernünftig sein.«

Die alte Dame sah ihn besorgt an. »Ach, hast es gar an eine verschenkt, die es nicht annehmen will? So eine Törin wird es doch nicht geben?«

»Nicht alle Menschen finden deinen Sohn so liebenswert wie du. Aber – sie weiß gar nichts davon, daß ich sie liebe.«

»So mußt du es ihr sagen.«

Er schüttelte wieder den Kopf. »Hilft nichts – sie liebt schon einen andern.«

Erschrocken faßte die Mutter nach seiner Hand. »Mein Büble, grad an so eine mußt du dein Herz verlieren.«

»Ja, Mutterle – das Schicksal hat's gewollt.«

»Ach, mein lieber Gott, da habe ich eben noch gebetet, er möge dich ein liebes, gutes Weib finden lassen, und nun kommst du mit einem wunden Herzen heim. Sonst ist dir alles geglückt, und hier, wo es so nötig wäre, versagt dein Glück.«

»Ja – just, wo es am nötigsten wäre. Es ist schon so.«

Sie streichelte sein Haar. »Willst du mir nicht sagen, wer sie ist, der du dein Herz geschenkt?«

Er richtete sich auf. »Es ist eine vornehme Aristokratin, Mutterle.«

Erschrocken drückte sie die Hände aufs Herz. »So hoch hast du hinauswollen, mein Büble.«

Er lächelte bitter. »Ich bin ja dein Obenhinaus, Mutterle.«

Seufzend nickte sie. »Ja, ja, nur immer nach dem Höchsten und Besten hast du gestrebt. Schon als kleines, dummes Büble hast du immer am liebsten nach den vornehmen Damen geschaut, und manchesmal hast du gesagt: Wenn ich groß bin, Mutterle, dann heirate ich eine Prinzessin mit feinen, weichen Händen, die in Seide und Spitzen gekleidet ist und ein weißes Gesichterl hat.«

Er nickte vor sich hin. »Siehst du, sie ist von kindauf in mir gewesen, die Sehnsucht nach einer Prinzessin. Und nun habe ich richtig mein Herz an eine solche verloren — wenn sie auch nicht meine Frau werden wird.«

»Lieber Gott! Wirst doch nicht gar deine Augen zu einer richtigen Prinzessin erhoben haben?« fragte die Mutter bestürzt.

Tief und schwer kam der Atem aus seiner Brust. »Nicht gerade zu einer Prinzessin, aber zu einer Komtesse. Und das kommt wohl auf eins heraus. Sie würde wohl lachen, wüßte sie, daß der Australier, wie sie mich hier nennen, der Handwerkersohn, sein Herz an sie verloren hat.«

»Oh, wenn sie darüber lachen würde, dann wäre sie sehr herzlos — und dann hättest du nichts an ihr verloren.«

Er strich sich über die Stirn. »Vielleicht würde sie auch nicht lachen. Ich glaube, sie ist lieb und gut. Aber nun laß uns von anderen Dingen reden, mein liebes Mutterle.«

Die alte Dame seufzte. »Nun freut mich dein Reichtum nimmer. Wenn du dir dein Glück damit nicht erkaufen kannst.«

Starr sah er vor sich hin. »Erkaufen läßt sich das Glück nicht. Aber zwingen möchte ich es, zwingen mit meinen starken Fäusten.«

Bei diesen Worten sprang er hoch, und seine Zähne bissen so fest aufeinander, daß seine Wangenmuskeln spielten.

Erschrocken sah seine Mutter zu ihm auf. »Ralf, mein lieber Ralf, so etwas läßt sich mit den stärksten Fäusten nicht zwingen.«

Mit ihren guten, klaren Augen sah die Mutter besorgt in sein zuckendes Gesicht. »Danach fragt die Liebe nicht, mein Ralf. Es tut mir weh, daß du leidest.«

Er warf den Kopf zurück. »Sorg dich nicht, Mutter, ich werde schon damit fertig, mein rebellisches Herz bringe ich schon zur Vernunft. Um mich geht es mir nicht. Nur eins ist mir unerträglich bitter.«

»Was denn?«

»Daß ich weiß, daß sie unglücklich wird, entweder mit dem andern oder durch ihn.«

»Durch ihn?«

»Ja, ich fürchte, er wird zum Verräter an ihr. Er glaubt, sie ist reich. Wenn er erfährt, daß sie arm ist, ärmer als sie selbst glaubt, dann verläßt er sie. Dann nimmt er eine andere, die reicher ist. Und sie wird unglücklich.«

Die Mutter erhob sich und trat neben ihn. »Das sieht dir ähnlich, mein Ralf«, sagte sie, die Hände auf seinen Arm legend, »daß es dir am wehesten tut, wenn sie leiden muß. An dich denkst du zuletzt. Willst du mir ihren Namen nicht sagen? Ich möchte den Namen kennen, der sich meinem Sohn ins Herz geschrieben hat.«

»Du würdest ihr grollen, Mutter. Das darf aber nicht sein.«

»Ganz sicher werde ich das nicht. Nur bemitleiden werde ich sie, daß sie ihr Herz an einen Unwürdigen hängt, statt an meinen Sohn. Wenn sie auch eine Komtesse ist, sie müßte sich dennoch glücklich preisen, wenn sie deine Frau werden könnte.«

Er umarmte und küßte sie. »Jetzt bist du ein Obenhinaus für deinen Sohn«, suchte er zu scherzen.

Zärtlich sah sie zu ihm empor. »Ich habe doch Ursache, auf meinen Sohn stolz zu sein. Bitte, sag mir ihren Namen. Ich will ihn in mein Gebet einschließen und alle Tage den Himmel darum bitten, daß er dir ihr Herz zuwendet, wenn der Mann, den sie liebt, ihrer unwert ist.«

Er lächelte bitter. »Wunder geschehen nicht, Mutter.«

Die alte Dame reckte ihre zierliche Gestalt.

»Wunder geschehen alle Tage, man muß nur daran glauben. Sag mir ihren Namen.«

Er beugte sich zu ihr hinab. »Ganz leise will ich ihn dir sagen, Mutter. Niemand als du soll es wissen, wem deines Sohnes Herz gehört. Sie heißt Komteß Dagmar Riedberg und ist die Stieftochter des Herrn von Schönau. Nun gute Nacht, Mutterle.«

Er küßte sie herzlich und ging schnell hinaus.

»Die also? Natürlich just die Schönste und Lieblichste hat er sich ausgesucht. Das ist schon eine rechte Prinzessin«, dachte sie.

Sie hatte Komteß Dagmar einige Male gesehen und rief sich ihr Bild ins Gedächtnis zurück. Es gab ja im Wald oder auf dem Weg zur nahen Garnison immer einmal Begegnungen zwischen den Bewohnern von Schönau und Berndorf, wie es die nahe Nachbarschaft mit sich brachte. Und die Komtesse hatte der alten Dame gleich sehr gut gefallen.

Sie seufzte und trat wieder an das offene Fenster. Mit feuchten Augen sah sie zum Nachthimmel empor.

»Wenn es eine Kraft gibt, die Wunder vollbringen kann, dann liegt diese Kraft in der Liebe eines Mutterherzens. Vater im Himmel, dir ist kein Ding unmöglich. Mein ganzes Herz ist ein einziges Gebet um dieses Wunder, das ich erflehe. Wende das Herz der Komtesse Dagmar Riedberg meinem Sohn zu. Wenn du willst, bringe ich dir dafür mein Leben als Opfer.«

Dieses Gebet beruhigte sie. Sie hatte nun ihres Sohnes Glück dem Lenker aller Schicksale anbefohlen und wußte es in guter Hut.

Langsam wandte sie sich um und ging in ihr Schlafzimmer. Sie kleidete sich aus und ging zur Ruhe. Und ehe sie einschlief, sagte sie still und klar vor sich hin:

»Er wird's wohl machen.«

Ralf Jansen aber ging ruhelos in seinen Zimmern auf und ab. Er fand keine Ruhe. Die Liebe zu Komteß Dagmar und die Eifersucht auf Baron Korff trieben ihn hin und her.

Und eine große, heiße Angst war in ihm. Die Angst um das Glück der Frau, die er liebte.

III

Komteß Dagmar war in ungetrübter Glückseligkeit am Arm des Rittmeisters Baron Korff von der Promenade in den Park auf die Terrasse zurückgekehrt und trat nun mit ihm in den Gartensaal, wo getanzt werden sollte.

Strahlend wie eine junge Königin sah sie auf die tanzenden Paare und war im Nu von einer Schar von Kavalieren umringt, die sie um Tänze bestürmten. Auch diesen ersten Walzer erbat man von ihr. Sie schüttelte lächelnd den Kopf.

»Schon vergeben«, sagte sie und sah Korff an, der sich nun vor ihr verneigte, um sie zum Tanz zu führen. Aber seine Augen wichen den ihren aus.

Enttäuscht traten die anderen zurück. »Natürlich, der Rittmeister, der ist überall Hahn im Korb, wo es sich verlohnt«, stieß ein junger Leutnant ärgerlich hervor.

»Ja, er hat ein unverschämtes Glück bei den Damen«, pflichtete ein Assessor bei.

»Diesmal scheint er ernsthafter als sonst engagiert zu sein. Er macht der Komtesse heftig den Hof.«

»Ich glaube, Sie irren, Herr Major.«

»Na, na. Er angelt doch mit ausgesprochener Energie nach einem Goldfisch.«

»Da dürfte er sich hier aber vielleicht verrechnet haben.«

»Wieso?«

»Ich habe ein Vöglein singen hören, daß das Vermögen der Komtesse nur sehr bescheiden ist. Und von ihrem Stiefvater hat sie nichts zu erwarten. Er hat ja noch eine rechte Tochter, die wohl einmal den ganzen väterlichen Mammon erbt, den er aus den Kaligruben paddelt.«

»Also ein zweiter Goldfisch in Sicht. Wo steckt denn diese junge Dame?«

»Im Pensionat. Sie wird aber bald flügge sein.«

»Kavaliere an die Front. Auf zur Attacke.«

»Halt, halt, nicht zu stürmisch, jüngster Leutnant. Denken Sie an ihre Vordermänner.«

»Also Sie meinen, die Komtesse ist nicht so reich, wie man denkt?«

»Ja, ich glaube, Korff ist auf dem Holzweg, wenn er glaubt, einen Goldfisch zu angeln.«

»Keine Sorge um ihn. Er hat zwei Eisen im Feuer zur Vorsicht.«

»Wieso?«

»Er macht dem Fräulein Volkmann ebenfalls den Hof, und wenn sie nicht jetzt mit ihrer Tante verreist wäre, würde er etwas vorsichtiger sein, damit er es mit keiner von beiden verdirbt. Im übrigen glaube ich, der Bankier Volkmann hat seiner Nichte nur diese Reise verordnet, damit sie aus Korffs Nähe kommt.«

»Warum denn? Volkmann wird sich doch nicht sträuben, einen Baron Korff in seine Familie aufzunehmen.«

»Vielleicht doch. Der Sohn eines Geschäftsfreundes, der sich gleichfalls um seine Nichte bemüht, ist ihm wohl lieber. Bei dem sind ihm die schönen Zechinen sicherer als bei Korff, der sie leichtsinnig vergeuden würde.«

»Na, na, Verehrtester, Sie sind ein bißchen scharf auf Korff. Wohl ein wenig Eifersucht wegen der Komtesse.«

»Ach, Unsinn, ich weiß, was ich weiß. Und wenn Korff merkt, daß hier etwas faul ist, dann schwenkt er doch energisch ab und sichert sich Lisa Volkmann.«

»Sie soll bis über beide Ohren in ihn verschossen sein. Es wird Volkmann nicht viel nützen, daß er sie auf Reisen schickte.«

»Glaube ich auch nicht.«

»Na, lassen wir den Dingen ihren Lauf. Wir müssen jetzt das Tanzbein schwingen, damit wir uns nicht umsonst amüsieren. Jeder Lohn ist eine Arbeit wert.«

Nach diesen Worten zerstreute sich die Herrengruppe.

Dagmar war mit Korff davongeflogen nach den Klängen des Walzers. Einige Male sah sie glücklich lächelnd zu ihm auf, aber er mied ihren Blick. »Warum siehst du mich nicht an, Heinz?« fragte sie.

»Man beobachtet uns, bitte, nimm dich in acht«. sagte er reserviert.

Er schien nicht mehr in so blendender Laune zu sein wie zu Anfang des Festes. Dagmar ahnte jedoch nicht, was ihn verändert hatte.

»Was ist dir? Du siehst so verstimmt aus?« fragte sie liebevoll besorgt. Er nahm sich zusammen und zwang ein Lächeln in sein Gesicht.

»Es ist nichts von Bedeutung, nur ein kleiner Ärger. Ich — ich habe soeben erfahren, daß ich morgen früh in dienstlicher Angelegenheit verhindert bin, nach Schönau zu kommen.« Sie lächelte arglos.

»Und deshalb das ernste Gesicht? So kommst du eben am Nachmittag.« Er biß sich auf die Lippen, und seine Augen blickten unsicher über sie hinweg.

»Nachmittags habe ich auch Dienst«, erwiderte er merklich zurückhaltend.

Sein kühler Ton fiel ihr auf, aber sie glaubte, es sei nur der Ärger, daß er verhindert war zu kommen. So leid es ihr selbst tat, wollte sie ihn doch trösten.

»Ist denn das so schlimm, Heinz? Wir warten eben noch einen Tag länger, bis wir unsre Liebe stolz vor aller Augen bekennen.«

Sie ahnte nicht, daß er sich sein Hirn zermarterte, wie er aus dem Netz entschlüpfen könne, das er sich selbst übergestreift hatte. Hätte er geahnt, wie geringfügig das Vermögen war, das sie besaß, hätte er sich gehütet, seiner Verliebtheit nachzugeben und sich zu einer Erklärung hinreißen zu lassen.

Freilich offiziell war eine Werbung von seiner Seite noch nicht erfolgt. Noch konnte er, wenn er einen plausiblen Vorwand fand — und es mußte sich einer finden lassen — zurücktreten. Aber angenehm war so ein Rückzug nicht. Viel Ehre war dabei nicht zu gewinnen. Doch zum Teufel — er durfte sich doch nicht an ein armes Mädchen verplempern, wenn es auch noch so schön und reizend war und wenn einem auch das Herz beim Anblick von soviel Schönheit und Lieblichkeit heiß wurde.

Von der Liebe kann man nicht leben, ganz sicher nicht mit den Ansprüchen, die er an das Leben stellte. Nein — es ging nicht, ging ganz bestimmt nicht. Er mußte den Rückzug antreten, wenn es auch nicht sehr anständig war.

Und Baron Korff wandte sich nach diesem Gedankengang innerlich von Dagmar ab und liebäugelte im Geist bereits heftig mit Lisa Volkmann, die, wie er ganz positiv wußte, wirklich Millionen besaß, ganz abgesehen davon, daß sie später auch noch ihren kinderlosen Onkel beerben würde. Freilich, sie war nicht so schön wie Dagmar, er hätte sie mit einem halb so großen Vermögen wie das Lisas dieser vorgezogen, aber nur ein ganz geringfügiges Erbe — das ging nicht an. Solch ein Opfer durfte kein Mensch von ihm verlangen.

Er atmete auf. Vor sich selbst hatte er sich schon vollständig gerechtfertigt.

Und er betrachtete es als einen Glücksfall, daß Lisa Volkmann heute nicht in Schönau war. Vielleicht hätte sie in ihrer Eifersucht bemerkt, daß er sich um Dagmar bemühte. Die kleine Lisa war nämlich heftig in ihn verliebt, und er wußte, daß er nur energisch ins Zeug zu gehen brauchte, um sie an sich zu fesseln, obwohl ihr Onkel, wie er wußte, andere Pläne mit ihr hatte. Morgen sollte Lisa Volkmann von ihrer Reise zurückkehren, wie er von seinem Burschen gehört hatte, der zarte Beziehungen zu einem Volkmannschen Hausmädchen pflegte. Wenn er ihr dann zeigte, daß er ihrer in Sehnsucht gedacht hatte und mit einer feurigen Werbung Sturm lief, dann kam er sicher schnell zu einem erfreulichen Ende.

Aber Dagmar?

Er seufzte verstohlen und sah unsicher in ihr feines, holdes Gesicht, aus dem die Augen so warm und vertrauend zu ihm aufblickten. Nein, leicht wurde es ihm doch nicht, sie aufzugeben. Aber es mußte sein.

Er besann sich auf die Frage, die sie an ihn gestellt hatte.

»Schlimm? Ich weiß nicht, Dagmar. Ein Aufschub ist immer unberechenbar. Man weiß nicht, was kommt. Also erwarte mich morgen nicht, ich kann mein Versprechen nicht halten«, sagte er diplomatisch.

Keine Ahnung kam ihr, welches Versprechen er nicht halten wollte. Sie nickte ihm lächelnd zu.

»Also übermorgen, Heinz.«

Der Tanz war zu Ende. Wortlos führte Baron Korff Dagmar wieder auf die Terrasse hinaus auf ihren Wunsch. Dort hatten fast alle Gäste wieder Platz genommen, um sich abzukühlen; eisgekühlte Bowle in beschlagenen Gläsern wurde herumgereicht.

Korff benutzte die Gelegenheit, als Dagmar von einigen Herren umringt wurde, sich aus ihrer Nähe zu entfernen. Und als sie zum nächsten Tanz von einem andern Herrn davongeführt wurde, blieb er auf der Terrasse zurück bei einem Glas Bowle. Er hatte keine der Damen engagiert.

Die Terrasse wurde während des Tanzes wieder leer. Einer von Korffs Kameraden, ein häßlicher, lang aufgeschossener Mensch, trat zu ihm.

»Nun, Heinz, weshalb spielst du denn Mauerblümchen?«

»Du tust es doch auch, Kurt.«

Kurt von Treplitz setzte sich neben ihn. Sein hageres, unschönes Gesicht überflog eine jähe Röte.

»Ich habe ein Recht dazu. Meine Häßlichkeit verpflichtet mich zur Reserve. Deine sieghafte Schönheit verpflichtet dich zum Gegenteil, und dieser Pflicht entziehst du dich doch sonst nie.«

»Laß doch einen harmlosen Menschen in Ruhe sein Glas Bowle austrinken«, erwiderte Korff leichthin.

Treplitz lachte heiser. »Mir kannst du viel erzählen. Ich weiß doch, daß du nur deshalb nicht mit anderen Damen tanzen willst, weil die schöne Tochter des Hauses eifersüchtig werden könnte. Darf man gratulieren?«

Korff richtete sich in steifer Abwehr auf. Seine Augen sahen scharf und drohend in die des Kameraden. »Nein, man darf nicht, wenn man nicht taktlos sein will.«

Treplitz zog sein häßliches Gesicht in noch häßlichere Falten. »Entschuldige! Aber mir schien wirklich, als hätte ich vorhin sehr verständnisvolle Blicke zwischen euch wechseln sehen. Und ich hätte wetten mögen, daß ich, als ich vorhin an euch vorübertanzte, gehört hätte, daß du die Komtesse bei ihrem Vornamen nanntest, ganz schlichtweg Dagmar.«

Bei diesen Worten bohrten sich die Blicke Treplitz' in Korffs Augen. Dieser war leise zusammengezuckt, faßte sich aber sofort. Jetzt um Gottes willen klug sein, sonst pfiffen morgen die Spatzen von den Dächern, was Treplitz schwatzte. Er war als Schwätzer bekannt.

Mit starren Augen sah Korff ihn an und sagte eisig und schneidend: »Deine Phantasie hat dir, wie mir scheint, einen schlimmen Streich gespielt. Die Tochter des Hauses ist von mir, wie von den meisten Gästen, *Komteß* Dagmar genannt worden. Du hast also anscheinend nur die Hälfte gehört. Ich muß dich dringend ersuchen, deine Phantasie etwas mehr im Zügel zu halten.«

»Herrgott, du wirst ja scheußlich formell, Heinz! Unter Kameraden ist doch mal eine Andeutung gestattet. Das ist doch harmlos.«

»Sobald hierbei der Name einer Dame in Mitleidenschaft gezogen wird, ist es nicht mehr harmlos. Ich protestiere ganz entschieden dagegen und hoffe, daß ich nicht noch energischer werden muß in dieser Angelegenheit.«

Treplitz machte ein unbeschreibliches Gesicht. »Na, erlaube mal, Heinz, auf solch eine Kampfstellung deinerseits war ich in dieser Angelegenheit nicht gefaßt. Als wir heute Nachmittag alle zusammen im Krümperwagen hier nach Schönau herausfuhren, da erlaubte sich doch unser braver Major einen Scherz in ähnlicher Richtung dir gegenüber. Und da hast du durchaus nicht so eisig abgewinkt.«

Korff biß sich, einigermaßen aus der Fassung gebracht, auf die Lippen. Er wußte sehr wohl, daß er noch vor einer

Stunde zu einer ähnlichen Anspielung geschmeichelt gelächelt hatte. Aber inzwischen hatte sich eben viel geändert. Er gab sich einen Ruck.

»Du weißt, daß man einem Vorgesetzten nicht widersprechen darf. Im übrigen habe ich mir aber bereits vorgenommen, den Herrn Major unter vier Augen zu bitten, solche unangebrachte Scherze zu unterlassen. Komteß Riedberg ist eine Dame, der ich die größte Hochachtung entgegenbringe, und ich verkehre im Haus ihrer Eltern. Deshalb halte ich es für unzart, auf solche Scherze einzugehen.«

Treplitz entschuldigte sich nach dieser schneidigen Rede Korffs in aller Form. Aber sehr überzeugt war er nicht. Er hatte doch allerlei kleine Beobachtungen gemacht heute abend.

»Warum stellt denn der schöne Heinz so plötzlich in Abrede, wozu er heute nachmittag noch so geschmeichelt gelächelt hat?« dachte er bei sich.

Aber er wußte, daß ihn Korff energisch zur Rechenschaft ziehen würde, wollte er seinen und der Komtesse Namen im Zusammenhang nennen.

Korff bequemte sich nach Treplitz' Entschuldigung zu einem freundlicheren Ton. »Trinken wir noch ein Glas von dieser köstlichen Bowle, Kurt. Ich habe heute nicht viel Luft, zu tanzen. Und laß dir gesagt sein: der Schein trügt. Dein kameradschaftliches Interesse in Ehren, aber es sucht mich auf ganz falscher Fährte. Das wirst du bald einsehen. Also Prosit!«

Die Gläser klangen aneinander und wurden geleert.

Und Baron Korff vermied es im weiteren Verlauf des Abends tunlichst, sich in Komteß Dagmars Nähe zu zeigen. Er ging in diesem Bestreben so weit, daß die junge Dame ihn einige Male mit ihren schönen Augen groß und fragend anblickte.

Erst beim Aufbruch der Gäste standen sie einige Augenblicke beieinander, als sich Korff von ihr verabschiedete. Da fragte sie ihn leise und schelmisch lächelnd:

»Warum hast du mir gegenüber so fremd getan, Heinz?«

Unruhig sah er zur Seite, und erst als er gewiß war, daß sich kein Lauscher in der Nähe befand, sagte er:

»Nur aus Rücksicht für dich, Dagmar. Es darf doch niemand ahnen, daß wir uns etwas zu sagen haben.«

Sie lächelte noch immer. »Aber, Heinz, in einigen Tagen erfährt es doch alle Welt.«

Da richtete er sich steif auf. »Noch sind wir nicht verlobt — ich bitte, das nicht außer acht zu lassen.«

Es lag mehr im Ton seiner Worte, als in diesen selbst, was Dagmar befremdete. Aber sie schalt sich selbst aus wegen des leisen Mißbehagens, das sich in ihre Seele schlich.

»Er ist ja um meinen Ruf besorgt«, dachte sie und sah wieder warm und vertrauend zu ihm auf.

»Du hast recht, Heinz! Auf Wiedersehn! Also übermorgen kommst du. Gute Nacht.«

»Gute Nacht«, erwiderte er leise.

Nicht ein Wort mehr hörte sie von ihm zum Abschied, so sehnlichst sie auch noch auf eine süße Zärtlichkeit wartete, wie er sie heute zum Beginn des Festes für sie gehabt hatte. Er klappte formell die Hacken vor ihr zusammen, als jetzt andere Herrschaften zu ihr herantraten, und verabschiedete sich in tadellos konventioneller Haltung. Dagmar hätte gern schelmisch darüber gelächelt. Aber als sie in sein kühles, reserviertes Gesicht sah, überfiel sie wieder das unbehagliche Gefühl von vorhin.

Sie hatte es schnell überwunden.

»Er hütet eifersüchtig den Ruf seiner künftigen Frau«, dachte sie und sah verträumt und glücklich vor sich hin.

IV

Als die letzten Gäste Schönau verlassen hatten, trat Dagmar zu ihren Eltern, um ihnen gute Nacht zusagen. Frau Ellen von Schönau stand vor einem hohen Pfeilerspiegel und betrachtete sich mit eitlem, wohlgefälligen Lächeln. Sie sah allerdings in der raffiniert jugendlichen Toilette bei Lampenlicht aus, als sei sie Dagmars ältere Schwester.

»Gute Nacht, Mama.«

»Gute Nacht, Dagmar. Hast du dich gut unterhalten heute abend?«

»Danke, Mama. Es war ein reizendes Fest«, erwiderte die Komtesse.

Sie hatte aber keine Sehnsucht danach, ihrer Mutter anzuvertrauen, was in ihrer Seele lebte. Mutter und Tochter standen in keinem sehr innigen Verhältnis zueinander. Das lag jedoch nur an der Mutter, die über allen geselligen Pflichten und Vergnügungen wenig Zeit für ihre Kinder hatte. Sie überließ diese jungen Wesen meistens sich selbst.

Dagmars junge Schwester Charlotte hatte eines Tages zu dieser gesagt: »Weißt du, Dagmar, Mama macht eigentlich wenig Gebrauch davon, daß sie Kinder hat. Wir haben gar keine rechte Mutter — weißt du, so eine, die man mal ordentlich umarmen und ans Herz drücken kann und die einen dann mit Küssen und Zärtlichkeiten erstickt. Nein, da würden Mamas Frisur und Anzug darunter leiden, und das wäre schrecklich. Wir haben keine Mutter für den Hausgebrauch, sondern ein herrliches Ausstattungsstück nur zum Ansehen und zum Bewundern. Und ich hab' doch als Kind schon keine Puppe haben mögen, die nur zum Ansehen da war, deren Prachtgewand ich respektieren mußte und deren

Perücke ich nicht zerzausen durfte. Mein Liebling war eine ganz häßliche, verknautschte, süße, dumme, Puppe, die ich ordentlich ans Herz drücken konnte. Ich wollte, Mama wäre nicht so schön zum Ansehen, sondern lieber eine richtige Mutter zum Liebhaben.«

Daran mußte Dagmar jetzt denken, als sie mit ihrem vollen Herzen der Mutter so fremd und ruhig gegenüberstand und oberflächliche Reden mit ihr tauschte.

Dann wandte sie sich ihrem Stiefvater zu, der sich in einen Sessel geworfen hatte und vor sich hinstarrte. Er sah sehr blaß und verfallen aus.

Erschrocken trat sie zu ihm. »Was ist dir, Papa? Du siehst so elend aus. Bist du krank?«

Frau Ellen sah nun ebenfalls zu ihrem Gatten hinüber. »Ja, wahrhaftig, Axel, du siehst schlecht aus. Fühlst du dich nicht wohl?«

Herr von Schönau richtete sich langsam auf und sah mit einem unbeschreiblichen Blick zu den beiden Damen auf. Ein schattenhaftes Lächeln spielte um seinen Mund. Aber das Lächeln wurde zur Grimasse.

»Bleibt noch einige Minuten — ich habe euch etwas zu sagen«, stieß er heiser vor.

Die beiden Damen traten nahe an ihn heran. Frau Ellen legte die schöne, ringgeschmückte Hand auf seine Schulter. »Was hast du nur, Axel? Du bist so sonderbar.«

Er strich sich über die Stirn. »So, bin ich sonderbar? Nun ja, am Ende ist das kein Wunder. Also hört mich an — dies war das letzte Fest in Schönau. Ich habe es euch ungetrübt bis zum Ende genießen lassen. Nun ist das Spiel aus. Ich bin ruiniert!«

»Axel!« schrie Frau Ellen und starrte ihn an, als zweifle sie an seinem Verstand.

»Ja«, keuchte er, »es ist, wie ich sage. In vierzehn Tagen kommt Schönau unter den Hammer.«

Während Frau Ellen fassungslos in einen Sessel sank, beugte sich Dagmar erschrocken zu ihm herab. Sie sah, daß er sich nur mühsam aufrecht hielt.

»Papa, in dieser Stimmung hast du das Fest gefeiert? Das ist ja furchtbar! Sprichst du im Ernst? Schönau soll unter den Hammer kommen?«

Er nickte wie ein Pagode mit einem stumpfsinnigen, stieren Lächeln. »Ja, ich bin fertig, ruiniert, ein Bettler. Dies war ein Abschiedsfest auf Kosten meiner Gläubiger. Nun ist alles, alles aus.«

Da sprang Frau Ellen auf und rüttelte ihn an den Schultern. »Und das sagst du so ruhig und gelassen?«

Er sah zu ihr auf und schüttelte den Kopf. »Von Ruhe und Gelassenheit kann bei mir nicht die Rede sein. Dieser ganze Tag liegt hinter mir wie eine namenlose Marter, durch die ich meinen Leichtsinn abgebüßt habe. Jetzt bin ich dumpf und stumpf geworden.«

»Also Wahrheit, wirklich Wahrheit?« schrie Frau Ellen entsetzt und fuhr sich in das schönfrisierte Haar.

Er nickte geistesabwesend. »Ja, Wahrheit, Ellen, Wahrheit.«

»Warum hast du es so weit kommen lassen?« fragte sie außer sich. »Warum hast du nicht eher davon gesprochen?«

Ein Zucken lief über sein Gesicht. »Seit zwei Jahren spreche ich dir davon, daß wir sparen müssen, daß wir uns sonst ruinieren. Du hast mich ausgelacht, hast dir die Ohren zugehalten und mit dem Fuß aufgestampft. Du wolltest nichts davon hören. Ich bin im Grunde schon lange ruiniert, nur den Schein habe ich noch mit allen Mitteln aufrecht erhalten. Nun geht es aber nicht länger. Es ist alles, alles zu Ende.«

Jammernd warf sich Frau Ellen wieder in den Sessel. »Das

ist ja furchtbar, entsetzlich! Schönau unter dem Hammer! Was wird da aus mir?«

Dies war Frau Ellens wichtigste Frage. Sie fragte nicht wie andere Mütter in solchen Fällen: »Was wird aus meinen Kindern?« Ihre ganze Sorge galt nur ihr selbst.

Dagmar hatte mühsam ihre Fassung behauptet. Wenn sie auch manchmal eine leise Sorge gehabt hatte, daß in Schönau zu viel Geld ausgegeben wurde, an solch ein Ende hätte sie nie geglaubt. Sie war nicht weniger erschrocken als ihre Mutter, aber sie wußte sich besser zu beherrschen als diese. Und in all ihrer Erregung dachte sie fieberhaft darüber nach, wie hier zu helfen sei.

Sie dachte auch an ihr von ihrem Vater ererbtes Vermögen. Ob mit diesen hunderttausend Mark die Katastrophe von Schönau abgewendet werden konnte?

Dann mußte sie freilich das Geld opfern, durfte nicht egoistisch an sich selbst denken. Denn mit dem Stiefvater waren Mutter und Schwester dem Elend preisgegeben. Freilich, es würde ein schweres Opfer sein, denn ohne dieses Geld konnten sie und Heinz nicht so bald heiraten. Da würden sie warten müssen, bis der Stiefvater wieder etwas flüssig machen konnte. Aber bei großer Sparsamkeit ging es am Ende doch. Und Heinz besaß ja noch seine Rente. Es mußte eben auch ohne das Geld gehen. Wenn es nur helfen würde.

In diese Gedanken hinein fragte Frau Ellen plötzlich mitten aus ihrem Jammern heraus: »Mein eigenes Vermögen, das ich mit in die Ehe brachte, hast du doch hoffentlich sichergestellt? Es ist freilich nicht genug, daß ich davon leben kann, aber es ist doch ein Notgroschen. Wo ist dies Geld, Axel?«

Er sah starr zu Boden. »Das ist längst mit verbraucht, Ellen, es liegt in den Kaligruben. Hätte ich dieses Kapital noch, hätte ich mich noch einmal emporarbeiten können.«

Frau Ellen stieß heftige Vorwürfe und Anklagen hervor und jammerte nur um sich. Da raffte sich Dagmar auf und faßte des Stiefvaters Hand. Er war immer nett und liebenswürdig zu ihr gewesen, das vergaß sie ihm nicht. Bleich, aber entschlossen sagte sie zu ihm: »So nimm mein Vermögen, Papa. Vielleicht gelingt es dir mit diesen hunderttausend Mark, Schönau zu erhalten, damit wir nicht heimatlos werden. Und dann wollen wir alle sehr sparsam sein. Verzweifle nicht, raffe dich auf.«

Da wurde Herr von Schönau noch blasser und verstörter. Er erhob sich langsam und richtete sich empor. Mit einem scheuen, hilflosen Blick sah er seine Stieftochter an, und indem er versuchte, sich Haltung zu geben, sagte er heiser und gepreßt:

»Das ist das schwerste für mich, Dagmar, daß ich dir gestehen muß, daß ich mich an deinem Vermögen vergriffen habe. Ich hoffte, damit den Untergang abzuwenden, als es vor länger als einem Jahr schon einmal soweit war. Ich befriedigte meine dringendsten Gläubiger damit. Die Katastrophe ist aber leider damit nicht abgewendet, sondern nur aufgeschoben worden. Nun gibt es keine Hilfe mehr. Verzeih mir, verzeiht mir alle, ich bin ein Elender.«

Und ohne eine Antwort abzuwarten, stürzte er hinaus.

Die beiden Damen starrten ihm nach. Auch Dagmar fiel nun kraftlos in einen Sessel. Ihre Mutter bekam einen Weinkrampf. Dagmar war momentan nicht fähig, ihr beizustehen, sie zitterte vor Erregung und saß wie gelähmt. Denken konnte sie nicht. Nur eins war ihr klar: Was sie sich als Opfer hatte abringen wollen, das hatte ihr der Stiefvater widerrechtlich schon vorweg abgenommen. Und nun standen sie alle dem Nichts gegenüber. Sie fühlte, daß um sie her alles in Trümmer ging, und unter diesen Trümmern würde vielleicht auch ihr eigenes Herzensglück begraben werden. Konnte denn Heinz Korff eine so bettelarme Frau heimführen, wie sie es nun war?

Der immer heftiger werdende Weinkrampf ihrer Mutter rüttelte sie endlich aus ihrer Erstarrung. Sie erhob sich, um ihr zu Hilfe zu kommen. In diesem Augenblick dröhnte plötzlich ein Schuß durch das Haus.

Dagmar zuckte zusammen und starrte erbleichend ihre Mutter an. Auch diese hatte den Schuß vernommen, und ihr Weinkrampf endete in einem jähen Schrecken. »Mein Gott, was war das? Dagmar, Dagmar, das war doch ein Schuß«, stieß sie hervor und tastete mit den Händen umher wie eine Blinde.

Dagmar preßte die Hände aufs Herz. »Papa!«

Sie rief es erschrocken und lief plötzlich wie gejagt zu den Zimmern ihres Stiefvaters.

Frau Ellen folgte ihr, sich aufraffend, mit schwankenden Schritten.

Dagmars Ahnung wurde zur Gewißheit, als sie die Dienerschaft mit blassen, erschreckten Gesichtern vor der Tür zum Arbeitszimmer des Hausherrn stehen sah. Sie flog auf diese Tür zu. Die Leute wichen zurück.

»Die Tür ist verschlossen, gnädigste Komtesse. Ich wollte hineingehen zum gnädigen Herrn, aber das Schloß gab nicht nach«, sagte der Kammerdiener.

Heftig drückte Dagmar auf die Klinke. Nein, sie gab nicht nach. Ihre Arme fielen schlaff herab. Entsetzt sah sie auf die Leute.

»Haben Sie gehört, daß — daß da drin — der Schuß?« stammelte sie.

»Ja, gnädigste Komteß. Ich wollte eben den gnädigen Herrn fragen, ob ich ihm beim Auskleiden behilflich sein dürfe. Ich hatte noch draußen beim Aufräumen mit geholfen und sah den gnädigen Herrn nach seinem Zimmer gehen. Mit Verlaub – er ging wie ein Kranker. Ich legte schnell das Silberzeug in den Kasten und folgte ihm. Und ehe ich die Tür erreichte, ertönte der Schuß.«

Dagmar fuhr sich verstört über die Stirn. »Wir müssen hinein!«

»Durch das Ankleidezimmer der gnädigen Frau führt eine Tapetentür in die Zimmer des gnädigen Herr«, sagte Frau Ellens Zofe.

Jetzt kam Frau Ellen herbeigewankt. »Was ist geschehen?« wimmerte sie, und lehnte sich kraftlos gegen die Wand.

»Stehen Sie Mama bei«, gebot Dagmar der Zofe, und den Arm des Kammerdieners fassend, stieß sie hervor: »Kommen Sie, Heinrich!« Sie eilten davon durch die Zimmer Frau Ellens. Dagmar hatte endlich den Schreck überwunden und in dieser kritischen Situation ihre Selbstbeherrschung wiedergefunden. Sie zweifelte nicht mehr, daß ihr Stiefvater seinem Leben ein Ende gemacht hatte, und sagte sich, daß jetzt wenigstens ein Mensch in Schönau den Kopf oben behalten müsse.

Zitternd vor Erregung, aber entschlossen betrat sie mit Heinrich wenige Augenblicke später das Zimmer ihres Stiefvaters. Er saß im Sessel vor seinem Schreibtisch, mit zurückgelehntem Kopf. Das Fach stand noch offen, aus dem er seinen Pistolenkasten genommen hatte, der geöffnet vor ihm stand. Seiner schlaff herabhängenden Hand war die Pistole entglitten. Sie lag auf dem Teppich zu seinen Füßen. Ein dünner Blutstreifen war aus einer winzigen Wunde an den Schläfen herabgeflossen.

Er hatte gut getroffen – der Tod war sofort eingetreten.

Neben dem Pistolenkasten lag ein Zettel. Darauf stand in unsicheren Schriftzügen, wie in Eile hingeworfen:

»Lebt wohl! Verzeiht mir, wenn ihr könnt. Grüßt Lotte. Auch sie soll mir verzeihen. Ich sühne meine Schuld und bezahle sie mit meinem Leben. Gott mit euch.«

Dagmar nahm den Zettel an sich. Ein herber, bitterer Zug grub sich um ihren Mund.

Dieser Tod war eine Feigheit, eine Flucht. Nachdem Axel von Schönau sich und seine Familie ruiniert hatte, allerdings unterstützt von seiner unverständigen Frau, schlich er sich feige aus dem Leben, weil er die Konsequenzen seiner Handlungsweise nicht tragen wollte. Seine Angehörigen überließ er einem ungewissen Schicksal. Dieser Gedanke verhärtete Dagmars junge Seele und verschloß sie allem weichlichen Erbarmen mit dem Selbstmörder. Ihr nächster Gedanke galt ihrer jungen Schwester, die ahnungslos in der Pension weilte. Aber lange konnte sie sich diesem Gedanken nicht hingeben. Ihre völlig haltlose Mutter fiel neben der Leiche ihres Gatten in Ohnmacht.

Was nun folgte, hätte Dagmar später nicht zu beschreiben vermocht. Sie fühlte nur, daß sie nicht zusammenbrechen durfte, daß sie jetzt einstehen mußte für das, was nun zu geschehen hatte.

Sie war eine junge Dame, die bisher vom Leben in jeder Weise verwöhnt worden war und die nie den Ernst des Lebens kennengelernt hatte. So stand sie dieser Katastrophe ganz unvorbereitet gegenüber. Aber die Notwendigkeit ist eine strenge und gute Lehrmeisterin. Sie löst in dem Menschen Fähigkeiten aus, die er sich selbst kaum zugetraut hat. Halb instinktiv gab sie die nötigsten Befehle. Der Arzt mußte herbeigerufen werden. Man schickte den Chauffeur mit dem Auto zu ihm in die Stadt. Ihre ohnmächtige Mutter ließ sie in ihr Schlafzimmer auf den Diwan legen und übergab sie der Obhut ihrer Zofe. Dagmar hatte keine Zeit, sich mit ihr zu beschäftigen. Zuviel stürmte auf sie ein. Alle wandten sich ratlos an sie.

Sich zur Ruhe zwingend, gab sie Befehl, nachdem sie das Zimmer ihres Stiefvaters vorläufig verschlossen hatte, daß unten die Festräume so schnell wie möglich in Ordnung gebracht wurden. Alle Spuren des Festes sollten verwischt werden, weil sie wie ein Hohn auf die traurige Katastrophe wirkten.

Dann eilte sie in ihr Zimmer und entledigte sich ihres Festkleides. Schnell warf sie das schlichteste, dunkelste Gewand über, das sie in ihrem Kleiderschrank fand. Es war jetzt nicht daran zu denken, daß sie zur Ruhe gehen konnte.

Als sie sich umgekleidet hatte, begab sie sich wieder zu ihrer Mutter, die zwar aus ihrer Ohnmacht erwacht, aber in ihrem Jammer durchaus nicht zurechnungsfähig war und die Verwirrung noch erhöhte.

Endlich kam der Arzt.

Er konstatierte den sofort eingetretenen Tod des Herrn von Schönau und berichtete Dagmar, daß er auf die Meldung des Chauffeurs hin gleich die Behörden benachrichtigt habe.

Dann führte ihn Dagmar zu ihrer Mutter

Diese war erneut in einen Weinkrampf verfallen.

Der Arzt wandte sofort beruhigende Mittel an und gab ihr schließlich auf Dagmars Wunsch ein Schlafpulver.

Als die Mutter endlich ruhiger wurde, sagte Dagmar: »Soll ich Lotte nach Hause rufen, Mama?«

Frau Ellen sah zu ihr auf. »Tu, was du willst. Ich weiß nicht, was ich beschließen soll.«

»So werde ich Lotte depeschieren, daß sie heimkehren muß. Wir dürften ohnedies nicht mehr imstande sein, die Pension für sie zu bezahlen.«

Frau Ellen faßte sich verzweifelt an den Kopf. »Mein

Gott, sind wir denn wirklich Bettler geworden? Ist nichts mehr für uns zu retten?«

»Das müssen wir abwarten, Mama«, erwiderte die Komtesse leise.

Ihre Mutter fuhr auf. »Wie du nur so ruhig sein kannst! Hast du gar kein Herz für mich?«

Ein Zucken lief um Dagmars blassen Mund. Die Mutter dachte nur an sich.

»Was hilft alles Weinen und Jammern, Mama! Sieh zu, daß du einige Stunden schlafen kannst. Du wirst dann den Dingen gefaßter gegenüberstehen, und dann wollen wir beraten, was zu tun ist.«

Stöhnend sank Frau Ellen in die Kissen zurück, und Dagmar ging hinaus.

Die Nacht verging für sie unter tausend Aufregungen, während ihre Mutter schlief. Als der Morgen anbrach, war von der Dienerschaft das Haus wieder in Ordnung gebracht worden. Die Herren vom Gericht kamen und stellten einwandfrei Selbstmord fest. Nun konnte der Tote aufgebahrt werden.

Der Gartensaal, in dem man bis nach Mitternacht getanzt hatte, wurde zur Aufbahrung des Verstorbenen zurechtgemacht. Auch dafür mußte die Komtesse Bestimmungen geben. Der Arzt hatte ihr abgenommen, das Nötigste in der Stadt zu besorgen, was bei einem solchen Fall erforderlich ist. Doktor Härtling war seit langen Jahren Hausarzt in Schönau und hielt es für seine Pflicht, die Komtesse nach Kräften zu unterstützen.

Während die Aufbahrung stattfand, hatte Dagmar endlich eine ruhige Stunde für sich. Sie warf sich in ihrem Zimmer erschöpft in einen Sessel und versuchte erst einmal ihre Gedanken zu ordnen. Und da machte sie sich klar, daß sie Baron Korff Mitteilung machen mußte von dem, was geschehen war. Er sollte es, wenn irgend möglich, von ihr selbst erfahren. So setzte sie sich seufzend an ihren Schreibtisch und sah mit brennenden Augen vor sich hin. Dann schrieb sie:

»Mein lieber Heinz! Auf unser leuchtendes Glück ist ein dunkler Schatten gefallen. Es bedrückt mich sehr, daß ich Dir eine schlimme Kunde mitteilen muß. Mein Stiefvater hat sich diese Nacht erschossen, nachdem er Mama und mir die Mitteilung gemacht hatte, daß er ruiniert sei und in vierzehn Tagen Schönau unter den Hammer kommt.

Auch mein väterliches Erbe sowie das Vermögen meiner Mutter ist verloren. Wir sind arm, bettelarm geworden, und ich fürchte, daß nicht einmal eine bescheidene Existenzmöglichkeit für Mama und meine arme kleine Schwester zu retten sein wird.

Für mich wird es nun heißen, mein Brot selbst zu verdienen. Du sollst das alles von mir selbst hören, deshalb benutze ich die erste ruhige Stunde, um an dich zu schreiben.

Ich weiß, daß Du eine so ganz arme Frau nicht wirst heimführen können, wenn Du Dir nicht selbst große Entbehrungen auferlegen willst. Das will ich Dir nicht zumuten, und wenn mir das Herz auch zittert, ich gebe Dich frei, will Dich nicht mehr binden. Gestern abend, als Du mir sagtest, daß Du mich liebst, wußte ich mich noch im Besitz meines väterlichen Erbes. Ich wäre auch in den bescheidensten Verhältnissen unendlich glücklich mit Dir geworden. Jetzt aber — nicht wahr —, jetzt ist eine Verbindung zwischen uns unmöglich? Du bist jedenfalls frei, Dich von neuem zu entscheiden.

Ich werde Dich nie vergessen. Müssen wir uns trennen, dann alles Glück der Welt für Dich. Und Dank für

Deine Liebe, die mich so glücklich gemacht hat und die auch in mein sorgenvolles Dasein mit ihrem warmen Licht hineinleuchten wird, wenn auch nur in der Erinnerung.

Leb wohl und Gott mit Dir. Deine Dagmar.«

Aufseufzend legte sie die Feder fort und starrte auf die Worte:

»Jetzt aber — nicht wahr —, jetzt ist eine Verbindung zwischen uns unmöglich?«

Was würde Heinz auf diese Frage antworten?

Ihr Herz klopfte unruhig. Wenn er trotzdem kam und zu ihr sagte: »Was bisher nur für mich gereicht hat, wird nun für uns beide reichen. Wir schränken uns ein, bis ich avanciere und mein Einkommen steigt, und werden es freudig tun, um unsrer Liebe willen.«

Würde er so zu ihr sprechen?

Ach, sie würde freudig mit ihm gehen, würde gern alle Entbehrungen auf sich nehmen. Wenn sie sich nur angehören durften, das wog alles andere reichlich auf.

Und ein stilles Hoffen und Vertrauen war in ihr, daß er nicht von ihr lassen würde. Sie glaubte, seine Liebe sei so stark und treu wir ihre eigene. Und sie betrachtete es fast als ein Unrecht an Heinz, daß sie daran hatte zweifeln können.

So wurde sie ruhiger über diese Frage. Ihr eigenes Schicksal schien ihr geborgen in Korffs Hut. Aber das Geschick von Mutter und Schwester lastete schwer auf ihr. Was sollte aus ihnen werden?

Seufzend machte sie den Brief postfertig und gab ihn in den Postsack, der, wie jeden Morgen, zur Abholung bereit lag. Bis zum Abend würde Heinz den Brief haben, wenn nicht schon am Nachmittag. Dann konnte sie morgen früh

Antwort von ihm haben – falls er nicht selber kam, um sie voll treuer Sorge in seine Arme, an sein Herz zu nehmen.

Sie gab nun auch gleich eine Depesche an ihre Schwester Charlotte auf. Um sie nicht zu sehr zu erschrecken, faßte sie dieselbe vorsichtig ab:

»Komm sofort heim, Mama erkrankt.
Dagmar.«

Von dem Tod des Vaters erwähnte sie nichts. Das erfuhr Lotte zeitig genug, wenn sie kam.

An dem Vater hing Lotte noch mehr als an der Mutter. Sein Tod würde sie erschüttern. Und wie schwer würde es sie treffen, daß sie die Heimat verlor. Die Heimat und die Schwester, das waren die beiden Dinge, die Lotte am meisten liebte. Dagmar wußte das. Und voll zärtlicher Sorge dachte sie an die junge Schwester.

»Arme kleine Lotte.«

Das Herz war ihr so schwer, wenn sie an das dachte, was über Lotte hereinbrechen würde.

Allerlei Unruhe brachte der neue Morgen für Dagmar. Während drüben im Gartensaal die Leiche des Hausherrn aufgebahrt wurde, eilten schon die Gläubiger herbei, die durch die Kunde von Axel von Schönaus Selbstmord erschreckt worden waren. Sie mußte sich wie ein Lauffeuer verbreitet haben. In der rücksichtslosesten Weise machten sich diese Herren heute in Schönau breit und begegneten Dagmar in ziemlich ungezogener Weise.

Mit bleichem Gesicht stand sie ihnen Rede und Antwort. Ihre Mutter, die erwacht war, erklärte sich außerstande, mit diesen Leuten zu reden oder irgendwelche Anordnungen zu treffen. So mußte Dagmar allein den ersten Ansturm aushalten.

Sie stand ihm ziemlich hilflos gegenüber und hatte alle Selbstbeherrschung notwendig, um nicht in Tränen auszubrechen.

Sogar in den Gartensaal wollten die um ihr Geld besorgten Menschen eindringen. Da stellte sich Dagmar stolz aufgerichtet vor die Tür und fragte mit klingender Stimme:

»Wollen Sie nicht wenigstens die Ruhe des Toten respektieren?«

Murrend zogen sich die Gläubiger bis in die große Halle des Herrenhauses zurück.

Dagmar war gewiß, daß sie von diesen Menschen kein Erbarmen zu erhoffen hatte. Und aus ihren Reden vernahm sie, daß Schönau mit allem Inventar im allerbesten Falle nur gerade die Forderungen der Gläubiger würde ausgleichen können. So war nicht darauf zu hoffen, daß für Mutter und Schwester etwas gerettet werden konnte.

Mit zusammengebissenen Zähnen suchte die Komtesse ihre Fassung zu wahren.

Aber das Schlimmste stand ihr noch bevor.

Kurz nach Tisch ließ sich ein Bursche bei ihr melden. Er habe ihr ein Schreiben des Herrn Baron Korff zu überbringen und solle ein Buch abholen bei der gnädigen Komtesse.

So meldete ihr Heinrich.

Dagmars Herz schlug bis zum Hals hinauf. Sie wußte sogleich, das Buch war nur ein Vorwand, um die Botschaft harmlos erscheinen zu lassen.

»Lassen Sie den Burschen eintreten«, sagte sie.

Das geschah. Der Bursche übergab der Komtesse den Brief und wiederholte seinen Auftrag. Dagmar faßte nach dem Schreiben und bat den Burschen, im Vorzimmer zu warten, sie müsse das Buch für den Herrn Rittmeister erst heraussuchen.

Als sie allein war, drückte sie den Brief an das klopfende Herz. Was mochte er enthalten? Es war unmöglich, daß Heinz ihren Brief schon erhalten hatte. Aber vielleicht hatte er auf andere Weise Kunde von dem Tod ihres Stiefvaters erfahren und beeilte sich nun, sie zu trösten und zu beruhigen. Sie wollte allein sein, wenn sie seine lieben Worte las.

Und süßer Hoffnung voll öffnete sie das Schreiben. Es enthielt zwei Briefblätter. Sie entfaltete sie und zuckte leicht zusammen, als sie die Anrede las. Aber ihr Gesicht wurde blasser und verstörter, je weiter sie mit der Lektüre des Briefes kam. Er lautete.

»Hochgeehrte, gnädigste Komtesse! Als ich gestern abend Schönau verließ, hatte ich ein böses Gewissen. Ich mußte mir Vorwürfe machen, leichtsinnig gewesen zu sein. Ich hätte meine Gefühle nicht mit mir durchgehen lassen sollen, Ihnen nicht von meiner Liebe sprechen dürfen. Ganz offen muß ich Ihnen gestehen, daß ich meiner Liebe nur Worte gab, weil ich Sie für eine reiche Erbin hielt. Sie wissen, daß ich arm bin und nur über eine unbedeutende Rente verfüge, die nicht für meine Bedürfnisse ausreicht.

Sie selbst sind an eine großzügige Lebensführung gewöhnt, und wir würden beide in eine bedrückende Lage geraten, wollte ich meinem Herzen folgen und um Ihre Hand anhalten. Das darf ich nicht, wenn ich uns beide nicht unglücklich machen will. Wir sind beide verwöhnte Menschen und an Entbehrungen nicht gewöhnt. Verzeihen Sie mir, daß ich sowohl an Sie denke, als an mich — mehr an Sie —, wenn ich der Vernunft Gehör gebe.

Ich muß mir also versagen, morgen nach Schönau zu kommen, um bei Ihren Eltern um Ihre Hand anzuhalten. Daß der Verzicht mir namenlos schwer wird, darf mich nicht beirren.

Um meine Botschaft harmlos erscheinen zu lassen, falls mein Bursche Sie nicht allein antreffen sollte, habe ich Ihnen ein zweites Schreiben beigelegt, in dem ich Sie um ein Buch bitte, von dem wir gesprochen haben. Diesen zweiten Brief können Sie eventuell vorzeigen, falls man Sie fragen sollte, was mich veranlaßte, Ihnen eine Botschaft zu schicken. Ich bitte Sie, dem Burschen irgendein beliebiges Buch zu übergeben, damit der Schein aufrechterhalten bleibt. Ich wußte nicht, wie ich Ihnen auf andere Weise Nachricht zukommen lassen sollte. Sie ohne Nachricht auf mein Kommen warten zu lassen, schien mir unehrenhaft.

Nochmals bitte ich Sie um Verzeihung wegen meiner Übereilung von gestern abend, und bitte, bedauern Sie mich, weil ich gezwungen bin, auf ein großes Glück zu verzichten.

Ich empfehle mich Ihnen als Ihr ergebener

Heinz Korff.«

Wie versteinert sah Dagmar auf dieses klug berechnete Schreiben, auf die kühlen, verständigen Worte, die ihr wie ein eisiger Hohn schienen auf alles, was in ihrer Seele lebte. Das war also die große Liebe, von der ihr dieser Mann gestern abend in glühender Beredsamkeit gesprochen hatte. So kläglich war sie zu einem Häuflein Asche zusammengesunken, als er von ihr gehört hatte, daß sie keine reiche Erbin war. Wie hoch hatte er sie denn eingeschätzt? Für wieviel hatte er sich ihr verkaufen wollen?

Und dabei wußte er also noch gar nicht, daß sie noch

viel ärmer war, als sie selbst geglaubt hatte. Seinen Worten nach konnte er von der Katastrophe, die sich in Schönau ereignet hatte, noch nichts wissen. Wie eilig er es gehabt hatte, sich von ihr zu lösen. Jetzt verstand sie mit einem Mal seine kühle Reserve gestern abend nach der Parkpromenade. Und sie hatte geglaubt, er sei liebend um ihren Ruf besorgt. O nein, daran hatte er erst gedacht, als er erfahren hatte, daß ihre Mitgift seinen Ansprüchen nicht genügte.

Ein bitteres, würgendes Gefühl stieg in ihr auf.

Mit zitternden Händen zerdrückte sie das Schreiben und barg es in ihrem Kleid. Wie ein Automat steckte sie das andere, offizielle Schreiben mit der Bitte um das Buch in das Kuvert und ließ es auf dem Tisch liegen, daß es jeder lesen konnte. Niemand durfte ahnen, was ihr Heinz Korff geschrieben hatte außer diesen offiziellen Zeilen, wie er sie beleidigt und gedemütigt hatte. Sie mußte jetzt Haltung bewahren um jeden Preis. Lieber sterben, als zeigen, was sie jetzt empfand.

Stolz und starr richtete sie sich auf und schrieb mit fester, sicherer Hand auf eine Visitenkarte:

> »Sehr geehrter Herr Baron! Sie hätten sich einen günstigeren Abgang schaffen können, wenn Sie sich nicht gar zu sehr beeilt hätten, Ihre Übereilung gutzumachen. Ein Schreiben von mir, das Ihnen Ihre Freiheit zurück gibt, ist seit heute morgen mit der Post unterwegs.
>
> Komtesse Dagmar Riedberg.«

Diese Visitenkarte steckte sie in ein Kuvert und verschloß es. Dann ergriff sie irgendein Buch und übergab dies und das Billett in ruhiger, stolzer Haltung dem Burschen.

Was sie diese Ruhe kostete, wußte nur sie. Als sie den Burschen abgefertigt hatte, ging sie in ihr Zimmer. Sie mußte jetzt allein sein, wenn auch nur für kurze Zeit.

Ihr armes Herz erzitterte trotz allen Stolzes unter der Wucht dieses Schmerzes um ihre verratene Liebe. Was sie bisher in aller Not aufrechterhalten hatte, war ihr genommen worden. Und am meisten quälte und demütigte sie das Empfinden, daß sie ihr Herz trotz allem, was er ihr angetan, nicht von ihm lösen konnte. Sie hätte sich darum verachten mögen, daß sie sein Bild nicht aus ihrem Herzen reißen konnte, daß sie Schmerzen litt um einen, den sie verachten mußte.

Lange ließ man ihr keine Ruhe, sich ihrem Schmerz hinzugeben. Immer neue Schwierigkeiten türmten sich vor ihr auf.

Dagmar stand gerade wieder hilflos einigen schroff auf sie eindringenden Gläubigern gegenüber, als Dr. Härtling noch einmal kam, um nach ihrer Mutter zu sehen.

Er merkte, daß die Komtesse leichenblaß war und am ganzen Körper zitterte. Ohne Umstände trat er neben sie und sah ihre Peiniger scharf durch seine funkelnden Brillengläser an.

»Sollten Sie nicht wissen, meine Herren, daß man die Ruhe in einem Trauerhaus wenigstens so lange nicht stören soll, wie der Tote noch nicht unter der Erde ist? Die Komtesse bedarf dringend der Ruhe. Ihre Angelegenheiten werden ja wohl noch einige Tage Zeit haben, bis sich die Damen ein wenig gefaßt haben nach dem Schicksalsschlag, der sie plötzlich betroffen hat.«

Damit führte er Dagmar ruhig davon, und als er mit ihr allein war, sagte er teilnehmend:

»Diese Verhandlungen sind nichts für Sie, gnädigste Komtesse.«

Dagmar sah ihn mit trüben Augen an. »Wer soll sie sonst führen, Herr Doktor? Meine Mutter ist außerstande dazu.«

Der alte Arzt putzte sich erregt die Brille und setzte sie wieder auf, als hoffe er, nun die ganze Sachlage besser übersehen zu können.

»Haben Sie denn niemand, der Ihnen beistehen könnte? Das ist Männersache. Hier muß ein Mann her, der die Vampire da draußen zur Raison bringt. Gibt es denn keinen Mann in Ihrer Verwandtschaft, den Sie herbeirufen können?«

Sie schüttelte den Kopf. »Außer zwei alten Tanten und einer unverheirateten Kusine meiner Mutter haben wir keine Verwandten, Herr Doktor.«

»Hm! Und sonst? Irgendeinen guten Freund oder Nachbarn wird Ihr Herr Vater doch gehabt haben, der sich Ihnen jetzt hilfreich zur Verfügung stellt.«

Ein bitteres Lächeln spielte um Dagmars Mund. Ihr gläubiges Vertrauen auf das Gute im Menschen war ihr heute grausam zerstört worden.

»Freunde in der Not, Herr Doktor, das ist immer ein rarer Artikel. Und ich möchte niemand um Hilfe bitten, der sie mir nicht freiwillig anbietet. Dazu bin ich in allem Unglück zu stolz.«

Unschlüssig sah sie der Doktor an. »Hm, hm! Wenn ich nur was von der ganzen Geschichte verstehen würde, ich würde mich Ihnen gern zur Verfügung stellen.«

Sie faßte dankbar seine Hand. »Lieber Herr Doktor — und Ihre Kranken?«

Er kratzte sich auf dem Scheitel mit der vorsichtigen Bewegung, die den Männern der Respekt vor einer tadellosen Scheitellinie einflößt.

»Ach so! Ja freilich, die warten auch auf mich. Nein, nein, ich kann Ihnen leider nicht helfen. Aber Sie sehen zum Erbarmen aus, armes Kind — wie ein halber Patient. Sorgen Sie nur, daß Sie nicht ein ganzer werden. Ich habe gottlob an Ihnen seit den Kinderkrankheiten nichts zu kurieren gehabt. Wissen Sie, was Fräulein Lotte immer sagte, wenn ich früher nach Schönau kam: ›Steck dem Onkel Doktor nicht die Zunge raus, Dagmar, sonst steckt er dich ins Bett.‹«

Damit wollte Dr. Härtling die Komtesse ein wenig aufheitern.

Sie lächelte auch ein wenig und bekam dabei feuchte Augen. »Mein armes, kleines Schwesterchen. An sie darf ich gar nicht denken. Aber um mich sorgen Sie sich nicht, Herr Doktor, ich weiß, daß ich nicht krank werden darf.«

»Gut, ich sehe, daß Sie verständig sind. Jetzt legen Sie sich einige Stunden nieder und schlafen. Ich werde dafür sorgen, daß Sie nicht gestört werden. Nach Ihrer Frau Mutter sehe ich jetzt noch einmal und gebe Ihnen sofort Bescheid.«

»Lassen Sie mich mitkommen, Herr Doktor, ich will selbst erst noch einmal nach ihr sehen.«

»Na meinetwegen! Aber dann wird geschlafen. Um Ihre Frau Mutter brauchen Sie keine Angst zu haben, die tobt ihren Schmerz aus und wird schneller als Sie mit alledem fertig sein.«

Sie gingen nun beide zu Frau von Schönau. Diese begann gleich wieder zu jammern und zu weinen und fragte nur immer wieder: »Was wird aus mir?«

Der Arzt konnte es nicht mehr mit anhören, zumal er in das gequälte Gesicht der Komtesse sah. Er wurde energisch.

»Gnädige Frau, Sie müssen sich jetzt aber beherrschen. Schließlich muß Ihnen doch die Frage, was aus Ihren Kindern wird, noch wichtiger sein als die, was aus Ihnen wird«, polterte er heraus.

Da verstummte Frau Ellen augenblicklich. Der Arzt sagte ihr nun ruhig und bestimmt, sie könne aufstehen und solle versuchen, sich abzulenken. Vor allem müsse sie jetzt einmal dafür sorgen, daß ihre Tochter einige Stunden Ruhe bekomme, da diese die ganze Nacht nicht zu Bett gekommen sei.

Damit führte er Dagmar hinaus und drang darauf, daß sie sich niederlege.

Der Dienerschaft gab er Weisung, daß die Komtesse auf keinen Fall gestört werden dürfe und mindestens bis zum Abendessen unbedingte Ruhe haben müsse.

Dann verließ Dr. Härtling, nachdem er noch eine Weile stumm an Herrn von Schönaus Leiche gestanden hatte, das Haus.

V

Ralf Jansen hatte, nach dem Besuch am Abend bei seiner Mutter, noch lange sein Lager nicht aufgesucht. Stundenlang hatte er am offenen Fenster gesessen und mit brennenden Augen hinübergestarrt, wo Schönau lag. Dort drüben wußte er Komteß Dagmar in Gesellschaft des Baron Korff, inmitten einer festlich frohen Menge.

Wie ihr das helle Glück aus den Augen gestrahlt hatte. Aber dieses Glück würde nicht von Dauer sein, es war nicht echt. Der Mann, den sie liebte, war ihrer nicht wert, er würde sie verraten, noch ehe sie seine Gattin wurde, oder später. Und dann würde sie unglücklich sein. Er aber, der ihr am liebsten die Sterne vom Himmel geholt hätte, mußte untätig zusehen und es geschehen lassen.

Das war das härteste für seine Natur. Das stille Abwarten lag ihm nicht. Er war ein Mann der Tat.

Bis im Osten leise der Morgen graute, blieb er wach und rang mit dem Schmerz in seiner Brust. Ihm war, als sei er wieder allein inmitten einer weiten Landschaft, so allein, wie er sich damals in Australien gefühlt hatte, als ihn das Heimweh packte und er mit der Hacke in den steinigen Fels geschlagen hatte, der das reine, leuchtende Gold barg. Vor ihm türmte sich wieder so ein steiniger Fels, die unzugängliche Gesellschaftsklasse, die den Handwerkersohn nicht als ihresgleichen anerkannte. Und sie barg ebenfalls leuchtendes Gold, das Herz der Komtesse Dagmar. Dieses Gold hatte aber vor ihm schon ein anderer mit Beschlag belegt, und er hätte doch all seine Schätze willig darum hingegeben.

Im Morgengrauen suchte er endlich sein Lager auf und verfiel gegen seine sonstige Gewohnheit in einen unruhigen Schlummer, der von Träumen gestört wurde. Es waren Träume unerfreulicher Art. Er sah sich an einen Fels geschmiedet und sah Komteß Dagmar von tausend Gefahren bedroht, gegen die er sie nicht schützen konnte.

Mit einem Ruck fuhr er schließlich empor und sprang aus dem Bett.

Die Sonne war schon aufgegangen. Er nahm, wie er gewohnt war, ein kühles Bad und kleidete sich, wie immer, ohne jede Hilfe an. Zu einem Kammerdiener hatte er sich noch nicht verstehen können, trotz seines Reichtums.

Nach dem Frühstück ließ er sich sein Pferd satteln und ritt auf die Felder. Im Freien wurde ihm der Kopf klarer.

Seine Mutter hatte er noch nicht gesehen. Er drang darauf, daß sie morgens lange schlief. Früher hatte sie sich manchmal, wenn sie von früh bis spät arbeiten mußte, gewünscht, daß sie nur ein einziges Mal ordentlich ausschlafen könne. Jetzt konnte sie das alle Tage haben und mußte es tun auf ihres Sohnes dringenden Wunsch. Deshalb nahm Ralf das erste Frühstück immer allein, denn er war ein Frühaufsteher. Kam er dann von den Feldern heim, nahmen Mutter und Sohn gemeinsam das zweite Frühstück.

Ralf Jansen hätte sich das Leben viel leichter machen können, zumal er einen tüchtigen Verwalter hatte. Aber er war keine Natur, die Bequemlichkeit liebte. Und so ritt er fast jeden Morgen schon ganz früh auf die Felder hinaus und sah nach dem Rechten. Er hatte die Absicht, noch mehr Ländereien hinzuzukaufen zu seinem Besitz, sobald sich etwas bot. Und er hatte seinem Verwalter Order gegeben, ihm sofort zu melden, wenn er hörte, daß etwas zu verkaufen sei.

Meist richtete er es ein, daß er seine Leute an einer andern Stelle inspizierte als sein Verwalter. Aber heute morgen sollte ihm dieser eine neue Maschine vorführen, und deshalb hatte er mit ihm ein Zusammentreffen verabredet.

Der Verwalter hatte schon von den Leuten gehört, daß sich in der Nacht der Herr von Schönau erschossen habe. Ein Schönauer Bote war an den Berndorfer Feldern vorbeigekommen und hatte es erzählt.

Als Ralf eintraf, sagte der Verwalter: »Drüben in Schönau hat das gestrige Gartenfest einen schlimmen Abschluß gefunden, Herr Jansen.«

»Einen schlimmen Abschluß, Herr Verwalter?«

»Ja, Herr von Schönau hat sich erschossen. Es soll in Schönau alles auf dem Kopf stehen. Frau von Schönau ist in Ohnmachten und Weinkrämpfe gefallen, und wenn nicht die Komtesse den Kopf oben behalten hätte, wäre alles drunter und drüber gegangen.«

Ralf biß die Zähne aufeinander.

Er wußte Komteß Dagmar in Not und durfte ihr nicht helfen. Das quälte ihn sehr.

»Weiß man etwas Näheres?« fragte er erregt.

Der Verwalter zuckte die Achseln. »Herr von Schönau hat wohl nicht mehr aus und ein gewußt. Er wird ruiniert sein. Es ist ganz unverantwortlich da drüben gewirtschaftet worden. Die Damen werden es nicht leicht haben. Unsereiner hört so allerhand. Die Gläubiger haben in letzter Zeit arg gedrängt. Ich glaube bestimmt, Schönau wird unter den Hammer kommen. Das wäre etwas für Sie, Herr Jansen. Schönau und Berndorf zusammen, das gäbe einen schönen, runden Besitz. Da könnte dann keiner im weiten Umkreis mit Ihnen in die Schranken treten. Donnerwetter noch mal, schöner könnte es gar nicht passen.«

Jede andere, ähnliche Gelegenheit hätte Ralf mit Feuereifer aufgegriffen. Aber jetzt galten all seine Gedanken nur der Komtesse, die er in Not wußte. Sicher war drüben in Schönau der vollständige Zusammenbruch erfolgt. Wieweit war nun die Komtesse davon betroffen? Er hatte von seinem Bankier, Herrn Volkmann, einmal eine Bemerkung aufgefangen, als er mit ihm über Schönau gesprochen hatte.

»Der Schönauer ist auf abschüssiger Bahn, und wie er das Vermögen seiner Frau mit versiebt hat, so wird er auch seine Stieftochter mit in den Abgrund ziehen, wenn es noch nicht geschehen ist.«

So hatte Volkmann zu Ralf gesagt. Da dieser außerhalb der Gesellschaft stand, war er ihm gegenüber nicht so vorsichtig in seinen Bemerkungen. Volkmann hatte, wie Ralf wußte, die erste Hypothek auf Schönau, und er wußte genau Bescheid.

Ralf mußte nun an Volkmanns Worte denken. War Komteß Dagmar durch ihren Stiefvater ruiniert? Hatte er sie um ihr Vermögen gebracht? Und war das der Fall, wie würde sich dann jetzt Baron Korff zu ihr stellen?

Unbedingt war ja der Baron an die Komtesse gebunden, nach den Worten, die er gestern abend in seinem Versteck gehört hatte. Und wenn er ein Ehrenmann war, mußte er nun für sie einstehen.

Aber war Baron Korff ein so unbedingter Ehrenmann?

Würde er nicht schleunigst den Rückzug antreten und Dagmar ihrem Schicksal überlassen? Denn er hatte doch sicher in ihr nur die reiche Erbin gesucht.

Er folgte der Vorführung der neuen Maschine nur mit halbem Interesse. Sobald er konnte, entfernte er sich und schlug, halb unbewußt und wie einem inneren Zwang gehorchend, den Weg über Schönau ein. Ihm war, als müsse es ihm eine Beruhigung sein, eine Befreiung bringen, wenn er der Komtesse wenigstens räumlich näher sein konnte.

Im stillen hoffte er, sie von weitem zu sehen. Vielleicht war sie auf der Terrasse, wenn er am Schönauer Herrenhaus vorüberritt.

Immer schneller ließ er in seiner unruhigen Sehnsucht sein Pferd laufen, und als das Schönauer Herrenhaus endlich vor seinen Blicken auftauchte, hob er sich im Sattel empor, um über die Parkmauer hinweg den Platz vor dem Haus zu übersehen. Aber er erblickte keinen Menschen. Wie ausgestorben schien da drüben das Leben.

Voll Unruhe ritt er endlich weiter.

Auf dem Heimweg begegneten ihm mehrere Wagen, in denen er die ihm bekannten Gläubiger des Herrn von Schönau sitzen sah. Sie grüßten ihn mit großer Zuvorkommenheit. Der reiche Besitzer von Berndorf galt diesen Geldleuten mehr als all die adligen Grundbesitzer der Umgegend, von denen nicht einer über ein so großes Vermögen zu verfügen hatte wie der »Australier«.

Ralf erwiderte ihre Grüße. Am liebsten hätte er ihnen zugerufen: »Ich komme für die Schulden des Herrn von Schönau auf, wenn ihr nur Komteß Dagmar in Ruhe lassen wollt und ihr kein Leid zufügt.« Aber natürlich tat er es nicht. Und daß er es nicht tun konnte, peinigte ihn.

Zu Hause angelangt, setzte er sich mit seiner Mutter zum Frühstück.

Sie sah ihn mit sorgenden Augen an. Er merkte es wohl und streichelte, um sie zu beruhigen, lächelnd ihre Hand.

»Hast du gut geschlafen, Mutterle?«

Sie seufzte ein wenig. »So sehr gut nicht, mein Sohn. Ich konnte lange nicht einschlafen, weil ich daran dachte, was du mir gestern abend gesagt hast.«

Er zog die Stirn zusammen. »Ich hätte dir nicht das Herz schwermachen sollen, Mutterle. Es tut mir leid, daß ich dir meinen Kummer nicht verschwiegen habe.«

Sie schüttelte den Kopf. »Laß dir das nicht leid tun, mein Ralf. Sieh, ich würde ja doch merken, daß dir etwas auf dem Herzen liegt. Dafür bin ich deine Mutter. Und wüßte ich nicht, welcher Kummer dich bedrückt, dann würde ich nur immer denken und grübeln, was es sein könnte. Jetzt weiß ich wenigstens, um was ich den lieben Gott für dich bitten muß.«

Wieder streichelte er ihr die Hand. »Dir kann ich freilich nichts verbergen. Schaust mir ja mit deinen lieben Sorgenaugen bis ins Herz hinein. Nun will ich dir auch sagen, was ich vorhin vom Verwalter erfuhr. Herr von Schönau hat sich diese Nacht erschossen.«

Erschrocken schlug Frau Jansen die Hände zusammen. »Du mein lieber Gott! Warum denn?«

»Er ist ruiniert. Schönau muß verkauft werden.«

»Und was wird dann aus seiner Frau und seinen Kindern?«

»Wer weiß es, Mutter.«

»O lieber Gott! Da wirst du nun eine schwere Sorge in deinem Herzen haben, was aus der Komtesse wird. Gelt, mein Ralf?«

Er nickte. »Wie gut du mich verstehst. Kein Mensch sieht mir so ins Herz wie du.«

»Ist doch kein Wunder. Wenn es anders wäre, dann wäre es sehr schlimm. Jetzt muß ich doch sagen, es tut mir zum ersten Mal leid, daß wir mit den vornehmen Herrschaften hier in der Nachbarschaft keinen Verkehr haben. Da könnte man jetzt doch einmal nach den Damen sehen, ob man nicht helfen kann. Das ist im Grunde Nachbarspflicht. Na — die andern Herrschaften werden sich ja ihrer annehmen. Die armen, armen Menschen! Sie sind an ein glänzendes Leben gewöhnt und müssen nun am Ende gar von Schönau fort in ein ungewisses, sorgenvolles Dasein hinein. Weißt du, Ralf, nach oben gewöhnt man sich leicht, aber nach unten schwer.«

»Sehr schwer, Mutter! Wie froh wäre ich, wenn du zu den Damen hinüberfahren und unsre Hilfe anbieten könntest.«

»Ja, ich würde es sehr gern tun. Aber ich hoffe, man wird ihnen von anderer Seite zu Hilfe kommen. Da ist ja vor allen Dingen der Mann, der Komteß Dagmar liebt. Er ist doch der nächste dazu.«

Ein harter, finsterer Zug trat in sein Gesicht. »Er wird kaum Gebrauch davon machen, Mutter. Alles, was ich von ihm gehört habe, läßt mich vermuten, daß er die Komtesse im Stich lassen wird, wenn sie im Elend ist.«

»Nun, dann hätte sie an ihm nicht viel verloren, dann könnte man ihr nur Glück wünschen«, sagte die alte Dame.

Und dann sah sie nachdenklich vor sich hin. Ihr liebevolles Mutterherz suchte nach einem Hoffnungsstrahl für ihren Sohn.

Schweigend beendeten sie das Frühstück. Endlich sagte Frau Jansen, aus ihrem Nachdenken auffahrend:

»Sagtest du nicht, daß Schönau verkauft werden müsse?«

»Ja, Mutter, ich glaube es bestimmt. Und wenn es der Fall ist, dann werde ich es kaufen. Ich wollte ja ohnehin meinen Besitz vergrößern.«

»Wirst du dann nicht zu viel Arbeit haben?«

»O nein, ich kann gut noch mehr brauchen. Schönau grenzt so bequem an Berndorf.«

»Nun, du wirst besser wissen als deine alte Mutter, ob es gut sein wird. Ich dachte nur, die Damen könnten froh sein, wenn du Schönau kaufst. Du würdest sie nicht hartherzig davontreiben, solange sie nicht eine andere Heimat gefunden haben.«

Überrascht hob er den Kopf und sah sie mit leuchtenden Augen an. »Mutterle, was hast du manchmal für wundervolle Ideen. Du machst mir damit das Herz leicht. Gleich nach Tisch fahre ich in die Stadt zu Bankier Volkmann und will ihn fragen, wie die Dinge in Schönau liegen. Der weiß genau Bescheid.«

Die alte Dame nickte lächelnd. »Tu das, mein Sohn. So brauchst du doch nicht ganz tatenlos abzuwarten. Ich weiß, daß dich das am meisten quälen würde.«

Er sprang auf und streckte die Arme aus. »Ja, Mutter, stillhalten mit meiner Bärenkraft, das ist das ärgste.«

Sie sah voll stolzer Zärtlichkeit auf ihren kraftvollen hochgewachsenen Sohn.

Gleich nach Tisch ließ Ralf seinen flotten Selbstkutschierer anspannen und fuhr in die Stadt. Hinter ihm saß nur ein Groom auf, der die Zügel halten sollte, wenn er den Wagen verließ.

Obwohl es ein Umweg war, fuhr Ralf über Schönau in der Hoffnung, die Komtesse zu erblicken. Aber wieder geschah es vergeblich.

Dafür sah er aber den ihm wohlbekannten Dr. Härtling das Herrenhaus verlassen und seinen kleinen Wagen besteigen, in dem er seine Patientenbesuche machte. Dr. Härtling war Hausarzt auf allen Gütern im Umkreis, und auch Ralf hatte ihn schon bei einer Unpäßlichkeit seiner Mutter gerufen.

Schnell entschlossen hielt Ralf seine Pferde an und erwartete den Arzt unweit des Parktores.

Als dieser ihn erblickte und bemerkte, daß Ralf Jansen ihm erwartungsvoll entgegen sah, ließ er seinen Wagen neben dem Ralfs halten.

»Guten Tag, Herr Jansen! Es ist doch niemand krank in Berndorf? Mir scheint, Sie warten hier auf mich.«

»Guten Tag, Herr Doktor! Nein, es ist gottlob niemand krank. Aber ich hätte gern etwas mit Ihnen besprochen, da ich Sie Schönau verlassen sah. Fahren Sie zur Stadt zurück?«

»Allerdings.«

»Darf ich Sie dann bitten, in meinem Wagen Platz zu nehmen. Ich bin auch auf dem Weg in die Stadt. Ihr Wagen kann uns folgen.«

»Gut, soll mir recht sein. Ich kann dabei nur gewinnen. Erstens fahre ich mit schnelleren, besseren Pferden, und zweitens genieße ich Ihre mir sehr angenehme Gesellschaft.«

Damit stieg Dr. Härtling aus und nahm neben Ralf Jansen Platz. »Mein Diener kann neben Ihrem Kutscher Platz nehmen, dann sind wir ungestört.«

»Einverstanden.«

Ralf gab seinem Diener Weisung, und dieser sprang ab und bestieg den Bock des Doktorwägelchens.

Nun ließ Ralf seine edlen Pferde ausgreifen.

»Donnerwetter, Ihre Gäule legen sich freilich mehr ins Zeug als meine. Da komme ich eine halbe Stunde eher nach Hause und kann mich vor meiner Sprechstunde noch ein bißchen verschnaufen. Aber nun schießen Sie los, Herr Jansen, was haben Sie auf dem Herzen?«

»Das sollen Sie gleich hören, Herr Doktor«, antwortete Ralf, seine Pferde fest im Zügel haltend.

Wohlgefällig sah der Arzt in sein energisches, gebräuntes Gesicht.

»Ein Glück für uns Ärzte, daß es nicht lauter solche gesunde Menschen gibt wie Sie. Da müßten wir verhungern. Aber eine Augenweide sind Sie doch für mich alten Pflasterkasten. Donnerwetter noch mal, ich glaube, Sie haben Muskeln von Stahl. Na, nun will ich Sie aber nicht mehr aufhalten. Also heraus mit der Katze aus dem Sack.«

Ralf zögerte eine Weile. Dann fragte er rasch: »Ist in Schönau jemand erkrankt, Herr Doktor, oder waren Sie nur dort wegen des Unglücksfalles?«

»Ah, Sie haben schon von dem Tod des Herrn von Schönau gehört? Natürlich, so etwas spricht sich schnell herum. Schlimme Geschichte das! Wegen des Unglücksfalles, wie Sie es nennen, wurde ich schon in der Nacht nach Schönau geholt. Es gab aber nichts mehr zu retten. Hat verteufelt gut getroffen. Na ja, alter Soldat, kein Wunder. Aber gerade als alter Soldat hätte er sich nicht so feige aus dem Leben stehlen sollen. Hat seine Familie in arger Bedrängnis zurückgelassen. Der Jammer kann einen fassen, hauptsächlich der Kinder wegen. Frau von Schönau schafft sich Luft durch Heulen und Jammern. Und außerdem hat sie wohl ein gut Teil Schuld an dem Zusammenbruch. Aber die armen Kinder. Wissen Sie, Herr Jansen, die Komtesse, das ist ein Prachtkerlchen. Ein bißchen verwöhnt war sie auch. Aber jetzt, die Zähne zusammen, den Kopf in den Nacken und fest geradeaus. Rassegeschöpf erster Klasse, sage ich Ihnen. Die läßt sich nicht so leicht unterkriegen. Es ist ja freilich nur ihr Stiefvater.«

Ralf hörte mit atemlosen Interesse zu. »Die Schwester der Komtesse ist wohl jetzt nicht daheim?« fragte er, um mehr zu hören.

»Die kleine Lotte? Ja, die ist in der Pension. Aber sie ist schon heimgerufen worden. Das arme Ding wird auch eine harte Nuß zu knacken kriegen, denn unter uns, ich glaube nicht, daß von Schönau etwas für die Damen übrigbleibt.

Soviel ich von dem einen Gläubiger hörte, hat Herr von Schönau auch das Vermögen seiner Frau und seiner Stieftochter mit verpulvert. Trotzdem hat die Komtesse kein Wort der Klage. Ihre Mutter schreit nur immer: Was wird aus mir? Die Komtesse hat, glaube ich, noch nicht nach sich selbst gefragt. Grade kam ich dazu, wie die Gläubiger über sie herfielen und sie ängstigten. Ich habe sie vorläufig auf den Marsch gebracht und der Komtesse einige Stunden Ruhe verordnet. Sie ist diese Nacht nicht aus den Kleidern gekommen. Armes Ding! Und die Lotte auch. Sie stehen ja hilflos den Ereignissen gegenüber.«

»Steht ihnen denn niemand bei?« fragte Ralf heiser.

»Keine Seele. Ganz allein stand die Komtesse dem Tohuwabohu gegenüber. Denken Sie, einer von den guten Freunden, getreuen Nachbarn und desgleichen hätte sich schon sehen lassen oder gar zur Hilfe gemeldet, obwohl die Kunde von der Katastrophe nach allen Himmelsrichtungen geflogen ist? Nicht einer. Da läßt jeder dem andern den Vortritt. Gütlich getan haben sich alle in Schönau. Aber nun finden sie den Weg nicht.«

Ralf atmete tief auf. »Schließlich bin ich ja der nächste Nachbar, Herr Doktor. Aber Sie wissen doch, daß ich mit keinem meiner Nachbarn in Verkehr getreten bin. Ich mag mich nicht in Kreise drängen, in die ich nicht gehöre.«

»Bravo! Stolz lieb' ich den Spanier! Aber im übrigen, jeder Kreis, dem Sie angehören wollen, kann sich geehrt fühlen.«

»Das ist Ihre Ansicht, Herr Doktor. Aber Sie vergessen, daß ich der Sohn eines Handwerkers bin, ein Mensch, der aus obskuren Verhältnissen hervorgegangen ist, wie man in solchen Fällen zu sagen pflegt.«

»Daher Ihre prachtvolle Konstitution, zu der ich Ihnen gratuliere. Die lassen Sie sich lieber sein als blaues degeneriertes Blut, sie ist wertvoller. Jetzt sind Sie jedenfalls ein reicher Mann und der Besitzer eines der schönsten und größten Güter im ganzen Umkreis. Und ich sage noch mal, jeder Kreis kann sich geehrt fühlen, dem Sie angehören wollen, und wenn er aus lauter Grafen und Baronen besteht. Punktum! Und im übrigen — man hat freilich im Anfang dem ›Australier‹ ein bißchen mißtrauisch gegenübergestanden. Aber jetzt weiß man, daß er ein tüchtiger Mensch ist und seine Millionen tatsächlich existieren. Und gerade, weil Sie sich stolz zurückgenommen haben, hat man Appetit auf Ihre Bekanntschaft bekommen. Ich wette, Sie klopfen nirgends an verschlossene Türen, wenn Sie Verkehr suchen.«

»Den Versuch will ich lieber nicht machen. Bisher hat es mir noch nicht leid getan, daß ich so ziemlich allein stehe, zwischen lauter Vollblutaristokraten. Aber jetzt — ja, jetzt tut es mir leid, weil ich nun nicht einfach als Nachbar nach Schönau gehen und den Damen in ihrer Bedrängnis meine Hilfe anbieten kann, wie ich es sehr gern tun möchte.«

Der Arzt schlug Ralf erregt auf die Schulter. »Alle Wetter, Sie wären die geeignete Persönlichkeit, um Ordnung in das Durcheinander zu bringen. Wollten Sie das wirklich tun?«

»Selbstverständlich! Wenn ich auch kein Aristokrat und im sogenannten guten Ton der ersten Gesellschaftsklasse vielleicht nicht ganz sicher bin, ein Mann bin ich doch. Und ein Mann, der hilflose Frauen in Not sieht, soll sich nicht lange bedenken, wenn er helfen kann. Ich fürchte aber, die Komtesse und ihre Mutter würden mich glatt abweisen lassen, wollte ich es wagen, mich bei ihnen anmelden zu lassen.« Der Arzt schüttelte heftig den Kopf. »Unsinn! Sie werden heilfroh sein, wenn sich ein Mensch ihrer annehmen will. Sie können natürlich nicht wissen, daß Sie das tun wollen. Ließen Sie sich ohne jede Erklärung melden, dann würde man Sie jetzt freilich nicht annehmen, würde vielleicht denken, daß müßige Neugier Sie nach Schönau führte. Aber, wenn Sie wirklich helfen wollen – Sie verdienen sich Gotteslohn –, dann kann ich Ihnen Einlaß verschaffen.«

Ralf sah den Arzt in erwartungsvoller Unruhe an. »Wie denn, Herr Doktor?«

»Auf die einfachste Weise. Morgen früh fahre ich wieder nach Schönau, um nach den Damen zu sehen. Dann werde ich Sie kurzerhand einführen und mit der Komtesse und ihrer Mutter bekannt machen.«

Ralf Jansens graue Augen, die tief unter der kantig vorspringenden Stirn lagen, richteten sich fest in die des Arztes. Seine Stirn rötete sich unter dem jäh zurückgeschobenen Hut.

»Ich nehme Sie beim Wort, Herr Doktor. Wann und wo wollen wir zusammentreffen?«

»Sagen wir um zwölf Uhr, an der gleichen Stelle wie heute. Paßt es Ihnen um diese Zeit?«

»Gewiß. Ich werde pünktlich sein.«

Dr. Härtling legte mit warmem Druck seine Hand auf die Ralfs. »Ich habe es immer gewußt, daß Sie ein Prachtmensch sind, auch ein Exemplar erster Klasse, Vollblut-Aristokrat des Herzens. Hut ab!«

Es zuckte um Ralfs schmallippigen, ausdrucksvollen Mund. »Beschämen Sie mich doch nicht, weil ich einer einfachen Menschenpflicht genügen will.«

»Na, ich wette, um diese einfache Menschenpflicht würden sich die meisten Leute drücken. Das hat die Komtesse sehr wohl gewußt, als sie mir sagte, daß Freunde in der Not ein seltener Artikel sind.«

»Wird sie aber die Hilfe eines Menschen, der nicht ihrer Sphäre angehört, annehmen?«

»Um Hilfe bitten würde sie nicht. Aber so freundlich gebotenen Beistand anzunehmen, wird sie nicht zu stolz sein. Es ist mir selbst ein Stein vom Herzen gefallen, mein lieber Herr Jansen, nun ich weiß, daß Sie sich der Damen annehmen wollen. Es hat mir leid getan, daß ich nicht helfen konnte, hauptsächlich der Komtesse und der kleinen Lotte wegen. Unter uns, wie Frau von Schönau zu solchen Prachtkindern gekommen ist, bleibt mir ein Rätsel. Sie ist eine egoistische, eitle Närrin und selbst schuld an ihrem Unglück. Aber schwer genug wird sie es ja büßen müssen.«

Ralf Jansen hörte das nur mit halbem Ohr. Sein Puls flog vor Erregung, und seine Hand zog so unruhig in die Zügel, daß die feurigen Pferde nervös wurden.

»Oho! Was haben denn die Racker?« fragte der Arzt.

Da nahm sich Ralf zusammen. Aber sein ganzes Wesen war erfüllt von der Erwartung, daß er morgen Komteß Dagmar kennenlernen würde.

»Wenn ich ihr helfen, sie beschützen und behüten dürfte, wie froh würde mich das machen«, dachte er.

Der Arzt plauderte weiter, ahnungslos, mit welchen Gefühlen Ralf Jansen der Bekanntschaft mit Komteß Dagmar entgegensah. Er gab seiner Freude Ausdruck, daß Ralf ein wenig Ordnung in die so verfahrenen Schönauer Angelegenheiten bringen würde.

»Ihnen werden ja die Herren Gläubiger nicht so auf der Nase herumtanzen. Sie werden sie schon Mores lehren. Wenn Sie die geldgierigen Kerls mit ihren flapsigen Manieren hätten vor der Komtesse stehen sehen, wäre Ihnen auch die Galle übergelaufen. Gepeinigt haben sie das arme Kind mit ihren Ungezogenheiten. Natürlich, Geld verliert niemand gern. Aber wenn sie es nicht an unsichere Sachen hingeben würden, dann hätten sie damit keine Not. Gewöhnlich wollen aber diese Typen klotzig dabei verdienen. Geht es dabei einmal schief, werden sie unverschämt. Der Schönauer hat es ihnen besonders leicht gemacht. Nun haben sie ihn zur Strecke gebracht und fallen über die armen Hinterbliebenen her, in ihrer Gier noch möglichst viel zu profitieren.«

Die Adern an Ralfs Schläfen schwollen an. »Sie sollen die Damen nicht mehr belästigen, wenn diese mir gestatten, für sie einzutreten.«

»Bravo, mein lieber Herr Jansen. Ich habe keine Bange, Sie kriegen die Bande schon klein. Vor Ihnen haben sie Respekt.«

Schnell verging den beiden Herren die Zeit, und bald lag die Stadt vor ihnen. Ralf fuhr den Arzt bis zu seiner Wohnung, und dort verabschiedeten sie sich voneinander. Dann fuhr Ralf einen Teil des Weges durch die Stadt zurück, um einen anderen Stadtteil zu erreichen.

Unterwegs begegnete er dem Wagen des Doktors. Auf einen Wink von ihm sprang sein Groom von diesem herab und stieg wieder bei ihm auf.

Ralf fuhr, um sein Ziel zu erreichen, am Bahnhofsgebäude vorüber. Schon von weitem sah er an der Seite von zwei Damen den Rittmeister Baron Korff in seiner glänzenden Reiteruniform aus dem Portal treten. In den Damen erkannte Ralf die Gattin und die Nichte des Bankiers Volkmann. Korff half den Damen ritterlich in das wartende Auto.

Fräulein Lisa Volkmann, eine ziemlich unbedeutende, wenn auch nicht häßliche Erscheinung, trug einen Strauß Rosen im Arm, und als sie eingestiegen war, barg sie das Gesicht in den Rosen und sah darüber hinweg mit lächelnder, schelmischer Koketterie in Korffs Gesicht. Dieser erwiderte mit einem feurigen Ausdruck ihren Blick, küßte ihrer Tante artig die Hand und verneigte sich vor Lisa.

Dies alles beobachtete Ralf Jansen. Und er fühlte heftigen

Zorn in sich aufsteigen gegen den Baron. Er glaubte zu wissen, daß dieser schon mit Feuereifer seine Netze nach Lisa Volkmann auswarf, weil er nun wußte, daß Komteß Dagmar keine reiche Erbin war.

Von Verachtung und Zorn erfüllt fuhr Ralf vorüber und grüßte höflich die beiden ihm bekannten Damen. Sie dankten freundlich, und auch Korff partizipierte an dem Gruß. Eine Weile später überholte das Auto mit den Damen Volkmann Ralf Jansens Wagen. Der Baron war aber nicht mehr in ihrer Gesellschaft.

Ralf wußte natürlich nicht, daß Korff bereits vorsichtig seine Beziehungen zu Komteß Dagmar abgebrochen hatte, und zwar in sehr wenig ehrenhafter Weise. Jedenfalls steuerte Korff mit Volldampf auf sein neues Ziel los. Von seinem Burschen hatte er erfahren, daß die Volkmannschen Damen heute um diese Zeit von ihrer Reise zurückkamen. Deshalb bewaffnete er sich mit einem Rosenstrauß und ging zum Bahnhof, um Lisa Volkmann zu begrüßen. Er wollte in ihren Augen lesen, daß sie ihn nicht vergessen hatte, und sie durch sehnsuchtsvoll feurige Blicke davon überzeugen, daß er während ihrer Abwesenheit nur an sie gedacht habe.

Das war nun auch geschehen. Er hatte Lisa sogar zuflüstern können: »Die Wochen Ihrer Abwesenheit waren eine Qual für mich, mein gnädiges Fräulein.«

Sie hatte ihn mit einem sehr liebenswürdigen Lächeln belohnt. Und war es schon vor ihrer Abreise beschlossene Sache bei ihr gewesen, Baronin Korff werden zu wollen, so festigte sich dieser Entschluß noch mehr. Ihr »Auf Wiedersehen, Baron«, hatte sehr herzlich geklungen.

Und Frau Volkmann, die genau wußte, daß ihre Nichte den Baron begünstigte und selbst auch für diesen eingenommen war, weil er ein sehr einschmeichelndes Wesen zur Schau trug, fügte Lisas Worten noch eine freundliche Einladung hinzu.

»Nehmen Sie doch morgen nachmittag den Tee mit uns, lieber Baron, wir werden uns freuen, mit Ihnen wieder einmal ein Stündchen verplaudern zu können.«

Erfreut dankend hatte Korff angenommen und dabei Lisa abermals mit einem Feuerblick in die Augen gesehen.

Als Korff sich von den Volkmannschen Damen verabschiedet hatte, begab er sich sofort in seine Wohnung. Er hatte Dagmar gestern abend belogen, als er ihr sagte, daß er dienstlich verhindert sei, nach Schönau zu kommen. Er hatte heute überhaupt keinen Dienst, außer am frühen Vormittag.

Mit einem nicht gerade erhebenden Gefühl hatte er, ehe er zum Bahnhof ging, die Visitenkarte mit Dagmars Worten erhalten und gelesen. Sein Bursche überbrachte ihm sie mit dem Buch. Korff hoffte nun, den Brief der Komtesse, von dem diese auf der Karte geschrieben hatte, daheim vorzufinden. Mit der Nachmittagspost mußte er, seiner Berechnung nach, eingetroffen sein.

Natürlich ärgerte er sich jetzt sehr, daß er sich durch seine Übereilung den günstigen Abgang, von dem Dagmar geschrieben, verscherzt hatte. Aber immerhin war ihm ein Stein vom Herzen, daß alles so glattgegangen war, und daß ihn Dagmar nicht zu halten beabsichtigte. Er war nun doch wieder frei und in der Lage, sein Schicksal günstiger zu wenden.

Wenige Minuten später war er noch froher darüber. Er traf unterwegs seinen Kameraden Kurt von Treplitz. Dieser sagte zu ihm:

»Na, mein lieber Heinz, du hast ja wieder einmal Glück gehabt. Heute kann ich dir wirklich gratulieren, und zwar dazu, daß du *keine* zarten Beziehungen zu Komteß Riedberg angeknüpft hast.«

Korff zog finster die Stirn zusammen. »Was soll das nun wieder? Hast du vergessen, daß ich dich ersucht habe, den Namen der Komtesse nicht mit dem meinen zusammenzubringen.«

»Nein, nein, das habe ich nicht vergessen. Du wirst mich gleich verstehen. Denke dir, in Schönau hat es diese Nacht nach unserem Weggang noch eine Katastrophe gegeben.«

Korff sah betroffen auf. »Eine Katastrophe? Wie meinst du das?«

»Herr von Schönau hat sich erschossen, er ist vollständig ruiniert, und auch das Vermögen seiner Frau und seiner Stieftochter ist verloren.«

Korff hatte sich gefaßt. »Ich kann dir nur sagen, Kurt, daß mich diese Nachricht sehr erschüttert. Wir haben alle in Schönau viele angenehme Stunden verlebt und sind stets auf die liebenswürdigste Weise bewirtet worden. Es schmerzt mich aufrichtig, eine so traurige Kunde zu vernehmen. Aber verzeihe, wenn ich dich jetzt verlasse. Ich muß nach Hause, da ich dringende Arbeiten zu erledigen habe.«

Und mit kurzer Begrüßung ging Korff schnell davon.

Treplitz sah ihm mit einer hämischen Grimasse nach.

»Immer drapiert er sich mit edlen Gefühlen. Nur schade, daß ich ihn durchschaue! Jetzt kann ich mir sehr gut denken, warum er gestern abend so heftig abwehrte, was er am Nachmittag so geschmeichelt aufnahm. Er hatte Lunte gerochen, daß etwas faul ist in Schönau, und sich deshalb schnell gerettet. Ich habe doch gute Ohren und sehr wohl gehört, daß er die Komtesse nur beim Vornamen nannte. Nun, er ist ein schlauer Fuchs und hat beizeiten den Rückzug angetreten. Jetzt wird er sich natürlich bei Lisa Volkmann ins Zeug legen.«

Korff war schnell weitergegangen.

In seiner Wohnung angelangt, fragte er hastig seinen Burschen, ob Post angekommen sei.

»Zu Befehl, Herr Rittmeister, ein Brief ist angekommen. Er liegt auf dem Schreibtisch«, erwiderte dieser.

Der Baron legte hastig ab und betrat sein Zimmer. Auf der Schreibtischplatte lag der Brief. Er erkannte sofort Dagmars Schriftzüge und riß den Brief auf.

Als er ihn gelesen hatte, warf er sich in einen Sessel und stützte den Kopf in die Hand. Die Stirn war ihm feucht geworden. Wohl war ihm nicht in seiner Haut. Finster starrte er vor sich hin.

»Leicht ist es mir bei Gott nicht geworden. So ein süßes Geschöpf aufzugeben, ist schwer. Es schmerzt mich, weiß Gott, es schmerzt mich, daß ich sie in Not weiß. Wenn man helfen könnte! Man ist doch kein Barbar, und ich habe sie wirklich lieb gehabt, sehr lieb. Aber wie jetzt die Dinge liegen, wäre es doch nicht gegangen. Das sieht sie ja selbst ein, deshalb gibt sie mich frei. Für ein Leben aus der Hand in den Mund sind wir beide nicht geschaffen. Und bei ihrer Schönheit wird sie bald eine gute Partie machen, und dann dankt sie es mir am Ende noch, daß ich vernünftig war, wenn sie jetzt auch gekränkt ist. Wenn ich das alles hätte ahnen können, dann hätte ich doch gewartet, bis dieser Brief kam, dann hätte ich mich mit Anstand aus der Affäre ziehen können. Und für sie wäre es auch nicht so bitter gewesen. Sie hätte eine liebe Erinnerung an mich behalten. Liebe, süße Dagmar, weiß Gott, ich nähme auch lieber dich in meine Arme als eine andere. Aber es geht doch nicht ohne den verwünschten Mammon.«

Er zündete sich eine Zigarette an. Aber sie schmeckte ihm nicht. Er warf sie in den Aschenbecher und fuhr sich über die Stirn.

»Erbärmlich hast du dich benommen, mein lieber Heinz,

da wollen wir uns nichts weismachen. Du hättest dich eben vorher über ihre Verhältnisse orientieren sollen, ehe du ihr von Liebe sprachst. Aber, wenn einen so ein süßes Ding mit ihren lieben, goldigen Augen anstrahlt, dann geht eben die Vernunft zum Teufel. Es hilft alles nichts, Reue ist ein unfruchtbares Gefühl, fort damit.«

Und Baron Korff erhob sich mit einem energischen Ruck und verbrannte Dagmars Brief an einer Kerze. Als er die Aschenreste zum Fenster hinauswarf, war er schon mit seinen »sentimentalen« Bedenken fertig geworden.

VI

Ralf Jansen hatte Bankier Volkmann aufgesucht und erfuhr nun von ihm über die Schönauer Verhältnisse alles, was er wissen wollte. Der Bankier war genau unterrichtet über die Forderungen der Gläubiger und über den Wert der Besitzung. Erst hatte er als vorsichtiger Kaufmann nicht recht mit der Sprache herausgewollt, aber als Ralf ihm sagte, daß er unter Umständen geneigt sei, Schönau zu kaufen, wurde er sehr bereitwillig, jede Auskunft zu geben.

Ralf bat dann den Bankier, ihn auf alle Fälle als Käufer vorzumerken, wenn Schönau wirklich den Damen nicht erhalten werden könne.

Das bezeichnete Volkmann als unmöglich.

»Wenn Herr von Schönau noch die leiseste Hoffnung gehabt hätte, seinen Besitz zu erhalten, dann wäre er nicht den letzten Schritt gegangen. Ich vermute stark, daß er auch das Vermögen seiner Stieftochter, ob mit oder gegen deren Willen, aufgebraucht hat. Er hat unsinnig gewirtschaftet«, sagte er.

Im weiteren Verlauf des Gesprächs erwähnte Volkmann, daß seine Frau und seine Nichte heute von ihrer Reise heimkehrten und daß Ralf Jansen ihm und seinen Damen doch demnächst wieder einmal die Ehre geben sollte, mit ihnen zu speisen.

»Ich sah Ihre Damen am Bahnhof ankommen, Herr Volkmann. Und bei passender Gelegenheit werde ich mich freuen, sie begrüßen zu dürfen.«

In diesem Augenblick klingelte das Telephon.

Volkmann faßte das Hörrohr, indem er sich entschuldigte.

Ralf Jansen entnahm aus seinen Worten, daß er mit den Damen sprach und sie begrüßte.

»Ich komme sogleich hinüber, habe nur noch eine geschäftliche Besprechung mit Herrn Jansen«, sagte er.

»Ah, mit dem Australier, Onkelchen«, erwiderte seine Nichte. »Wir sind ihm begegnet. Ich dachte es mir, daß er bei dir ist. Bring ihn doch herüber. Er plaudert so interessant.«

»Ich will versuchen, ob Herr Jansen sich dazu bewegen läßt. Jetzt Schluß! In einer halben Stunde bin ich drüben.«

Damit hing Volkmann das Hörrohr hin.

»Meine Damen lassen schon heute bitten, Herr Jansen«, sagte er lächelnd. »Wollen Sie mich hinüber in meine Villa begleiten? Wir kommen recht zum Tee.«

Die Villa des Bankiers lag dicht neben seinem Geschäftshaus, und er hatte sich einen verdeckten Wandelgang zwischen den beiden Gebäuden anlegen lassen, damit er nicht auf die Straße brauchte, wenn er herüber und hinüber ging.

Ralf hatte aber wenig Lust, ihn zu begleiten.

»Heute muß ich verzichten, Herr Volkmann. Ich habe noch Geschäfte zu erledigen. Bei nächster Gelegenheit bin ich so frei, darauf zurückzukommen.«

»Damit muß ich mich zufriedengeben. Werde ich Sie bald wiedersehen?«

»Vielleicht schon morgen, wenn mein Plan feste Gestalt angenommen hat. Bitte, empfehlen Sie mich Ihren Damen.«

»Danke sehr. Sie werden bedauern, daß ich Sie nicht mitbringe.«

Ralf verabschiedete sich nun schnell.

Volkmann sah ihm sinnend nach. »Dieser Australier ist ein Prachtmensch. Ein nobler Charakter! Und was er sagt, hat Hand und Fuß. Wenn mir meine Nichte solch einen Mann brächte, das könnte mir gefallen. Aber sie wird wohl nicht von diesem Baron Korff lassen, er hat ihr zu sehr das Köpfchen verdreht. Der Mann, den ich ihr ausgesucht hatte, ist entschieden von ihr abgelehnt worden. Nun ja, sehr bezaubernd ist der Sohn meines Geschäftsfreundes nicht. Aber warum muß es gerade der mehr als flotte Rittmeister sein? Warum nicht zum Beispiel der Australier, der ihr doch auch nicht mißfällt? Nur, weil sie Baronin Korff werden will? Und meine liebe Frau ist von dem schönen Rittmeister auch so eingenommen, daß ich an ihr keinen Bundesgenossen habe. Ich werde also ›ja‹ sagen müssen. Was die Frau will, will Gott. Und wenn ich jetzt nicht klein beigebe, blamiere ich mich bloß, und damit untergrabe ich meine Autorität. Diese Reise, die ich meinen Damen als Strafversetzung verordnete, hatte ja nur den Zweck, meine Niederlage zu verdecken.«

Während dieses Gedankenganges hatte der Bankier seinen Schreibtisch geschlossen und ging nun hinüber in seine Villa.

Ralf Jansen aber fuhr von Volkmann aus zu dem Café, in dem die Offiziere der Garnison verkehrten. Er sprang vom Wagen, warf dem Groom die Zügel zu und betrat die offene Veranda des Lokals.

Hier saßen meistens Damen, die eine Erfrischung zu sich nahmen. Dazwischen hatten auch einige Herren Platz gefunden, und um einen großen Tisch in der Ecke hatten sich einige Offiziere gruppiert. An diesem Tisch saßen sie immer und flirteten mehr oder minder diskret mit den hübschen Frauen und Mädchen, die zwischen Schlagsahne und Kuchen ganz gern einige andere Süßigkeiten des Lebens kosteten.

Es war nur noch ein einziger kleiner Tisch frei, der dicht neben dem der Offiziere stand. Daran nahm Ralf Platz und bestellte sich eine Erfrischung.

Die Offiziere hatten voll Interesse Pferde und Wagen des »Australiers« gemustert, als er vorfuhr, und sich lobend darüber ausgesprochen.

»Pferdeverstand muß der Mensch haben«, sagte einer der Herren.

»Na, Kunststück! Schließlich hat er Geld genug, um sich auch ohne Pferdeverstand erstklassige Gäule zu leisten.«

»Weiß der Deibel, wo er die vornehme Art her hat. Er sieht aus, als sei er auf Schloß Berndorf geboren und nicht in einer Tischlerwerkstatt.«

»Laßt man, Kinder, der weiß, was er will. Mag er abstammen, von wem er will, meinetwegen direkt von den Affen. Schneid hat er doch!«

»Aber er bleibt ein Emporkömmling.«

»Mag sein. Jedenfalls aber einer von der angenehmsten Sorte. Nehmt es, wie ihr wollt, der Mann gefällt mir, und seine Zurückhaltung zeigt viel Takt. Ich erkläre hiermit, daß ich nächstens eine Gelegenheit herbeiführen werde, seine Bekanntschaft zu machen. Schließlich ist er Herr auf Berndorf, und ich habe schon mit manchen reichgewordenen Seifenfabrikanten oder Lederhändler verkehren müssen, die mir unsympathisch waren. Dieser Mann ist mir sympathisch, nächstens lasse ich ihn mir vorstellen.«

»Silentium — er setzt sich hier neben uns.«

Das Gespräch verstummte, da sich Ralf am Nebentisch niederließ.

Man nahm nun wieder das Thema auf, das Ralfs Erscheinen unterbrochen hatte — die Katastrophe von Schönau.

Ralf mußte notgedrungen einiges von diesem Gespräch mitanhören. Er vernahm auch den Namen der Komtesse. Aber all diese Herren sprachen mit großer Hochachtung und Verehrung von ihr. Man bedauerte sie allgemein.

Darauf sagte einer der Herren: »Sie ist ja aber schließlich nicht so schlimm daran, da sie eigenes Vermögen hat.«

»Wenn ihr das nur ihr Stiefvater nicht zum größten Teil abgenommen hat. Ich kann mir nicht denken, daß der lebenslustige Schönau seinem Leben ein Ende gemacht hätte, wenn seine Stieftochter noch imstande gewesen wäre, ihn zu retten.«

»Na, warten wir ab, wie sich die Dinge entwickeln.«

»Schließlich ist Komteß Riedberg auch ohne Vermögen ein wertvoller Mensch«, sagte der jüngste Leutnant enthusiastisch.

»Bravo, Kleiner, ganz meine Meinung. Aber lieber Gott, ohne Vermögen ist das reizvollste Mädchen in einer schlimmen Lage. Und verwöhnt sind die Schönauer Damen sehr.«

In diesem Augenblick trat Baron Korff ein, der sich nach der Gemütsdepression, die ihn nach Erhalt von Komteß Dagmars Brief befallen hatte, etwas zerstreuen wollte.

Er wurde mit Hallo empfangen. »Haben Sie schon gehört, Herr Rittmeister, was in Schönau geschehen ist?«

In Ralf Jansens Gesicht war jede Muskel gespannt. Seine Augen sahen scharf zu Korff hinüber. Dieser zeigte ein äußerst ruhiges Gesicht.

»Ja, Treplitz hat es mir eben erzählt.«

»Na, und was sagst du dazu?« fragte ein anderer.

Korff zuckte die Achseln. »Daß dies eine sehr traurige Geschichte ist, über die man am besten nicht spricht. Die Damen sind natürlich sehr zu bedauern.«

»Allerdings! Und die schönen, fidelen Abende in Schönau sind nun zu Ende. Es gab dort so vorzügliche Weine«, seufzte ein beleibter Offizier mit einer riesigen Glatze, dem man ansah, daß er ein großes Interesse für gut gefüllte Weinkeller hatte.

Ralf Jansen jagte das Blut wild durch die Adern, als er sah, wie ruhig und kalt Korff über die Schönauer Angelegenheit sprach und wie kühl und reserviert er dabei aussah. Es zuckte Ralf in den Fingern, er mußte die Zähne zusammenbeißen, um sich beherrschen zu können. Am liebsten wäre er aufgesprungen und hätte zu Korff gesagt:

»Ihr Platz ist an Komteß Riedbergs Seite. Daß Sie so ruhig und gelassen hier sitzen, während sie in Angst und Not allein ist, beweist mir, daß Sie schon jetzt zum Verräter an ihr geworden sind. Ein Schuft, wer in solcher Lage nur an sich selbst denkt.«

Aber er hatte kein Recht, für die Komtesse einzutreten. Es war ihm jedoch unmöglich, länger diesem kalten, verräterischen Antlitz gegenüber seine Ruhe zu bewahren. Er erhob sich jäh, legte ein Geldstück auf den Tisch und verließ die Veranda.

Die Offiziere sahen ihm wieder voll Interesse nach und beobachteten, wie er sich elastisch auf seinen Wagen schwang und die Zügel ergriff. Auch Korff sah ihm nach, ahnungslos, was der Australier von ihm wußte und wie er über ihn dachte.

»Wenn man so reich wäre, wie der Australier, dann könnte man sich den Luxus leisten, nach seinem Herzen zu freien. Dann sollte mich nichts von Dagmar trennen. Niemand als sie würde ich heimführen«, dachte er.

Schon lange vor der verabredeten Zeit wartete Ralf Jansen am nächsten Tage an der Schönauer Parkmauer auf Dr. Härtling. Er hatte seine Ungeduld nicht bezähmen können. Seine Mutter hatte ihn besorgt beobachtet, als sie mit ihm beim Frühstück saß. Er hatte ihr die Hand gestreichelt.

»Ich gehe nach Schönau, Mutterle. Dr. Härtling hat mir gesagt, daß die Damen in ihrer Not nicht aus noch ein wissen. Und sie haben keinen Menschen, der sich ihrer annimmt. Da will ich ihnen meine Dienste anbieten.«

Frau Jansen hatte lächelnd genickt. »Schon recht, mein Sohn, tue das. Wenn man jemand in Not weiß, muß man nicht erst lange fragen, ob es erlaubt ist, zu helfen.«

Weil es noch viel zu früh war, ging er zu Fuß. Er sagte sich, daß es besser sei, wenn er zu dem Arzt in den Wagen stieg. Er hatte jedoch Befehl gegeben, daß um ein Uhr ein Wagen für ihn am Schönauer Parktor halten sollte.

Nun sah er ungeduldig die Chaussee entlang, und als er endlich den Wagen des Arztes erblickte, lief er ihm entgegen. Das ruhige Warten ertrug er nicht mehr.

Dr. Härtling begrüßte ihn erfreut.

»Da sind Sie ja, mein lieber Herr Jansen! Ich fürchte schon, es sei Ihnen leid geworden mit Ihrem Versprechen, mich nach Schönau zu begleiten.«

Ralf stieg zu ihm hinein.

»Sie sehen, Herr Doktor, daß Ihre Furcht unbegründet war.«

In ihrem gemütlichen Zuckeltrab setzten die Gäule des Arztes nun ihren Weg fort und hielten nach wenigen Minuten vor dem Portal des Herrenhauses.

Als die Herren die Halle betraten, sahen sie einige Herren mit mißvergnügten Gesichtern herumsitzen. Der Arzt sah sie scharf durch seine Brillengläser an.

»Ah, da sind ja die Aasgeier schon wieder«, sagte er leise

zu Ralf. Er rief einen Diener herbei, nachdem er die Herren flüchtig begrüßt hatte.

»Sind die Damen zu sprechen?«

»Die Komtesse befindet sich im Zimmer der gnädigen Frau, die eben wieder Weinkrämpfe bekommen hat«, erwiderte der Diener.

Der Arzt wandte sich zu Ralf. »Dann werde ich erst mal nach der Patientin sehen, Herr Jansen. Sie müssen einige Minuten warten.« Und zu dem Diener gewendet, fuhr er fort:

»Führen Sie den Herrn in das Empfangszimmer. Ich werde ihn selbst den Damen melden.«

Der Diener verneigte sich und führte Ralf Jansen ins Haus. Dr. Härtling begab sich in das Zimmer der Hausfrau. Ihr Weinen klang ihm schon entgegen. Rasch trat er ein. Er sah Frau Ellen auf dem Diwan liegen, und die Komtesse und die Zofe bemühten sich um sie.

Der Arzt sah in das blasse, abgespannte Gesicht der Komtesse, aus dem die Augen so leidvoll und traurig herausblickten.

Schnell trat er an Frau von Schönau heran.

»Jetzt ist es aber genug, gnädige Frau. Sie martern sich und Ihre Umgebung mit diesen haltlosen Ausbrüchen. Kämpfen Sie ernstlich dagegen an. Jetzt müssen Sie endlich ruhig sein«, sagte er bestimmt und richtete die Weinende empor.

Das laute Weinen verstummte auch sofort und ging in ein leises Jammern über.

»Mama hatte sich aufgerafft, Herr Doktor, und wollte mit den Gläubigern sprechen. Die Herren waren aber derartig zudringlich und ungezogen, daß Mama wieder einen Weinkrampf bekam.«

Frau Ellen wollte wieder klagen und jammern. Der Arzt faßte mit energischem Druck ihre Hände.

»Ruhe — unbedingt Ruhe. Ich gebe Ihnen noch einmal ein Schlafpulver, und Sie schlafen sich ganz gründlich aus. Dann aber erwachen Sie ganz ruhig und vernünftig, sonst stehe ich für nichts. Zu Ihrer Beruhigung will ich Ihnen noch sagen, daß die Gläubiger Sie nicht mehr belästigen werden. Ich habe Ihnen einen Helfer in der Not mitgebracht, der Ihre schwierigen Verhältnisse regeln und die Komtesse unterstützen wird. So, hier ist das Pulver. Ruhe! Gefragt wird nichts mehr! Sie schlafen jetzt, punktum.«

Das energische Wesen des Arztes verfehlte seine Wirkung nicht. Gehorsam nahm Frau Ellen das Pulver und legte sich zurück. Der Arzt gebot der Zofe, im Zimmer zu bleiben, bis Frau von Schönau eingeschlafen sei. Dann möge sie sich leise entfernen.

Mit einem warmen, herzhaften Druck faßte er dann Dagmars Hand. »Nun kommen Sie Komteß. Ich will Sie mit Ihrem Nothelfer bekannt machen«, sagte er mit einem leichten Anflug von Humor. Sie folgte ihm willig und sah ihn fragend an.

»Von wem sprechen Sie, Herr Doktor?« Er drückte ihr beruhigend die Hand, und sie hatte das Gefühl, als sei der alte Arzt augenblicklich der einzige Mensch auf der Welt, der ihr nicht feindlich gegenüberstand.

»Ich spreche von einem redlichen, ehrlichen Mann, Komtesse, der die Gläubiger zur Vernunft bringen und Ihnen helfen will, weil Sie niemand haben, der für Sie einsteht. Es ist Herr Jansen, der Besitzer von Berndorf. Durch mich hat er von Ihrer Bedrängnis gehört und sich gleich bereit erklärt, Ihnen zu helfen, wenn Sie es ihm gestatten wollen.«

Dagmar stutzte. »Der Australier?« fragte sie erstaunt.

»Ja, der Australier. Obwohl er bisher nicht die Ehre Ihrer Bekanntschaft gehabt hat, zögerte er nicht einen Augenblick, hilflosen Damen seine nachbarlichen Dienste anzubieten, als sei es ganz selbstverständlich.

Er kann vielleicht nicht mit zierlichen Galanterien und Komplimenten aufwarten, aber dafür wird er tatkräftig für Sie eintreten. Seine Bedenken, ob Sie ihm gestatten werden, Ihnen zu Hilfe zu kommen, habe ich zerstreut und ihn gleich mitgebracht, damit ich Sie in aller Form ihm bekannt machen kann.«

Die Komtesse machte ein unbehagliches Gesicht. »Ach, lieber Herr Doktor, dürfen wir das von einem Fremden annehmen?«

»Ich bitte Sie, Komtesse, lassen Sie mal Ihre formellen Bedenken beiseite. Herr Jansen hat auch nicht erst lange im ›guten Ton‹ nachgeschlagen, ob er helfen darf oder nicht. Er ist einfach zur Stelle mit seinem ehrlichen Willen. Nun kränken Sie ihn nicht durch eine Zurückweisung.«

Sie schüttelte den Kopf. »Kränken will ich ihn gewiß nicht. Er verdient unseren Dank. Ich bin nur bange, daß wir zu viel von ihm annehmen müssen.«

»Das lassen Sie seine Sorge sein.«

Damit öffnete der Arzt die Tür zum Empfangszimmer und ließ Dagmar eintreten.

Ralf Jansen stand hochaufgerichtet mitten im Zimmer. Seine helle Stirn, die sich leuchtend gegen den Bronzeton seines Gesichts abhob, rötete sich jäh, als die Komtesse ihm gegenübertrat. Aber sonst verriet nichts seine Erregung. Seine grauen Augen sahen fest und klar in die ihren.

Dr. Härtling stellte vor.

Ralf verneigte sich artig. Sein Blick hing an dem blassen Gesicht der Komtesse, das sich ihm in hilfloser Verzagtheit zuwandte.

»Verzeihen Sie mir, gnädigste Komteß, wenn ich mich ungerufen hier eindränge, um Ihnen meine Dienste anzubieten. Ich weiß nicht, ob das in Ihren Augen ein gesellschaftlicher Fehler ist. Wollen Sie mir gestatten, nach bestem Ermessen für Sie und Ihre Frau Mutter einzutreten, so sagen Sie es mir, und ich werde Ihnen ehrlich zu helfen suchen. Wünschen Sie es nicht, dann bitte ich um Entschuldigung für mein Eindringen und ich werde mich sofort entfernen.«

Komteß Dagmar sah ihn an, als sei er ein Mensch aus einer anderen Welt. Seine ruhige Sicherheit flößte ihr Vertrauen ein. Nicht einer von all den Freunden und Bekannten, die so oft in Schönau verkehrt hatten war zu ihrer Hilfe herbeigekommen. Und dieser Mann, den sie bisher nur von weitem gesehen hatte, mit dem sie heute das erste Wort wechselte, kam und bot ihr wie selbstverständlich seine Hilfe an. Sie preßte hilflos die Handflächen zusammen und sah zu ihm auf, daß ihm das Herz bis zum Hals hinauf schlug.

»Sie sehen mich ganz fassungslos Ihrem freundlichen Anerbieten gegenüber, Herr Jansen. Es ist so überaus gütig, daß ich nicht weiß, ob es Ihre Güte mißbrauchen hieße, wenn ich es annehmen würde«, sagte sie leise.

»Sie können es ohne alle Bedenken annehmen, Komtesse. Herr Jansen weiß, was er will, und bietet Ihnen seine Hilfe aus ehrlichem Herzen an«, warf Dr. Härtling ein.

Dagmar sah Ralf unsicher lächelnd an. »Ich fürchte, unser lieber Herr Doktor hat in seiner Sorge um uns vielleicht irgendwelche Beeinflussung zu unseren Gunsten auf Sie ausgeübt.«

»Diese Furcht ist unbegründet, Komteß. Dr. Härtling hat keinerlei Einfluß auf mich ausgeübt, und ich bin auch Einflüssen nicht so leicht zugänglich. Er hat mir nur gesagt, daß Sie schwierigen Verhältnissen hilflos gegenüberstehen. Kein rechter Mann kann eine Frau in Not sehen, ohne zu wünschen, ihr helfen zu können.«

Bitteres Weh durchzuckte Dagmars Herz. Wo war der

Mann, der ihr vor allen andern hätte zur Seite stehen müssen, der Mann, dem sie ihr Herz geschenkt, der ihr von seiner heißen, alles bezwingenden Liebe gesprochen hatte? Er ließ sie allein in ihrer Not, verriet sie feige, weil sie arm war.

Und doch konnte sie das Bild des Verräters nicht aus ihrem Herzen reißen, doch brannte die Wunde, die er geschlagen, wie ätzendes Gift in ihrer Seele.

Ein Seufzer entfloh ihren Lippen.

»Ich kann Ihnen nicht sagen, wie tief es mich bewegt, daß Sie so großherzig zu unserer Hilfe herbeigekommen sind, Herr Jansen. Ich weiß, es ist ein großes Opfer, das ich von Ihnen annehmen soll.«

»Es bedarf keines Dankes, gnädigste Komtesse, für eine selbstverständliche Sache.«

Impulsiv reichte sie ihm die Hand.

»Nicht vielen Menschen würde das, was Sie für uns tun wollen, so selbstverständlich erscheinen. Sie müssen sich schon meinen herzlichen Dank gefallen lassen.«

Er führte die kleine, schlanke Mädchenhand nicht an seine Lippen, wie er es so gern getan hätte. Aber wie ein magnetischer Strom ging es durch seinen Körper, als er ihre Hand in der seinen fühlte und sie fest und warm umschloß. Nichts verriet jedoch seine Empfindungen, nur atmete er tief und schwer.

»Ich bitte Sie, mir völlig freie Hand zu geben, gnädigste Komtesse. Sie müssen die Güte haben, mich zu den Herren hinauszubegleiten, die auf Sie warten, und ihnen zu erklären, daß Sie mir alle Vollmacht geben, auch im Namen Ihrer Frau Mutter, die dies dann später bestätigen muß. Natürlich sollen Sie das nur tun, wenn Sie mir volles Vertrauen entgegenbringen.«

Sie sah ihn klar und offen an. »Obwohl ich Sie heute erst kennenlerne, Herr Jansen, und nicht viel mehr von Ihnen weiß, als daß Sie unser Nachbar und Herr auf Berndorf sind, so hat mir doch Ihr ganzes Auftreten, Ihr sicheres Wesen großes Vertrauen eingeflößt, so daß ich Ihnen bedingungslos freie Hand in allen Dingen lasse. Auch weiß ich ganz gewiß, daß Dr. Härtling Sie uns nicht zugeführt hätte, wenn Sie unseres Vertrauens nicht wert wären. Er ist, wie ich weiß, ein guter Menschenkenner.«

»Sie tun recht, Komtesse, auf Herrn Jansen können Sie sich verlassen. Ich lege meine Hand für ihn ins Feuer. Und nun bin ich hier überflüssig und kann mich entfernen, damit meine Patienten nicht allzu lange auf mich warten müssen. Ich komme morgen früh noch einmal heraus. Auf Wiedersehen, Komtesse! Auf Wiedersehen, Herr Jansen!«

Damit verabschiedete sich der Arzt. An der Tür wandte er sich noch einmal um. »Haben Sie schon Nachricht erhalten, wann Fräulein Lotte eintrifft?«

»Ja, Herr Doktor, sie kommt heute abend um elf Uhr an.«

»Na, dann werden Sie wenigstens noch einen Menschen haben, der tapfer zu Ihnen steht. Dafür kenne ich Fräulein Lotte. Also auf Wiedersehen.«

Die Tür schloß sich hinter dem Arzt, und nun war die Komtesse mit Ralf Jansen allein. Ein leises Zagen wollte sie überkommen. Aber Ralf Jansen machte ihr die peinliche Lage so leicht wie möglich und sprach in einem ganz geschäftlichen Tone mit ihr.

»Darf ich Sie nun bitten, mich hinauszubegleiten?«

Sie neigte das Haupt. »Meine Mutter ist leider augenblicklich nicht imstande, Ihnen zu danken, Herr Jansen. Sie hatte sich aufgerafft und war den Gläubigern entgegengetreten, um zu erfahren, ob für sie noch ein Notpfennig zu retten sei. Aber die Herren waren so aufgebracht und schrien meine Mutter an: die Hauptsache sei ihnen, daß sie selbst zu ihrem Geld kämen, was aus ihr werde, kümmere sie nicht im mindesten. Da war es mit ihrer Fassung vorbei! Sie ist ja nicht gewöhnt, daß das Leben sie hart und rauh anfaßt.«

Warmer Glanz lag in seinen Augen. »Und Sie, Komtesse? Sind Sie nicht auch ungewöhnt, solchen Widrigkeiten zu begegnen?«

Ein leiser Seufzer entfloh ihren Lippen. »Nein, das bin ich auch nicht gewöhnt, aber ich werde es lernen müssen. Und da ich eine leidlich energische Natur bin, werde ich mich schon mit den veränderten Verhältnissen abfinden. Die größte Sorge macht mir das Schicksal meiner Mutter und meiner Schwester.«

Dagmar wunderte sich selbst, daß sie so vertrauensvoll zu Jansen sprechen konnte, gerade jetzt, nachdem Korff ihr Vertrauen so schändlich mißbraucht hatte. Sie ahnte nicht, wie sehr sie Ralf Jansen damit beglückte.

»Darf ich fragen, Komteß, ob Ihr Schicksal in irgendeiner Weise für die Zukunft sichergestellt ist? Ich habe gehört, daß Sie eigenes Vermögen besitzen.«

Sie errötete leicht; ihren Stiefvater wollte sie nicht anklagen! »Ich besitze nichts – gar nichts mehr. Mein Vermögen habe ich vor einiger Zeit meinem Stiefvater – überlassen, er hat damals dringende Verpflichtungen damit eingelöst.«

Ralf wußte, daß dies eine fromme Lüge war, um den Toten zu entlasten, denn am Festabend hatte er ja selbst draußen auf der Terrasse von ihr gehört, daß sie sich noch im Besitz ihres väterlichen Vermögens glaubte. Er sagte aber nichts darüber.

»So müßte Ihnen Ihr eigenes Schicksal doch mindestens ebensoviel Sorge machen wie das Ihrer Frau Mutter und Ihres Fräulein Schwester.«

Sie schüttelte den Kopf. »Für mich wird sich schon eine Lebensmöglichkeit finden. Gottlob habe ich aus angeborenem Wissensdurst mehr gelernt, als von mir verlangt worden ist. Ich werde mir auf irgendeine Weise mein Brot verdienen können. Aber meine Mutter ist ganz unbrauchbar für den Lebenskampf, und meine Schwester ist noch zu jung, erst siebzehn.«

Ralf Jansen hatte alle Selbstbeherrschung nötig, um ihr gegenüber nicht schwach zu werden.

»Es ist bewundernswert, Komtesse, wie tapfer Sie sind! Nur um der Mutter und Schwester Los ist Ihnen bange.«

Ein schattenhaftes Lächeln huschte über ihr trauriges Gesicht, und ihre Augen bekamen einen feuchten Glanz.

»So groß ist meine Tapferkeit nicht, Herr Jansen, ich mache nur aus der Not eine Tugend. Doch nun kommen Sie, bitte, hinaus. Ich will Ihre sicher sehr kostbare Zeit nicht länger als unbedingt nötig in Anspruch nehmen.«

Er verneigte sich, und sie traten hinaus in die Halle. Da standen die Gläubiger in aufgeregter Unterhaltung zusammen. Sie tauschten Vermutung darüber aus, was der Australier in Schönau wollte.

Als dieser jetzt mit der Komtesse zu ihnen trat, sahen sie ihm erwartungsvoll entgegen. Ralf richtete sich hoch auf und ergriff sofort in seiner energischen, zielsicheren Art das Wort:

»Meine Herren, ich teile Ihnen mit, daß mir Komtesse Riedberg im Namen ihrer kranken Mutter Vollmacht erteilt hat, die schwebenden Geschäfte, die Sie hierher geführt haben, mit Ihnen zu erledigen. Wollen Sie das bitte bestätigen, gnädigste Komteß?«

»Ich bestätige, was Herr Jansen soeben gesagt hat«, erwiderte die Komtesse. Sie fühlte sich wunderbar ruhig und sicher an seiner Seite.

Die Gläubiger sahen sich an, als wollten sie fragen: Wie sollen wir das verstehen?

Ralf ließ sie darüber nicht lange im Zweifel.

»Ich muß mir erst einmal genau darüber klarwerden, was hier geschehen muß, um alles zu ordnen. Aber ich gebe Ihnen mein Wort, daß jeder von Ihnen zu seinem Rechte kommen wird, wenn Sie in Ruhe abwarten wollen, bis ich alles übersehen kann. Dies Trauerhaus ist überhaupt nicht der Ort, derartige Geschäfte zu erledigen. Erst muß vor allen Dingen der verstorbene Herr dieses Hauses in Frieden beerdigt werden. Dann ist es an der Zeit, Ihre Ansprüche geltend zu machen. Ich schlage Ihnen vor, Sie kommen nach drei Tagen zu mir nach Berndorf. Inzwischen nehme ich Rücksprache mit Herrn Bankier Volkmann, und dann werde ich Ihnen Vorschläge machen, wie hier alles geregelt werden kann. Ich sage Ihnen nochmals, Sie kommen zu Ihrem Recht, wenn Sie sich gedulden, und bitte Sie dringend, die Damen nicht mehr zu belästigen. Sind Sie damit einverstanden?«

Die Gläubiger sahen sich an. Sie wußten sehr wohl, daß die Angelegenheit jetzt in den besten Händen war. Des Australiers Wort war so gut wie bares Geld. So besannen sie sich nicht lange. Sie erklärten sich einverstanden, und wenige Minuten später hatten sie Schönau verlassen.

Die Komtesse trat aufatmend mit Ralf in das Zimmer zurück. Mit einem leuchtenden Blick sah sie zu ihm empor und ergriff seine Hand.

»Gottlob, nun sind sie fort! Lassen Sie mich Ihnen Dank sagen, Herr Jansen.«

»Wozu danken, Komtesse? Sie haben doch gesehen, daß es gar nicht schwer war, mit den Herren fertig zu werden.«

»Ihnen ist dies freilich überraschend schnell gelungen. Sie müssen einen Zauberstab besitzen. Aber meinen wärmsten Dank müssen Sie doch entgegennehmen.«

Er sah verlegen vor sich hin. »Bitte, sprechen Sie nicht von Dank – das beschämt mich. Wollen Sie mir unbedingt danken, so tun Sie es dadurch, daß Sie mir Ihr volles Vertrauen entgegenbringen und großmütig über irgendwelche gesellschaftliche Fehler hinwegsehen, die mir in einem Verkehr mit Ihnen und Ihrer Frau Mutter unterlaufen sollten.«

Mit großen, ernsten Augen blickte sie ihn an. »Meines Vertrauens können Sie unbedingt sicher sein, Herr Jansen. Und was Sie von gesellschaftlichen Fehlern sprechen ist wohl überflüssig. Ich glaube nicht, daß Ihr taktvolles Wesen solche Fehler zuläßt. Sollte es aber doch der Fall sein, daß Ihnen solch ein kleiner Verstoß gegen die hergebrachte Sitte unterlaufen würde, so würde ich mir sagen, daß unsere gesellschaftlichen Formen sehr mangelhaft sind, wenn sie das zum Unrecht stempeln, was aus eines ehrlichen Mannes Herzen kommt. Und ich werde ganz sicher nicht vergessen, daß Sie für solch einen Fehler nicht verantwortlich gemacht werden können. Sie waren lange in Australien, wie man mir sagte?«

»Ja, Komtesse, jahrelang habe ich dort in der Wildnis gelebt. Außerdem bin ich der Sohn eines Handwerkers. Mir hat niemand gesagt, was zum guten Ton Ihrer Gesellschaft gehört. Ich weiß, in Ihren Kreisen pflegt man von einem Mann, wie ich einer bin, zu sagen: Ihm fehlt die Kinderstube.«

Sie schüttelte lächelnd den Kopf. »Das wird von Ihnen ganz gewiß niemand behaupten können. Ich kenne eine ganze Anzahl Menschen, die eine sehr gute Kinderstube hatten und doch nicht besitzen, was Ihnen in reichem Maß eigen ist.«

»Was wäre das, Komtesse?«

Lieb und freundlich sah sie ihn an. »Herzenstakt, Herr Jansen. Den besitzen Sie jedenfalls in hervorragendem Maße.«

Seine Augen strahlten auf. »Diese Tugend hat mir wohl

meine gute Mutter vererbt. Sie ist eine schlichte Frau, aber ihr Herz ist voll Güte. Ich habe sie nie etwas tun sehen, was nicht menschlich schön und gut gewesen wäre.«

Ein wehmütiges Empfinden beschlich Dagmar.

Wie beneidenswert war er, daß er so von seiner Mutter sprechen konnte.

»Es ehrt Sie und Ihre Frau Mutter, daß Sie so von ihr sprechen. Ihre Frau Mutter lebt bei Ihnen in Berndorf, nicht wahr? Ich habe Sie zuweilen mit einer alten Dame mit weißem Haar im Wagen fahren sehen.«

»Ja, das war meine Mutter.«

»Darf ich fragen, weshalb Sie so zurückgezogen in Schloß Berndorf leben, weshalb Sie keine Besuche in der Nachbarschaft machen?«

Er sah ihr ernst in die Augen. »Weil ich ganz genau weiß, daß ich für meine Nachbarn nichts bin als ein Emporkömmling, dem man möglichst aus dem Weg geht. Es liegt nicht in meiner Natur, mich aufzudrängen. Deshalb bleibe ich für mich.«

Sie schüttelte den Kopf. »Niemand würde Sie für aufdringlich halten. Man hätte sie sicher überall freundlich aufgenommen.«

»Sie müssen mir schon gestatten, daß ich daran zweifle. Vielleicht hätte man hier und dort keine Aufdringlichkeit in meinem Besuch gesehen. Aber wenn man mich nur an einer Stelle hochmütig abgelehnt hätte, das wäre mir eine unerträgliche Demütigung gewesen.«

»So stolz sind Sie?« fragte sie leise.

»Wenn Sie das stolz nennen, ja, dann bin ich stolz.«

Voll Interesse sah sie ihm in die Augen. »Sie sind berechtigt zu diesem Stolz. Aber auf diese Weise werden Sie immer allein stehen, und Sie werden es auch den Menschen, die gern mit Ihnen verkehren möchten, unmöglich machen, sich Ihnen zu nähern. Man bedauert sehr, daß Sie so zurückgezogen leben.«

Er warf stolz den Kopf zurück. »Wer mir nähertreten will, wird ja den Weg zu mir finden!«

Sie wollte schnell etwas antworten, zögerte aber dann und sah ihn unsicher an. Endlich fragte sie: »Ich möchte Ihnen gern darauf antworten, aber Sie würden meine Worte vielleicht wie eine Belehrung auffassen und mir zürnen.«

»Das werde ich ganz sicher nicht tun. Einer Belehrung bin ich nie aus dem Weg gegangen, und ich bin immer dankbar für eine solche gewesen. Sonst würde ich bedeutend ungeschickter vor Ihnen stehen. Bitte, sagen Sie mir, was Sie mir sagen wollten.«

»Ich wollte Ihnen nur sagen, daß niemand den Weg zu Ihnen finden kann! Sie sind als Fremder hier zugezogen und sind unverheiratet. Zwei Gründe, die Ihnen die gesellschaftliche Pflicht auferlegen, zuerst Besuche zu machen oder wenigstens Ihre Karte abzugeben. Damit bekunden Sie, daß Sie in die Gesellschaft aufgenommen zu werden wünschen. Da dies nicht geschehen ist, hatte niemand eine Berechtigung, zu Ihnen zu kommen, ohne seinerseits aufdringlich zu erscheinen.«

Überrascht sah er auf.

»So wäre also meine Zurückgezogenheit gewissermaßen eine gesellschaftliche Unterlassungssünde?«

»Man könnte es so nennen. Ganz sicher wäre sonst mancher gern zu Ihnen gekommen.«

»Sie meinen, man hat mich nur aus diesem Grund absichtlich übersehen?«

»Davon bin ich überzeugt.«

Er lachte leise. »Daran habe ich allerdings noch nicht gedacht. Ich habe geglaubt, man will nichts von mir wissen.«

Die Komtesse lächelte. »O nein, man ist nicht ganz so töricht, wie Sie meinen. Ich weiß bestimmt, daß man Ihre Zurückhaltung sehr bedauert hat. Freilich muß ich ehrlich zugeben, daß man im Anfang Ihnen auch sehr zurückhaltend gegenüber stand, weil man Sie für einen Emporkömmling im bösen Sinne des Wortes hielt. Davon ist man aber schnell abgekommen. Ihre Persönlichkeit überzeugte uns alle vom Gegenteil Ich habe zum Beispiel vor einigen Wochen gehört, wie einige Offiziere aus unserer Garnison den Bankier Volkmann, mit dem Sie wohl in Verbindung stehen, fragten, ob denn dem Besitzer von Berndorf in keiner Weise näherzukommen sei.«

»Und was antwortete Herr Volkmann darauf?!«

»Er versprach den Herren, Sie nächstens, wenn seine Damen von der Reise zurückgekehrt seien, zu einer größeren Gesellschaft einzuladen, damit er die Herren mit Ihnen bekannt machen könne. Außerdem sprach er noch viel Gutes von Ihnen, daß ich Ihnen aber nicht wiederholen werde, um Sie nicht eitel zu machen. Jedenfalls sehen Sie aus alledem, daß es im Grunde nur Ihre eigne Schuld ist, wenn Sie noch keinen Anschluß gefunden haben.«

Mit einem seltsamen Blick sah er in ihre Augen. »Ich hätte also, wenn ich gewollt hätte, schon früher die Ehre haben können, Ihre Bekanntschaft zu machen?«

»Ganz gewiß.«

Da erhob er sich schnell. »Ich habe wohl nun meinen Besuch schon über Gebühr ausgedehnt. Verzeihen Sie mir. Ich will jedenfalls nicht länger stören. Darf ich Sie bitten, mir zu sagen, wann ich kommen darf, um mir von Ihrer Frau Mutter eine Vollmacht ausstellen zu lassen? Eine solche dürfte nötig sein, um mich als Ihren Vertreter auszuweisen.«

»Wenn Sie sich morgen vormittag noch einmal zu uns bemühen wollten? Bis dahin wird Mama wohl imstande sein, die Vollmacht auszustellen. Müssen Sie nicht auch Einblick in die Bücher meines Stiefvaters nehmen?«

»Ich glaube nicht, daß es nötig sein wird. Wie ich weiß, ist Bankier Volkmann ziemlich genau über alles unterrichtet. Ich werde mit ihm alles Weitere besprechen. Behelligt werden Sie jedenfalls jetzt nicht mehr. Ich will versuchen, wenigstens einen Notpfennig für Ihre Frau Mutter und Fräulein Schwester aus dem Zusammenbruch zu retten. Ein Verkauf von Schönau wird sich freilich nicht vermeiden lassen, soviel ich schon gehört habe.«

Sie neigte das Haupt. »Nein — er ist unabwendbar, ich weiß es. Wenn die Angelegenheit nicht so ganz hoffnungslos wäre, hätte mein Stiefvater sicher nicht den letzten, furchtbaren Schritt getan.«

»Dennoch bitte ich Sie, verzagen Sie nicht. Irgendein Rettungsweg wird sich finden lassen, der Sie und Ihre Angehörigen vor dem Schlimmsten bewahrt.«

Wieder reichte sie ihm die Hand. »Sie sind ein guter edler Mensch. Gott lohne Ihnen Ihre Hilfsbereitschaft«, sagte sie bewegt.

Er biß die Zähne zusammen, um seine Ruhe nicht zu verlieren, und seine Stirn rötete sich.

»Überschätzen Sie mich nicht, Komtesse, schließlich ist es doch nur Egoismus, was mich treibt. Es macht mir eben Freude, Ihnen dienen zu dürfen. Auf Wiedersehen morgen um diese Zeit. Bitte empfehlen Sie mich Ihrer Frau Mutter.«

»Auf Wiedersehen, Herr Jansen, und vielen Dank.«

Er machte eine hastig abwehrende Bewegung und verließ das Zimmer wie auf der Flucht — der Flucht vor sich selbst.

Aber Dagmar hatte keine Ahnung, was es Ralf Jansen gekostet hatte, ihr gegenüber seine Ruhe zu bewahren. Unwillkürlich trat sie zum Fenster und sah ihm nach.

VII

Ralf Jansen hatte Schönau in einem Zustand der Erregung verlassen, den er noch nie an sich bemerkt hatte. Nun er die persönliche Bekanntschaft Dagmars gemacht hatte, war seine Liebe noch viel tiefer und stärker geworden.

Schon der Gedanke, ihr dienen zu dürfen, machte ihn glückselig. Er fühlte, daß sie ein gutes, edles Geschöpf war. Ihre reinen, stolzen Augen hatten mit ihrem wahrhaften Ausdruck tief in sein Herz geleuchtet, und ihr vornehmes, sicheres Wesen, das sich so reizvoll mit der scheuen Hilflosigkeit einte, die sie den schlimmen Ereignissen gegenüber befallen hatte, erschien ihm liebenswert, wie nichts auf der Welt. Seine frohe Erregung hatte sich noch nicht gelegt, als er nach Hause kam. Er stürmte wie ein glücklicher Schuljunge in das Zimmer seiner Mutter, nahm sie in seine Arme und sagte mit verhaltener Stimme:

»Mutterle, ich habe mit ihr gesprochen! Du glaubst nicht, was sie für ein liebes, süßes Geschöpf ist.«

Mit feuchten Augen sah die Mutter in sein erregtes Gesicht. Sie strich ihm liebevoll das Haar aus der Stirn.

»Wie ein Büble kommt er dahergestürmt, mein großer Sohn. Und so glücklich schaut er aus, weil er einem Menschen etwas Gutes tun kann.«

»Aber was für einem Menschen, Mutterle. Dem schönsten und liebsten, den du dir denken kannst! Sie ist es wert, Mutter, daß ich für sie eintrete.«

Wehmütig lächelnd nickte sie. »Ich glaube es schon, mein Ralf. Aber wenn du nun öfter mit ihr zusammenkommst — wird dann deine Liebe zu ihr nicht immer stärker und tiefer werden? Und wirst du dann schließlich nicht sehr unglücklich sein, wenn sie dir nicht angehören kann und will?«

»Daran will ich jetzt nicht denken. Daß ich ihr helfen, sie beschützen und behüten darf, ist schon ein großes Glück für mich. Komm, laß dir erzählen, was ich alles mit ihr gesprochen habe.«

Und er berichtete von seiner Unterredung mit Dagmar. Frau Jansen hörte ihm sinnend zu und mußte aus seinen Worten entnehmen, daß die Komtesse wirklich ein liebes, tapferes und selbstloses Geschöpf war.

Und wieder sandte sie ein stilles Gebet zum Himmel empor, das um ihres Sohnes Glück bat.

Ralf hielt es nicht lange zu Hause. Die frohe Unruhe trieb ihn ins Freie, sobald er die Mittagsmahlzeit mit seiner Mutter eingenommen hatte. Er ließ sich sein Pferd satteln, ein schönes, edles Vollblut.

Während er durch den Wald ritt, überlegte er, wie er Dagmar am besten helfen könnte.

Auf alle Fälle würde er Schönau kaufen. Das wollte er ihr schon morgen sagen. Und wenn er erst Herr von Schönau war, dann könnte er sie doch bitten, mit ihrer Mutter und ihrer Schwester ruhig in Schönau wohnen zu bleiben, solange es ihnen gefiel.

Dieser Gedanke elektrisierte ihn förmlich. Ja, so konnte er den Damen am besten über alle Schwierigkeiten hinweghelfen. Auch sonst malte er sich noch allerlei aus, wie er für Dagmar sorgen könne, ohne daß es ihr drückend erscheinen mußte.

Komteß Dagmar hatte sich entschlossen, ihre Schwester selbst abzuholen.

Die Mutter schlief noch, als sie gegen zehn Uhr nochmals bei ihr war. Sie gebot der Zofe, zuweilen vorsichtig nach ihr zu sehen, und wenn sie erwachen sollte, ihr zu sagen, daß sie zum Bahnhof gefahren sei wegen Lotte.

Dagmar benutzte das Auto, das ihr Stiefvater auf Wunsch ihrer Mutter vor zwei Jahren gekauft hatte. Mit einem trüben Blick sah sie auf das elegante Gefährt, als sie einstieg. Als dieses Automobil gekauft wurde, hatte es schon sehr schlecht um Schönau gestanden, aber man hatte trotzdem nichts von Sparsamkeit wissen wollen.

Seufzend lehnte sie sich in den Wagen zurück. Wie lange noch, dann würde ihr kein Wagen mehr zur Verfügung stehen, und vieles, was ihr bisher selbstverständlich gewesen war, würde dann zum unerschwinglichen Luxus gehören.

Als sie den Bahnhof erreicht hatte, blieben ihr noch zehn Minuten bis zur Ankunft des Zuges. In nervöser Unruhe ging sie auf dem Bahnsteig auf und ab. Um nicht von Bekannten gesehen und angesprochen zu werden, hatte sie einen dichten Schleier vorgenommen. Sie trug ein schwarzes Kleid, das sich noch in ihrem Besitz gefunden hatte. Trauerkleider sollten erst morgen geliefert werden. Es war auch gut, daß sie jetzt nicht direkt den Eindruck einer Trauernden machte, damit Lotte bei ihrem Anblick nicht gleich erschrak.

Endlich lief der Zug ein, und da erblickte sie an einem Fenster auch schon das liebe, frische Gesicht der Schwester. Sie schlug schnell den Schleier zurück und winkte ihr zu.

Wenige Augenblicke später hing Charlotte von Schönau an Dagmars Halse und küßte sie innig.

»Da bin ich, Dagmar! War das eine langweilige Reise! Zuletzt war ich vor Ungeduld so nervös, daß ich am liebsten aus dem Zuge gesprungen und nebenher gelaufen wäre. Aber nun sage mir schnell — wie geht es Mama? Ist sie ernstlich krank?«

Dagmar vermochte es über sich zu bringen, ruhig zu

scheinen. »Es geht Mama wieder besser. Sie schläft jetzt, und morgen wird sie sich wohler fühlen.«

Mit ihren klugen, blauen Augen sah Lotte die Schwester forschend an. »Dann ist es gut. Denke dir, ich war so nervös geworden, als die Depesche eintraf. So ein flaues, dummes Gefühl hatte ich — es ist nicht zu beschreiben. Und als ich dich jetzt hier im schwarzen Kleid stehen sah — ausgerechnet in Schwarz bei der Wärme und wo du doch so selten Schwarz trägst, da hatte ich das unangenehme Gefühl wieder. Mir war zumute, als sei uns jemand gestorben. Ist das nicht töricht? Mama ist doch auch wirklich wieder besser?«

Dagmar stieg es heiß in die Augen, aber sie bezwang sich. Erst mußte sie Lotte im Wagen haben. Hier auf dem Bahnsteig zwischen all den fremden Menschen konnte sie ihr nicht ungestört sagen, was geschehen war.

»Ja, ja, Mama geht es wieder besser. Aber nun komm. Wo hast du den Gepäckschein?«

Lotte holte ihn aus ihrer Geldtasche und übergab ihn dem abseits stehenden Diener, den Dagmar mitgebracht hatte.

Arm in Arm gingen die Schwestern dann zum Wagen.

Lebhaft fahndeten Lottes Augen im Gedränge nach bekannten Gesichtern. Der Zug war stark besetzt gewesen. Nun Lotte über das Befinden der Mutter beruhigt war, hatte sie wieder Interesse an ihrer Umgebung.

»Nicht ein bekanntes Gesicht, Dagmar! Und ich hätte mich doch sehr gefreut, wenn wir gleich jemand getroffen hätten«, sagte sie.

Dagmar aber war froh, daß sie niemand begegneten, der sie kannte. Als sie endlich im Wagen saßen, atmete sie tief auf.

Sobald der Diener das Gepäck gebracht hatte, fuhr das Auto davon. Lotte zog die Vorhänge zu und schaltete die kleine, elektrische Birne ein. Dann kuschelte sie sich an Dagmars Seite.

»So ein eigenes Auto ist doch etwas Famoses, Dagmar. Ich bin froh, daß ich daheim bin. Am liebsten ginge ich gar nicht mehr zurück in die Pension. Am 1. Oktober ist ja ohnedies meine Zeit zu Ende. Seit Ostern ist Hanna von Mallin nicht mehr dort. Und sie ist doch meine liebste Freundin. Ohne sie gefällt es mir gar nicht mehr. Du hast ja Hanna kennengelernt, als du mit Mama in Genf warst. Ist sie nicht reizend?«

Dagmar nickte geistesabwesend. Sie fürchtete sich vor der Eröffnung, die sie Lotte machen mußte.

»Ja, Lotte, sie hat mir sehr gefallen. Und ich glaube, du wirst nicht wieder zurückgehen«, sagte sie. Und es bebten Tränen in ihrer Stimme.

Lotte richtete sich plötzlich mit einem Ruck auf und sah Dagmar an. Es war, als würde das frische Kindergesicht einen Schein bleicher.

»Dagmar — da stimmt doch etwas nicht! Du bist so ganz anders als sonst, so ernst; es sieht aus, als ob du weinen wolltest. Und mir ist wieder so unheimlich. Du sagtest, ich würde nicht in die Pension zurückgehen, und es klang so kummervoll. Sag mir doch — ist etwas geschehen?«

Da zog Dagmar die Schwester fest an sich.

»Ja, meine liebe, kleine Lotte, es ist etwas geschehen. Komm, bleib hier an meinem Herzen. Ich muß dir weh tun, aber du sollst zugleich fühlen, wie innig ich mit dir empfinde. Und du mußt ganz tapfer sein, Lotte. Du bist es immer gewesen — aber jetzt wird es ein wenig schwerer werden.«

Lotte faßte ihre Hände. »Nun mache es kurz, Dagmar. Ich weiß nach deiner Rede, daß mir Schlimmes droht. Quäl mich nicht lange. Sag mir alles, und schnell«, stieß sie hervor.

Dagmar küßte den blonden Scheitel der Schwester, von dem der Hut geglitten war.

»Meine kleine Lotte, du hattest recht, als du in deiner Vorahnung glaubtest, es sei uns jemand gestorben.«

Lotte zuckte zusammen.

»Mama?« fragte sie heiser.

»Nein, Lotte — nicht Mama. Dein Vater ist gestorben.«

Lotte fuhr empor und sah mit großen, erschrockenen Augen in ihr Gesicht.

»Papa? Ach nein, Dagmar, das kann doch nicht sein! Unser kräftiger, gesunder Papa — wie ist denn das möglich? War er krank? Warum hat man mich nicht eher heimgerufen, daß ich ihn noch einmal sehen konnte?«

Dagmar zog sie wieder an sich. »Er war nicht krank, Lotte. Vorgestern war ein großes Fest in Schönau. Und nach dem Fest, das er scheinbar ganz fröhlich mitgefeiert hatte, machte er Mama und mir eine sehr schlimme Eröffnung. Er sagte uns, daß — daß er ruiniert sei und Schönau unter den Hammer komme. Und — danach — danach geschah es.«

Lotte wurde leichenblaß und zitterte.

»Und — danach geschah es?« wiederholte sie tonlos.

»Ja, Lotte.«

Lotte warf sich an Dagmars Brust. »Dagmar — ach Dagmar —, er hat sich selbst — Papa — er hat sich selbst getötet?«

Eine qualvolle Erschütterung lag in diesen Worten. Dagmars Herz erzitterte vor dem Jammer der Schwester. Sie streichelte mit zitternder Hand ihr Haar.

»Ja, Lotte. Er war sofort tot.«

Und sie erzählte so schonungsvoll wie möglich, wie alles gekommen war und wie jetzt die Verhältnisse lagen.

Lotte lag ganz still in den Armen der Schwester. Es überflog sie nur zuweilen ein Zittern. Und als Dagmar zu Ende mit ihrem Bericht war, löste sich Lotte aus ihren Armen und richtete sich auf. Mechanisch strich sie mit zitternden Händen das Haar aus der Stirn und sah starr vor sich hin. Und plötzlich lösten sich Schreck und Jammer in heißen Tränen auf. Sie barg das Gesicht in den Händen.

Ruhig ließ die Schwester sie gewähren. Lange weinte Lotte stumm vor sich hin. Endlich sagte sie schluchzend:

»Ach, Dagmar, wie furchtbar ist das alles. Mir ist auf einmal, als sei die ganze Welt ohne Sonne und Licht.«

Dagmar streichelte wieder ihre Hände.

»Sei nicht so verzagt, mein Schwesterchen, sie wird nicht ohne Licht und Sonne bleiben. Auch ich war erst trostlos und verzagt und habe schwere, schlimme Stunden durchlebt. Aber heute mittag, als die Gläubiger eben Mama und mich wieder arg bedrängt hatten, da gab es wieder einen Lichtblick. Es erschien ein Retter in der Not.«

Lotte trocknete ihre Tränen. »Ein Retter in der Not?«

»Ja! Denke dir, der Australier kam mit Dr. Härtling nach Schönau und bot uns seine Hilfe an. Er will alles ordnen und mit den Gläubigern verhandeln.«

In allem Kummer und Herzeleid richtete Lotte sich auf und sah die Schwester fragend an.

»Der Australier? Er war bei uns in Schönau?«

»Ja, und er bot uns seine Hilfe in edler, großzügiger Weise an.«

Und Dagmar erzählte von Ralf Jansen und seiner Unterredung mit ihr. Auch Lotte gegenüber erweckte sie den Anschein, als habe sie selbst vor einiger Zeit ihrem Stiefvater ihr Vermögen übergeben. Sie wollte Lotte vor der Erkenntnis bewahren, daß ihr Vater die Schwester um dies Geld betrogen hatte. War ihr doch schon ohnedies das Bild ihres Vaters sehr getrübt worden durch seinen Leichtsinn und seine feige Weltflucht, die Frau und Kinder schutzlos dem Verderben preisgab.

Lotte hörte still zu. Die Tränen rannen noch über ihre Wangen, und ihr Körper wurde von Schluchzen geschüttelt.

Als Dagmar geendet hatte, zog sie Lotte wieder an sich.

»Nun weißt du alles, meine Lotte. Ich wollte dir Papas Tod nicht sofort melden und depeschierte dir nur von Mamas Erkrankung. Du solltest alles durch mich selbst erfahren. Aber ich habe bestimmt angenommen, daß du tapfer sein und nicht, wie Mama, haltlos zusammenbrechen wirst. Wir müssen jetzt den Kopf oben behalten, mein armes Schwesterlein, denn es wird uns noch viel Schlimmeres bevorstehen, trotz der Hilfe des Herrn Jansen. Dr. Härtling hat mir heute gesagt, du würdest mir tapfer zur Seite stehen.«

Energisch trocknete Lotte ihre Tränen. »Das will ich gewiß tun, Dagmar. Laß mich nur erst über den ersten Schreck hinwegkommen. Wenn ich auch noch so tapfer bin, Papas Tod — und der Verlust meines geliebten Schönaus kann ich doch nicht so schnell verwinden. Aber umsonst sollst du mich doch nicht an meine Tapferkeit erinnert haben.«

»Und du begegnest Mama recht gefaßt und ruhig, Lotte, sonst verfällt sie wieder in Weinkrämpfe. Das ist so entsetzlich. Sie muß endlich zur Ruhe kommen.«

»Mama gegenüber will ich mich schon zusammennehmen. Aber laß mich jetzt erst ausweinen. Es muß erst vom Herzen herunter.«

Und wieder strömten die hellen Tränen über ihr Gesicht.

Dagmar ließ sie gewähren, und so kam Lotte mit sehr verweintem Gesicht in Schönau an. Als sie aber dann den Reisestaub abgeschüttelt und das Gesicht in kaltem Wasser gebadet hatte, wurde sie ruhiger.

Ihre Mutter schlief noch, und man weckte sie nicht. Dagmar führte Lotte an die aufgebahrte Leiche ihres Vaters. Es zuckte krampfhaft in Lottes Gesicht, und ein trockenes Schluchzen stieg aus ihrer Brust empor. Ihre Augen blickten starr und trübe in das blasse Totengesicht. Aber sie nahm alle Kraft zusammen und beherrschte sich.

Sie faltete dann still die Hände im Gebet und atmete tief und schwer. Dann umfaßte sie die Schwester und sagte leise mit erstickter Stimme:

»Gab es denn gar keinen anderen Ausweg für ihn?«

Später saßen die Schwestern noch beisammen und berieten, wie sie ihre Zukunft gestalten könnten.

Dagmar eröffnete ihrer Schwester, daß sie die Absicht habe, eine Stellung anzunehmen.

Da schluckte Lotte tapfer an neu aufsteigenden Tränen.

»Glaubst du, daß es sein muß?« fragte sie leise. »Werden wir nicht wenigstens zusammenbleiben können?«

»Das wird nicht gehen, Lotte. Wenn wir uns auch noch so bescheiden einrichten wollten, so gehört doch immerhin eine ganz hübsche Summe Geld auch zu dem schlichtesten Leben. Ich wünsche sehnlichst, daß wenigstens so viel bei dem Verkauf von Schönau übrigbleibt, daß für Mama und dich für das Nötigste gesorgt ist. Für zwei reicht es eher als für drei. Ich kann doch verwerten, was ich gelernt habe, und ich will es auch tun.«

Seufzend sah Lotte vor sich hin. »Dann soll ich also allein bleiben mit Mama? Davor habe ich Angst, Dagmar. War Mama schon immer grillig und nervös, wenn ihr nur der geringste Wunsch versagt blieb, wie wird es erst sein, wenn es jetzt für sie heißt, mit allen angenehmen Lebensbedingungen brechen? Ich möchte dann viel lieber auch eine Stellung annehmen.«

»Du bist noch zu jung, Lotte, und hast wohl auch nicht genug gelernt.«

Verzagt sah Lotte zur Schwester auf. »Damit steht es freilich schlimm. Ich habe niemals gern gelernt. Stillsitzen war von jeher eine Strafe für mich. Und ich habe doch nicht geahnt, daß es uns jemals so schlechtgehen würde. Aber schließlich muß ich mir doch auch auf irgendeine Weise mein Brot verdienen, wenn hier nichts für uns übrigbleibt. Reiche Verwandte, die sich unserer annehmen könnten, haben wir nicht. Und als lästiges Anhängsel das Gnadenbrot zu verzehren, das wäre mir auch schrecklich. Wenn ich nur wüßte, wie ich mich durchschlagen könnte! Das einzige, was ich wirklich gelernt habe, ist Reiten. Ob ich damit Zirkuskünstlerin werden könnte? Ich habe in einem Roman gelesen, wie eine junge Baronesse, der es schlechtging, Schulreiterin im Zirkus wurde.«

»Im Roman mag das ganz gut gehen. Aber in Wirklichkeit? Überlege dir das einmal.«

»Nein, nein — es geht nicht, Dagmar. Schaffen würde ich's schon, denn Papa hat oft gesagt, ich sie die reine Zentaurin, und ein Pferd, das mich abwürfe, gäbe es einfach nicht. Aber wenn ich an die tausend neugierigen Augen denke, die mich betrachten würden — nein, nein — ausgeschlossen. Das könntest du auch nicht, Dagmar, obwohl du noch viel eleganter zu Pferde sitzt als ich, und eine elegante Schulreiterin abgeben würdest.«

»Dazu bin ich nicht geschaffen, Lotte, sowenig wie du.«

»Nun ja, schließlich hast du auch auf anderen Gebieten genug gelernt. Aber ich — ich könnte mich höchstens noch als Hausmädchen bei dem künftigen Besitzer von Schönau verdingen. Dazu reichen meine Kenntnisse zur Not.«

Nun mußte Dagmar doch lächeln.

»Das geht freilich nicht, Lotte.«

Diese zuckte die Achseln. »Weil ich eine Freiin von Schönau bin? Lieber Gott, das wird mir mein Fortkommen nur erschweren. Auch daß du Komtesse bist wird dich überall beengen. Und Mädels überhaupt! Wenn ich ein Junge wäre, dann machte ich es wie der Australier. Ich würde in die weite Welt gehen und irgendwo so eine Goldader suchen. Und dann käme ich mit vielem Geld wieder heim und kaufte Schönau zurück.«

»Du bist aber kein Junge, und die Goldadern warten draußen in der Welt auch nicht auf jeden, der reich werden will.«

»Freilich, da hast du recht. Es sind jammervolle Aussichten, die uns bleiben.«

»Sei nur nicht so sehr verzagt, Lotte. Vielleicht bleibt doch ein Notgroschen für Mama und dich. Sie wird ja der Notwendigkeit gegenüber vernünftig werden, wenn sie erst einsieht, daß alles Jammern nichts hilft. Und jetzt wollen wir zu Bett gehen. Morgen früh müssen wir wieder klare Augen haben.«

So gingen die Schwestern zu Bett. Lottes Zimmer lag neben denen der Schwester. Sie ließen die Verbindungstür offenstehen. Innig umarmten und küßten sie sich und wünschten sich gute Nacht.

Als sie dann schon eine Weile still lagen, kam Lotte noch einmal im Nachthemd, mit bloßen Füßen an Dagmars Bett und umarmte sie.

»Wie gut ist es doch, daß ich wenigstens dich habe, Dagmar. Sonst müßte ich in dieser schweren Zeit ganz verzagen!«

Dagmar zog sie zärtlich an sich, und so saßen sie eine Weile aneinander geschmiegt auf dem Bett.

»Das muß uns jetzt ein Halt sein, meine kleine Lotte, daß wir uns so von Herzen lieb haben. Aber nun geh zu Bett und schlaf gut.«

Gehorsam huschte Lotte in ihr Bett zurück, und in all ihrem Kummer war sie bald eingeschlummert. Dagmar aber lag noch lange wach und sah mit brennenden Augen ins Dunkel der Nacht.

Ihr Herz war von noch größeren Schmerzen beschwert als von der Sorge um ihre Zukunft. Zu ihrer Qual irrte ihre junge Seele immer wieder zu Heinz Korff. Ihre Liebe war nicht gestorben in Verachtung. Das peinigte sie unsagbar.

Am nächsten Morgen erwachte Frau von Schönau verhältnismäßig ruhig und gefaßt. Lotte kam mit Dagmar an ihr Lager, und ein wenig wurde sie nun doch von ihren tapferen Töchtern beschämt.

Nachdem Lotte die Mutter begrüßt hatte, berichtete Dagmar sogleich, daß Herr Jansen ihnen beistehen wolle.

Da richtete sich Frau Ellen mit einem Ruck empor.

»Der Australier?« fragte auch sie erstaunt.

Dagmar berichtete alles. Und in Frau Ellens Seele erwachte ein Hoffnungsstrahl. Forschend blickte sie in Dagmars schönes Gesicht. Sollte der Australier auf Dagmar Absichten haben? Irgendeinen Grund mußte er doch zu seinem Anerbieten haben. An eine völlig selbstlose Handlungsweise glaubte sie nicht.

Wenn Ralf Jansen schon irgendwelche Versuche gemacht hätte, in die aristokratischen Kreise einzudringen, dann hätte sie glauben können, er biete seine Hilfe nur an, um einen Verkehr anzubahnen. Aber seine Zurückhaltung ließ diesen Verdacht als haltlos erscheinen.

Vielleicht war er aber willens, eine Dame der Aristokratie zu heiraten und sich dadurch mit einem Mal in der Gesellschaft eine Stellung zu sichern, um die er sich auf andere Art nicht erst bemühen wollte. Fast gierig faßte Frau Ellen diesen Gedanken ins Auge. Der Australier war sehr reich. Deshalb konnte man über seine Vergangenheit hinwegsehen. Aber — wenn er wirklich Absichten hatte, wie würde Dagmar diesen Absichten gegenüberstehen? Sie wußte sehr wohl, daß diese eine besondere Vorliebe für Baron Korff hatte, wenn sie auch nicht ahnte, wie weit diese Angelegenheit gediehen war. Bisher hatte sie kein großes Interesse daran gehabt, aber jetzt schien es ihr plötzlich sehr wichtig. Dagmar durfte sich jetzt keinesfalls an einen vermögenslosen Mann binden. Wie die Verhältnisse lagen, gab es für sie und ihre Töchter nur eine Rettung aus aller Not, nämlich, daß Dagmar und Lotte sich reich verheirateten.

Dieser Gedanke elektrisierte Frau Ellen und rüttelte ihre Lebensgeister wieder wach.

Klugerweise erwähnte Frau Ellen vorläufig kein Wort von dem, was sie beschäftigte. Sie kannte die »Eigenart« ihrer Töchter, wie sie Dagmars und Lottes Charakterfestigkeit nannte, und wollte ihren »Trotz« nicht wecken durch vorzeitige Anspielungen.

Die Schwestern bemerkten mit großer Erleichterung, daß ihre Mutter ruhig und gefaßt schien. Sie erhob sich von ihrem Lager und ließ sich ankleiden, um mit ihren Töchtern zusammen das Frühstück einzunehmen.

Danach fragte Dagmar, ob die Mutter mit in den Gartensaal hinübergehen wolle, um sich anzusehen, wie der Stiefvater aufgebahrt sei.

Da schauderte aber Frau Ellen zusammen, und ihr Gesicht bekam einen harten, abwehrenden Ausdruck.

»Nein, nein, erlaßt mir das, ich mag ihn nicht noch einmal sehen — er hat mir zuviel dadurch angetan, daß er mich hilflos diesen furchtbaren Verhältnissen preisgab. Das kann ich ihm nie verzeihen«, sagte sie nervös.

Die Schwestern erblaßten vor der Gefühlskälte, die aus diesen Worten sprach. Sie sahen scheu aneinander vorbei, weil sie sich ihrer Mutter schämten. Aber sie drangen nicht mehr in sie.

Als sie dann beisammen saßen, mußte Dagmar noch einmal ganz ausführlich von ihrer Unterredung mit Ralf Jansen erzählen, und dabei sproßte der Hoffnungskeim in Frau Ellens Brust schon kräftig empor.

Als Dagmar mit ihrem Bericht zu Ende war, sagte die Mutter lebhaft:

»Das ist wirklich sehr liebenswürdig von Herrn Jansen. Du hast recht, Dagmar, wir sind ihm sehr zu Dank verpflichtet. Hoffentlich wird es ihm nicht wieder leid, uns zu helfen.«

Lotte schüttelte den Kopf. »Ach nein, Mama, er sieht nicht aus, als ob er heute so und morgen so denkt. Ich habe schon immer eine große Meinung von ihm gehabt und mich sehr für ihn interessiert.«

Nachdenklich sah Frau Ellen zu ihrer Tochter hinüber. Sie erwog bei sich, daß man schlimmstenfalls Lotte für diese Partie gewinnen könne, falls Dagmar nicht dafür zu haben sei. Sie mußte für jeden Fall mit in Betracht gezogen werden.

»So — so, du hast dich für ihn interessiert?« fragte sie. »Davon habe ich ja gar nichts gewußt.«

Lottes Lippen zuckten. »Ich habe es mit Absicht niemand merken lassen. Ihr habt euch von Anfang an über den ›Handwerkersohn‹ lustig gemacht, und du hast sogar einmal gesagt: ›Wenn man ihn ansieht, riecht man Tischlerleim‹. Aber mir hat er immer gefallen in seiner stolzen Männlichkeit, und es hat mich gefreut, daß er nichts, wie man hier allgemein annahm, versuchte, sich in den geschlossenen Kreis zu drängen, den ihr anfangs gegen ihn gebildet hattet. Er gab auch keine Gelegenheit, ihn abfallen zu lassen. Und jetzt, da wir in Not sind, ist er der einzige Mensch, der sich unserer annimmt. Das ist ein ganzer Mann. Und wenn er unsere Sache in die Hand nimmt, dann ist sie wirklich in den besten Händen.«

Frau Ellen sah ein wenig verlegen aus. »Hörst du, Dagmar, Lotte ist ja ganz Feuer und Flamme für Herrn Jansen.«

»Sie hat recht damit, Mama. Es ist ein bewundernswerter Mensch. Im übrigen mußt du bei deinem Urteil mich ausnehmen, Lotte, ich habe mich nie über Herrn Jansen mokiert.«

Lotte umfaßte die Schwester. »Nein, du nicht. Du bist überhaupt viel zu vornehm in deiner Denkungsweise, um dich über einen Menschen lustig zu machen. Dir gegenüber habe ich auch gar keinen Hehl daraus gemacht, daß mir der Australier gefällt.«

Lächelnd streichelte Dagmar Lottes Hand. »Er hat auch immer einen guten Eindruck auf mich gemacht. Aber erst, seit ich ihn näher kenne, weiß ich, daß er nur im edelsten Sinne ein Emporkömmling ist, ein Mann, der keiner niedrigen Denkungsart fähig ist. Und jedenfalls sind wir ihm zu großem Dank verpflichtet.«

»Unbedingt, Dagmar. Es tut mir wirklich leid, daß ich ihn bisher nicht genug gewürdigt habe«, pflichtete Frau Ellen eifrig bei.

Aus den Worten Dagmars entnahm sie, daß es nicht schwer sein würde, Dagmar einer etwaigen Bewerbung des Australiers gegenüber günstig zu stimmen — vorausgesetzt eben, daß sie sich von Korff nicht hatte den Kopf verdrehen lassen.

Fühlte sie sich ernstlich im Herzen Baron Korff gegenüber verpflichtet, dann würde sie freilich bei ihrer Veranlagung nicht von ihm lassen. Dann mußte eben Lotte herhalten, trotz ihrer Jugend.

Mit kritischen Blicken musterte Frau Ellen ihre Jüngste. Sie hatte sich in den letzten Monaten überraschend entwickelt. Sie sah nicht aus, als habe sie das siebzehnte Jahr noch nicht erreicht, man konnte sie gut für zwei Jahre älter halten.

So verlief der Vormittag für Frau Ellen in ganz angenehmen Zukunftsträumen. Ihr leichter Sinn klammerte sich an neu erwachte Hoffnungen. Sie wollte nicht an das Schreckliche denken, das ihr bevorstand, wenn nicht durch einen Glücksfall ihr Lebensschiff wieder flott würde.

VIII

Um zwölf Uhr traf Ralf Jansen in Schönau ein. Der Diener, der ihn gemeldet hatte, führte ihn auf Frau Ellens Befehl in ihren Salon, wo sie sich mit ihren Töchtern befand.

Die Damen hatten die heute aus der Stadt eingetroffenen Trauerkleider angelegt, und die noch immer schöne Mutter zeigte sich zwischen ihren liebreizenden Töchtern in einer rührenden Pose.

Dagmar erhob sich bei Ralf Jansens Eintritt und ging ihm einige Schritte entgegen. Sie merkte, daß er ein wenig verlegen war, und suchte ihm die Situation taktvoll zu erleichtern. Freundlich bot sie ihm die Hand.

»Seien Sie uns willkommen, Herr Jansen. Ich habe meiner Mutter und meiner Schwester von Ihrem hochherzigen Anerbieten erzählt. Sie möchten Ihnen danken. Darf ich Sie vorstellen?«

Er verneigte sich vor ihr, und in seinen Augen strahlte die Freude an ihrem Anblick, nach dem er sich seit gestern noch viel mehr als sonst gesehnt hatte.

Dagmar führte ihn zu Mutter und Schwester und stellte vor.

Frau Ellen streckte ihm mit einem rührend wehmütigen Lächeln die Hand entgegen.

»Leider ist es uns erst jetzt vergönnt, Ihre Bekanntschaft

zu machen, Herr Jansen. Wir hätten es gern früher getan. Sie sehen mich sehr bewegt über Ihre uns so liebenswürdig angebotene Hilfe. Wie sollen wir Ihnen danken?«

Mit graziöser Sicherheit hielt sie ihm die Hand so entgegen, daß er nicht daran zweifeln konnte, daß er diese Hand an seine Lippen zu führen hatte. Seine Haltung war trotz der leisen Verlegenheit so ungezwungen, daß ihm kein Mensch eine gewisse Unsicherheit angemerkt hätte.

Dagmar freute sich, daß er sich so gut einführte, und als er wie fragend in ihre Augen sah, las er in ihrem Blick, daß er sich richtig benommen hatte.

Lotte reichte ihm gleichfalls die Hand. Aber sie schüttelte die seine so herzhaft, daß er auch hier nicht im Zweifel sein konnte, daß er mit einem Händedruck seiner geselligen Pflicht nachgekommen war. So hatte er bei dieser Gelegenheit gelernt, daß man älteren, verheirateten Damen die Hand küssen muß, während dies jungen Damen gegenüber bei einer Begrüßung nicht angebracht ist.

»Ich hoffe, gnädige Frau, daß Sie sich heute etwas wohler befinden und imstande sein werden, mich mit der nötigen schriftlichen Vollmacht auszustatten«, sagte Ralf, als er, Frau Ellens Wink gehorchend, Platz genommen hatte, sofort auf den Kernpunkt der Sache eingehend.

Frau von Schönau hatte den Blick beobachtet, den Ralf Jansen Dagmar zuwarf. Ihr Hoffnungskeim wuchs sich sofort zu einer recht stattlichen Pflanze aus.

»Ich fühle mich, gottlob, heute etwas besser, und das danke ich nicht zum wenigsten der Gewißheit, daß wir in Ihnen einen starken, männlichen Schutz gefunden haben. Der Gedanke, daß ich den Herren, die mich gestern in so unerhörter Weise angriffen, nicht länger Rede stehen muß, da Sie mit Ihnen verhandeln wollen, hat mich wunderbar beruhigt. Sie wissen, welch ein schwerer Schicksalsschlag uns betroffen hat, und daß wir unserem Geschick hilflos gegenüberstehen.«

Frau von Schönau machte auf Ralf durchaus nicht den gleichen günstigen Eindruck wie ihre Töchter. Er fühlte instinktiv das Unechte ihres Wesens heraus. Aber artigerweise ließ er sich das nicht anmerken.

»Ich hoffe sehr, Sie, gnädige Frau, und Ihre Fräulein Töchter vor allzu großen, weiteren Unannehmlichkeiten bewahren zu können. Vor allen Dingen möchte ich nun eins mit Ihnen besprechen. Sie wissen wohl, daß, nach der Lage der Dinge, Schönau verkauft werden muß?«

Frau Ellen seufzte, und Lotte wischte schnell und verstohlen über ihre Augen, zwang sich aber tapfer zur Ruhe.

»Ja, Herr Jansen, ich weiß, daß sich der Verkauf nicht umgehen lassen wird. Es wird das schwerste für uns werden, daß wir die Heimat verlieren.«

Ralf sah nur, wie Dagmar leise tröstend und beruhigend über die Hand der Schwester strich. Es rührte ihn. Dagmars ganze Selbstlosigkeit drückte sich in dieser Gebärde aus. Seine Augen leuchteten, und er atmete tief auf.

»So will ich Ihnen mitteilen, daß ich eventuell Schönau kaufen werde. Ich hatte schon immer die Absicht, bei passender Gelegenheit meinen Grundbesitz zu vergrößern. Dies wäre solch eine Gelegenheit. Ich hoffe, es ist den Damen nicht schmerzlicher, wenn der Besitz in meine Hände übergeht, als wenn ihn ein anderer erwirbt.«

»Ach, wenn wir nun doch von unserem lieben Schönau lassen müssen, dann ist es in Ihren Händen sicher am besten aufgehoben, Herr Jansen«, sagte Lotte mit bebender Stimme.

Mit seinen guten, warmen Augen sah er sie so teilnahmsvoll an, daß sie ihm am liebsten die Hand gedrückt hätte.

Mit einem Seufzer strich sich Frau Ellen über die Augen.

»Meine Tochter gibt meinen eignen Gedanken Ausdruck«, sagte sie elegisch.

Ralf sah Dagmar an. »Und Sie, Komtesse? Wie denken Sie darüber?«

»Wie meine Mutter und meine Schwester, Herr Jansen.«

»Also dann würde ich, wenn sich der Verkauf von Schönau nicht vermeiden läßt, gern dem Erwerb nähertreten. Es müßte von einem Sachverständigen abgeschätzt werden.«

»Das ist wohl schon geschehen«, erwiderte Dagmar. »Ich kann Ihnen sagen, wie hoch Schönau mit allem lebenden und toten Inventar abgeschätzt wurde. Die Herren Gläubiger haben sich über diesen Punkt in meiner Gegenwart genugsam ausgesprochen.« Sie nannte die Summe.

Es zuckte ein wenig um seinen Mund. Daß Dagmar den Kaufpreis so genau kannte, war ihm unangenehm. Er war nicht im Zweifel, daß Schönau mit dieser Summe anständig bezahlt sein würde, aber er hatte mehr dafür zahlen wollen, um den Damen in unauffälliger Weise zu einem Notpfennig zu verhelfen. Denn daß die Forderungen der Gläubiger dieselbe Höhe erreichten, wußte er.

»Meiner Ansicht nach ist das ziemlich niedrig eingeschätzt«, sagte er hastig.

Aber die Komtesse schüttelte den Kopf.

»Nein, Herr Jansen. Die Herren meinten, das sei im günstigsten Falle die höchste Summe, die Schönau bringen würde. Sie rechneten sogar damit, daß Schönau billiger verkauft werden müsse.«

Er durfte nun nichts mehr über diesen Punkt sagen, um Dagmar nichts von seiner Absicht ahnen zu lassen.

»Nun, das wird sich ja herausstellen. Natürlich muß Schönau genau abgeschätzt werden. Ich werde mit dem Bankier Volkmann über die ganze Angelegenheit sprechen. Selbstverständlich darf der Besitz keinesfalls zu niedrig eingeschätzt werden, damit ich nicht in den Verdacht komme, Ihre Notlage ausbeuten zu wollen, um ein gutes Geschäft zu machen«, sagte er mit einem Anflug von Humor.

Impulsiv reichte ihm Dagmar die Hand. »In diesen Verdacht werden Sie ganz gewiß nicht kommen, Herr Jansen. Es muß uns sehr lieb sein, daß sich so schnell ein Käufer für Schönau findet, damit alles geregelt wird und wir Pläne für unsere Zukunft machen können.«

Er verbeugte sich. »Ich werde mich beeilen, alles in die rechten Wege zu leiten. Wollen Sie mir also bitte die Vollmacht ausstellen, gnädige Frau?«

Frau Ellen erhob sich. »Das soll sogleich geschehen. Bitte, wollen Sie mir sagen, wie ich sie abfassen muß?«

Er gab ihr Weisung, und sie prägte es sich ein.

»Sie entschuldigen mich, bis ich das niedergeschrieben habe.«

Damit ging Frau Ellen hinaus.

Ralf hatte sich mit ihr zugleich erhoben und stand nun unschlüssig den Schwestern gegenüber.

»Wollen Sie nicht wieder Platz nehmen, Herr Jansen«, sagte Lotte.

Er verneigte sich und ließ sich in seinen Sessel nieder. Heute trug er einen offiziellen Besuchsanzug von tadellosem Schnitt und Sitz und sah darin sehr elegant aus.

»Ich habe noch gar nicht Gelegenheit nehmen können, mein gnädiges Fräulein, auch Ihnen meine Teilnahme auszudrücken an dem schweren Verlust, der Sie betroffen hat«, sagte er zu Lotte.

Sie atmete tief auf.

»Sie haben Ihrer Teilnahme schon den allerwahrhaftigsten Ausdruck gegeben, Herr Jansen. Es sind heute morgen mit der Post eine Menge Beileidsschreiben eingelaufen, mit vielen schönen Worten. Aber nicht einer von all unsern guten Freunden hat das Bedürfnis gefühlt, uns zu fragen, ob er uns helfen darf. Sie sind der einzige Mensch, der das getan hat. Lassen Sie mich Ihnen danken.«

Er errötete vor Verlegenheit. Unsicher sah er zu Dagmar hinüber, die ihn warm und freundlich ansah.

»Meine Schwester hat recht, Herr Jansen«, sagte sie mit ihrer weichen, dunklen Stimme.

»Sie müssen mich nicht beschämen. Vielleicht habe ich sehr egoistische Gründe, Ihnen meine Hilfe anzubieten.«

Dagmar lächelte. Dies Lächeln drang ihm wie ein wärmender Sonnenstrahl ins Herz. »Geben Sie sich keine Mühe, mich an Ihren Egoismus glauben zu machen.«

»Dagmar hat recht, das wäre eine ganz vergebliche Mühe, Herr Jansen. Ich bin nämlich eine gute Menschenkennerin«, bekräftigte Lotte sehr lebhaft.

Er lachte leise. Es war ein warmes, klares Lachen, das aus dem Herzen kam. »Wirklich, gnädiges Fräulein?«

»Jawohl, fragen Sie nur meine Schwester. Ich weiß immer gleich, was die Glocke geschlagen hat, wenn ich einen Menschen kennenlerne. Und daß Sie sich uns in den edelsten, uneigennützigsten Absichten genähert haben, steht bei mir fest. Sie könnten dreist das Gegenteil behaupten, ich würde nicht daran glauben. Für Sie habe ich schon immer ehrliche Sympathie gehegt, als ich Sie noch gar nicht persönlich kannte. Und Neigung empfinde ich immer nur für gute Menschen.«

»Das freut mich sehr, gnädiges Fräulein, daß Sie mir Ihre Sympathie entgegenbringen, wenn ich auch nicht weiß, womit ich sie verdient habe.«

»Oh, irgendwie verdienen Sie sie schon. Gelt, Dagmar, ich habe schon immer eine gute Meinung von Herrn Jansen gehabt.«

Dagmar nickte lächelnd. »Das kann ich bezeugen.«

Ralf sah die Komtesse forschend an.

»Also haben Sie schon früher zuweilen von mir gesprochen?«

»Sehr oft sogar«, erwiderte Lotte, ehe Dagmar antworten konnte. »Sie ahnen wohl nicht, daß Sie das Interesse der ganzen Umgegend in Anspruch genommen haben! Alle haben von Ihnen gesprochen. Aber meine Schwester und ich, wir waren immer derselben Meinung über Sie und überzeugt, daß — aber nein, jetzt sieht mich meine Schwester mahnend an. Ich bin eine Plaudertasche, und was ich eben noch sagen wollte, das darf eine Dame einem Herrn nicht sagen. Und außerdem wäre es schade, wenn Sie eitel würden.«

»Vielleicht bin ich schon eitel.«

»Nein, eitel sind Sie gottlob gar nicht.«

»Woher wissen Sie das?«

»Das liegt mir so im Gefühl. Ich kann nicht sagen, weshalb ich Sie nicht für eitel halte, ich weiß nur, daß Sie es nicht sind. Und das ist gut. Eitle Männer sind gräßlich.«

Dagmar faßte liebevoll mahnend die Hand der Schwester.

»Nun ist es aber wirklich genug, kleine Plaudertasche.«

Lotte klopfte sich auf den Mund. »Ja, Dagmar, es ist ein Kreuz mit mir — den Mund kann ich nicht halten. Was mir durch den Sinn geht, muß heraus. Ich erscheine Ihnen nun wohl sehr geschwätzig und vorlaut, Herr Jansen, und vielleicht auch gefühllos. Da drüben liegt Papa — und das Herz ist mir so voll von Angst und Not, aber schwatzen muß ich trotzdem. Bitte, denken Sie deshalb nicht schlecht von mir.«

Ralf beugte sich vor und sah warm und herzlich in ihre Augen. »Ich freue mich, daß Sie so lieb und freundlich mit mir reden — und so natürlich. Das hilft mir doch über meine eigene Unsicherheit hinweg.«

»Ach, Sie sind doch nicht unsicher. Ihr Auftreten ist so sicher und bestimmt.«

»Ich verstelle mich nur«, scherzte er. »Im Grunde ist mir so unsicher zumute wie einem Schulbuben, der seine Lektion nicht gelernt hat.«

Dabei sah er Dagmar an und freute sich, daß ein Lächeln über ihre Züge flog.

Jetzt kam Frau Ellen zurück und reichte Ralf das Schriftstück. »Ist es recht so, Herr Jansen?«

Er überflog es und verneigte sich. »Das genügt vollständig«, sagte er und steckte es zu sich.

Frau Ellen plauderte nun sehr liebenswürdig mit Ralf.

»Wie ich gehört habe, lebt Ihre Frau Mutter bei Ihnen in Berndorf«, sagte sie im Laufe des Gesprächs.

»Ja, gnädige Frau, so ist es.«

»Es würde mich freuen, auch die Bekanntschaft Ihrer Frau Mutter zu machen. Wenn erst all die traurigen Pflichten erfüllt sind, die uns der plötzliche Tod meines Gatten auferlegt hat, dann werden wir uns erlauben, Ihrer Frau Mutter einen Besuch zu machen.«

Ralf sah wieder auf Dagmar, wie sie wohl diese Worte Ihrer Mutter aufnehmen würde. Sie lächelte ihm freundlich zu.

»Ja, wir werden uns sehr freuen, Ihre Frau Mutter kennenzulernen.« Seine Augen leuchteten froh in die ihren.

»Das will ich meiner Mutter sagen. Es wird ihr Freude machen. Aber Sie dürfen nicht vergessen, daß sie eine sehr schlichte, einfache Frau ist. Mir steht sie hoch über allen Menschen, und es wäre mir unerträglich, wenn — doch nein, das ist bei Ihnen ausgeschlossen! Sie würden es meine Mutter nicht fühlen lassen, daß sie in anderen Kreisen aufgewachsen ist.«

Mit einem warmen, lieben Blick, der Ralf sehr glücklich machte, reichte ihm Dagmar die Hand.

»Wie würden wir vor Ihnen stehen, wenn wir das täten?

Ganz ehrlich freue ich mich auf die Bekanntschaft mit Ihrer Frau Mutter. Sie haben so schön, so lieb von ihr gesprochen.«

»Weil ich meine Mutter besser kenne als andere Menschen. Ich kenne ihr großes, gütiges Herz und weiß, daß sie verehrungswürdig ist. Aber ich möchte auch, daß sie von Ihnen so erkannt wird, und daß Sie ihr gegenüber in bezug auf äußere Formen ebenso nachsichtig sind, wie Sie es mir gegenüber sind.«

Lächelnd schüttelte Dagmar den Kopf.

»Wir haben wahrhaftig noch keine Nachsicht nötig gehabt im Verkehr mit Ihnen.«

»Ganz sicher nicht«, bestätigte Frau Ellen liebenswürdig.

Frau Ellen dachte bei sich: »Es wird ja gerade nicht angenehm sein, mit dieser Tischlermeistersgattin zu verkehren, aber in diesem Fall muß man Zugeständnisse machen. Wir brauchen diesen Herrn Jansen zu notwendig, und wenn er als Freier für eine meiner Töchter in Frage kommt, dann muß man ohnedies die Mutter mit in Kauf nehmen.«

Dagmar und Lotte hatten solche Gedanken nicht. Sie übertrugen das Interesse, das ihnen Ralf Jansen einflößte, auch auf seine Mutter und freuten sich wirklich, sie kennenzulernen.

Ralfs klare, warme Augen leuchteten in ehrlicher Freude. »Dann werde ich mich sehr freuen, wenn Sie meiner Mutter einen Besuch machen wollen. Ich werde es ihr sagen, und auch sie wird sich freuen.«

»Ich denke, nächste Woche wird es uns möglich sein. Inzwischen empfehlen Sie uns Ihrer Frau Mutter.«

»Sie kennen Schloß Berndorf sicher von früher, gnädige Frau?« fragte Ralf artig.

»Allerdings, wir haben viel mit Graf Berndorf und seiner Familie verkehrt. Leider teilen auch wir nun das Schicksal der gräflichen Familie, die auch ihren angestammten Besitz verlieren mußte. Sie haben das etwas heruntergewirtschaftete Gut schnell wieder zur Blüte gebracht. Ich verstehe zwar nichts davon, aber mein verstorbener Gatte und viele unserer Bekannten sprechen voll Bewunderung von Ihrer Tatkraft und Tüchtigkeit.«

Ralf wehrte lächelnd ab. »Der Erfolg ist hauptsächlich meinem Verwalter zuzuschreiben. Einige praktische Neuerungen habe ich freilich eingeführt, und außerdem habe ich dafür gesorgt, daß der Boden bekommt, was er braucht, um ertragsfähig zu werden. Weiter war nichts nötig, um den Besitz wieder emporzubringen. Man muß nicht ernten wollen, wenn man nicht gesät hat. Das ist das ganze Geheimnis des Erfolgs in der Landwirtschaft.«

»Sie scheinen sehr bescheiden zu sein in bezug auf Ihre eignen Leistungen«, warf Lotte ein.

»Ich spreche nur die Wahrheit, mein gnädiges Fräulein. Allzugroße Bescheidenheit ist nicht meine Tugend. In Dingen, in denen ich mich tüchtig fühle, stelle ich mein Licht nicht unter den Scheffel. Da weiß ich, was ich wert bin. In solchen Dingen darf ein Mann nicht bescheiden sein, sonst kommt er nicht vorwärts. Bescheiden bin ich nur, wenn ich es sein muß und wo es angebracht ist. Alles zu seiner Zeit und am rechten Platz.«

Die Schwestern sahen bewundernd in sein energisches Gesicht.

»Ein ganzer Mann«, dachte Dagmar. Und Lotte sagte sich: »Ich habe es ja immer gesagt, er hat mehr Schneid im kleinen Finger als alle andern Männer, die ich kenne, in ihrer ganzen Persönlichkeit.«

»Sie besaßen in Australien eine Farm?« fragte nun Frau Ellen.

»Ja, gnädige Frau. Nachdem ich fast die ganze Welt bereist hatte, legte ich mein kleines Kapital in Grundbesitz in Australien an, weil ich zufällig dort einen meiner Ansicht nach günstigen Kauf abschließen konnte. Im Grunde war aber der Kauf sehr ungünstig. Ich hatte wohl ein großes Gelände für wenig Geld erstanden, aber der Boden war unfruchtbar. Jahrelang quälte ich mich bis zur völligen Erschöpfung, um dann doch einzusehen, daß alles vergeblich war. Doch gerade in der Stunde, da mich die Verzweiflung über mein Mißgeschick packen wollte, fand ich auf meinem Grund und Boden eine starke Goldader. Und da fiel mir dann spielend zu, was ich in jahrelangem heißen Mühen nicht erreichen konnte. So geht es wohl oft im Leben. Der Zufall bringt den Erfolg!«

»Wie interessant das alles ist, Herr Jansen. Sie müssen uns einmal erzählen, wie Sie Ihre Goldader fanden«, sagte Lotte erregt.

»Meine Schwester erklärte mir gestern abend, sie möchte ein Junge sein, in die weite Welt gehen und auch, wie Sie, eine Goldader entdecken«, sagte Dagmar lächelnd.

Er vergaß eine Weile die Antwort, so entzückt sah er in ihr liebreizendes Gesicht, das sich der Schwester zuwandte. Und diesen entzückten Blick fing Lotte auf. Sie stutzte.

»Mein Gott! Der Australier ist in Dagmar verliebt«, dachte sie überrascht. Auch ihre Mutter hatte diesen Blick bemerkt und war sehr befriedigt darüber. Der Hoffnungskeim war nun schon so stark wie ein junger Baum.

Nur Dagmar blieb ahnungslos.

Ralf löste endlich seine Augen von Dagmars Gesicht und wandte sich Lotte zu.

»Ich will Ihnen gern gelegentlich erzählen, wie ich meine Entdeckung machte, mein gnädiges Fräulein. Aber heute muß ich mich empfehlen. Heute nachmittag will ich in die Stadt fahren und mit Herrn Volkmann verhandeln. Morgen hoffe ich Ihnen schon einige Resultate melden zu können. Aber da fällt mir ein — morgen findet ja wohl die Beisetzung des Herrn von Schönau statt. Da möchte ich Sie nicht stören.«

Frau Ellen machte wieder ein sehr wehmütiges Gesicht. »Sie stören uns nicht, Herr Jansen. Wenn Sie nur für uns Zeit haben, das ist das wichtigste. Für uns zählt jetzt jede Stunde, und wir können leider auf unsere Gefühle wenig Rücksicht nehmen. Je eher wir Gewißheit über unsere Lage haben, um so besser ist es für uns.«

Ralf erhob sich. »Daran will ich denken, gnädige Frau.«

Frau Ellen reichte ihm liebenswürdig die Hand zum Kuß. Von den Schwestern wollte er sich mit einer Verbeugung verabschieden, aber sie reichten ihm beide die Hand mit festem, warmem Druck. Er gab diesen Druck noch fester und wärmer zurück. Das war nicht ganz dem sogenannten guten Ton entsprechend, aber die Schwestern verstanden es als einen Ausdruck seines ehrlichen Gefühls.

Schnell entfernte sich Ralf.

Als die Tür hinter ihm ins Schloß gefallen war, sagte Lotte lebhaft: »Er ist noch viel netter, als ich gedacht habe.«

»Ein ganz charmanter junger Mann«, bestätigte Frau Ellen.

Lotte sah die Schwester an. Sie überlegte, ob sie Dagmar sagen sollte, daß sie überzeugt sei, Ralf Jansen liebe sie. Aber gegen ihre sonstige Offenherzigkeit beschloß sie zu schweigen. Dagmar war stolz, und man konnte nicht wissen, wie sie darüber denken würde, daß er Australier in sie verliebt war. Am Ende zeigte sie ihm, wenn sie ahnte, daß er sie liebte, eine eisige Zurückhaltung, um ihn nicht zu ermutigen. Dann würde er sich gekränkt fühlen. Nein — es war besser, sie sagte nichts von ihrer Vermutung.

Auch Frau von Schönau hütete sich, etwas über ihre Beobachtung laut werden zu lassen. Sie wollte erst vorsichtig ergründen, wie Dagmar mit Baron Korff stand, und sich vorläufig darauf beschränken, Ralf Jansens Vorzüge in das hellste Licht zu rücken.

Dagmar hatte heute wieder einen sehr angenehmen Eindruck von Ralf Jansen erhalten, aber sie war weit entfernt davon zu ahnen, daß er nur ihretwegen nach Schönau gekommen war. Sonst hätte sie vielleicht seine Bereitwilligkeit, zu helfen, mit Schrecken erfüllt. Denn ihr armes Herz mühte sich vergebens, von Korff loszukommen.

»Es wäre bei allem Unglück, das uns betroffen hat, noch ein Glück, wenn Herr Jansen Schönau kaufen würde«, sagte Frau von Schönau nach einer Weile. »Er würde uns wenigstens gestatten, in Schönau zu bleiben, bis wir ein geeignetes Unterkommen gefunden haben.«

Dagmar war froh, daß die Mutter so ruhig und vernünftig über den Verlust von Schönau sprach. Sie hatte gefürchtet, daß sie klagen und jammern würde. Von der Hoffnung, die diese Ruhe in Frau Ellen auslöste, ahnte sie nichts. »Ich weiß doch nicht, Mama, ob wir das würden annehmen können«, sagte sie.

»Aber sicher können wir das Dagmar. Er wird das für ganz selbstverständlich halten, daß wir bleiben, solange wir kein anderes Obdach haben. Unbedingt hat er etwas Ritterliches in seinem Wesen, das seine bescheidene Herkunft ganz vergessen macht.«

»An seinem ritterlichen Empfinden zweifle ich nicht. Aber gerade deshalb dürfen wir seine Güte nicht über Gebühr ausnützen.«

»Ach, sei doch nicht engherzig, Dagmar. Natürlich dürfen wir bleiben, solange wir nicht ein anderes Unterkommen haben. Er wird ja keinesfalls nach Schönau übersiedeln. Sicher bleibt er in Berndorf wohnen. Und ob dies Haus hier leer steht oder nicht, ist doch im Grunde gleich.«

»Für mich aber nicht, Mama.«

»Du bist wirklich ein sonderbares Geschöpf, Dagmar. Das laß nur meine Sorge sein. Natürlich müssen wir in den sauren Apfel beißen und seiner Mutter einen Besuch machen.«

»Für einen sauren Apfel kann ich das nicht ansehen, Mama. Wenn Frau Jansen nur halb so liebenswert ist wir ihr Sohn, dann ist es ein Gewinn für uns, ihre Bekanntschaft zu machen, auch wenn sie nur eine Frau aus dem Volke ist«, sagte Dagmar ruhig und bestimmt.

Frau von Schönau frohlockte innerlich. Dagmar hatte soeben Herrn Jansen für liebenswert erklärt und außerdem betont, daß sie sich nicht daran stoße, daß Frau Jansen eine Frau aus dem Volke war, Dagmars Stolz hatte ihr einige Sorge gemacht, weil sie ihre Tochter kaum kannte. Sie wußte nicht, daß Dagmars Stolz von andrer edlerer Art war. Wenn sie nur noch gewußt hätte, wie Dagmar mit Korff stand.

Aber das würde sich ja bald ergründen lassen.

So antwortete sie sehr freundlich:

»Du hast recht, Dagmar, ich habe mich auch ganz falsch ausgedrückt. Ich meinte, da wir so viele Gefälligkeiten von Herrn Jansen annehmen, muß uns auch die damit verbundene Pflicht der Höflichkeit leicht werden.«

Da küßte Dagmar ihre Mutter. »Ich freue mich sehr, Mama, daß du heute die Dinge so vernünftig auffaßt.«

Frau Ellen seufzte. »Ich darf mich doch von meinen Töchtern nicht beschämen lassen. Ihr seid beide so tapfer. Da muß ich es wohl auch sein. Der liebe Gott wird uns schon helfen.«

Lotte sah die Mutter ganz erstaunt an. So viel Fassung überraschte sie an ihr, die sonst über jedes kleine Ungemach jammerte. Lotte ahnte eben nicht, welche Hoffnung ihre Mutter stark machte.

IX

Für Ralf Jansen gab es jetzt nur eine Sache von Wichtigkeit: das Bestreben, Komteß Dagmar soviel wie möglich vor der Unbill des Schicksals zu schützen. Daraufhin ging all sein Sinnen und Denken.

Am Nachmittag fuhr er wieder in die Stadt zu Bankier Volkmann. Dieser empfing ihn erfreut.

»Bitte nehmen Sie Platz, Herr Jansen. Womit kann ich Ihnen dienen?« Ralf ließ sich nieder.

»Ich komme, um mit Ihnen über Schönau zu sprechen.«

»Sie wollen also dem Kauf nähertreten?«

»Auch das, aber erst in zweiter Linie. In erster Linie gilt heute mein Besuch bei Ihnen dem Interesse der Schönauer Damen, denen ich meine Dienste zur Regelung ihrer Angelegenheiten angeboten habe. Die Damen sind völlig hilflos den Ereignissen gegenüber, und keiner ihrer früheren Bekannten und Freunde sieht nach ihnen.«

Volkmann wurde ein wenig verlegen.

»Ihre Worte berühren mich wie ein Vorwurf. Eigentlich hätte ich mich um die Damen kümmern müssen. Aber erstens hatte ich keine Zeit, und zweitens darf ich bei den anderen Gläubigern nicht den Verdacht erwecken, als suche ich bei einer eventuellen Hilfeleistung einen Vorteil für mich. Wie Sie wissen, gehöre ich selbst mit zu den Gläubigern. Jedenfalls ist es mir lieb zu hören, daß Sie die Sache in die Hand genommen haben. Was ich tun kann, Sie zu unterstützen, soll gern geschehen.«

Die beiden Herren besprachen nun ausführlich die Schönauer Verhältnisse, und der Bankier machte einen Überschlag der Forderungen, die Schönau belasteten. Das Ergebnis war, daß Schönau nicht mehr bringen könne als einen Betrag, der gerade genüge, die Forderungen zu decken.

Dies Resultat befriedigte Ralf sehr wenig. Das sah Volkmann, aber er suchte den Grund der Verstimmung auf einer ganz falschen Seite.

»Ich merke Ihnen an, Herr Jansen, der Preis für Schönau ist Ihnen zu hoch. Ich müßte da versuchen, ob nicht jeder der Gläubiger etwas von seinen Forderungen nachlassen würde, damit sie etwas billiger kaufen könnten!«

Ralf lachte ein wenig verlegen.

»Sie sind im Irrtum, Herr Volkmann. Der Preis ist mir nicht zu hoch — sondern zu niedrig.«

Verwundert sah Volkmann ihn an.

»Zu niedrig? Na, erlauben Sie mal, mein lieber Herr Jansen, das steht ja so ziemlich einzig da! Ich habe es jedenfalls noch nicht erlebt, daß einem Käufer ein Gegenstand, den er kaufen wollte, zu billig war.«

Nachdenklich sah Ralf vor sich hin. Er überlegte, wie er Volkmann unbefangen erklären konnte, weshalb er mehr für Schönau zahlen wollte. Endlich blickte er auf.

»Ich muß Ihnen meinen Standpunkt erklären, Herr Volkmann. Vor allen Dingen möchte ich vor mir selbst als ehrlicher Mensch bestehen. Zugegeben, daß Schönau an sich nicht mehr wert ist, als Sie sagen, so hat es doch für mich einen größeren Liebhaberwert. Schönau liegt so unbedingt günstig für mich, daß ich meinen Plan, meinen Besitz zu vergrößern, gar nicht vorteilhafter verwirklichen könnte. Ich möchte nun keinesfalls aus der Notlage der Damen Gewinn ziehen, und ein Gewinn ist es für mich, wenn ich Schönau zum wirklichen Wert erstehen kann. Deshalb möchte ich also den Liebhaberwert zahlen, und ich versichere Sie, daß mir Schönau für ein Drittel mehr nicht zu teuer für meine Zwecke ist.«

Volkmann sah ihn seltsam forschend an.

»Hm! Also wenn Sie durchaus mehr bezahlen wollen – es wäre ja natürlich für die Damen ein wahrer Glücksfall, weil ihnen dann der Betrag, den Sie mehr zahlen, gutgeschrieben werden könnte.«

»Ganz recht! Das wäre den Damen wohl zu gönnen. Aber – die Sache ist nicht so einfach. Ich müßte mir bei dieser Angelegenheit Ihre Hilfe sichern.«

»Wie meinen Sie das?«

»Das sollen Sie hören. Die Damen wissen leider ganz genau, wie hoch Schönau abgeschätzt ist, und zwar im höchsten Fall. Zahle ich nun ein Plus, dann könnte das die Damen demütigen. Verstehen Sie mich?«

Volkmann nickte. »Sehr gut. Aber ich wüßte nicht, wie das zu ändern wäre.«

»Nun, irgendein kleiner Geschäftskniff müßte angewandt werden.«

Da mußte Volkmann auch lachen.

»Solch ein Geschäftskniff ist mir freilich in meiner ganzen Praxis noch nicht zugemutet worden. Nach der gegenteiligen Seite eher. Um einen Nutzen zu erzielen, wendet man wohl einen Geschäftskniff an, aber doch nicht, um sich Schaden zuzufügen.«

»So erleben Sie das also heute zum erstenmal, Herr Volkmann. Und Sie müssen mir helfen. Sagen Sie mir, sind in den letzten Jahren nicht irgendwelche Neuanschaffungen in Schönau gemacht oder Verbesserungen getroffen worden?«

»Das wohl. Herr von Schönau hat zum Beispiel vor zwei Jahren in seinem Leichtsinn ein Automobil gekauft und eine Garage bauen lassen. Für solche Ausgaben hatte er ja immer Geld. Auch sind im vorigen Jahr die Gewächshäuser in dem großen Gemüsegarten vergrößert worden. Aber das ist alles schon in der letzten Abschätzung mit einbegriffen. Seither ist nichts von Wert dazu gekommen.«

»Darüber sind aber sicher die Damen nicht so genau unterrichtet. Man könnte ihnen sehr wohl die Überzeugung beibringen, daß diese neuen Werte nach der letzten Abschätzung dazugekommen sind und daß sie eben ungefähr die angebotene Differenz ausgleichen. Diese Erklärung dürfte aber, um keinen Verdacht zu erschöpfen, nicht von mir ausgehen, sondern Sie müßten den Damen zu verstehen geben, daß Schönau jetzt einen erhöhten Wert besitzt. Verstehen Sie mich? Man kann doch die Damen unmöglich ganz hilflos und ohne einen Pfennig Geld von Schönau fortschicken. Ich kann es jedenfalls nicht.«

»Das ist eine Ansicht, die Sie ehrt, Herr Jansen. Die Damen können von Glück reden, daß sich ein Käufer von so vornehmer Gesinnung für Schönau gefunden hat.«

Ralfs Stirn rötete sich. Er fragte sich, ob er im gleichen Sinne gehandelt hätte, wenn nicht eben Komteß Dagmar Riedberg zu den Schönauer Damen gehört hätte.

»Überschätzen Sie mich, bitte, nicht. Schließlich handle ich doch aus egoistischen Gründen. Ich will meinen neuen Besitz nicht mit bedrückenden Gefühlen antreten, und meine Ruhe ist mir mit fünfzigtausend Mark nicht zu hoch bezahlt. Und nun nichts mehr davon. Ich bitte Sie also, schnellstens alles Nötige einzuleiten. Die anderen Gläubiger des Herrn von Schönau habe ich übermorgen nach Berndorf bestellt. Dort sollen sie hören, wie sie zu ihrem Recht kommen. Ich bitte Sie, sich gleichfalls einzufinden, und wenn es Ihnen möglich ist, schon vorher mit den Damen zu sprechen und ihnen die Überzeugung beizubringen, daß Schönau jetzt höher zu bewerten ist.«

Volkmann verneigte sich.

»Das soll geschehen. Morgen werde ich ohnedies zur Beisetzung des Herrn von Schönau hinausfahren. Danach wird sich sicher eine Gelegenheit finden, mit den Damen zu reden. Werden Sie auch der Beisetzung beiwohnen?«

»Ich weiß es noch nicht.«

»Es wäre mir aber auf jeden Fall lieb, wenn Sie anwesend sein würden, falls noch etwas zu besprechen ist.«

»Gut, so werde ich da sein.«

Die Herren besprachen noch einige Einzelheiten, und dann sagte Volkmann liebenswürdig:

»Heute müssen Sie mich aber zu meinen Damen hinüber begleiten. Trinken Sie eine Tasse Tee mit uns. Ich habe gestern schon Vorwürfe bekommen, daß ich Sie nicht festgehalten habe.«

Ralf lächelte belustigt.

»Solchen Vorwürfen darf ich Sie nicht wieder aussetzen. Ich werde Sie gern begleiten, aber nur auf ein halbes Stündchen, da meine Zeit jetzt sehr besetzt ist.«

Die Herren verließen das Kontor Volkmanns und begaben sich durch den überdachten Wandelgang hinüber zu der Villa des Bankiers.

Baron Korff hatte sich an demselben Tage pünktlich zur Teestunde in der Villa Volkmann eingefunden. Da Tante und Nichte im Einverständnis waren, daß Lisa Volkmann Baronin Korff werden sollte, fand der Rittmeister eine sehr freundliche Aufnahme. Er begann auch sogleich mit Feuereifer, der reichen Erbin den Hof zu machen.

Frau Volkmann entschuldigte sich nach einer Weile mit einer häuslichen Angelegenheit, und zwar, nachdem sie einen verstohlenen Blick mit Lisa gewechselt hatte. Diese war nun, wie sie gewünscht hatte, einige Minuten mit dem Rittmeister allein.

Er faßte sogleich mit einem feurigen Blick ihre Hand und preßte seine Lippen mit Inbrunst darauf.

»Gottlob, mein gnädiges Fräulein, daß mir das Schicksal dieses Alleinsein beschert. Endlich kann ich Ihnen sagen, wie namenlos ich mich während Ihrer Abwesenheit nach Ihnen gesehnt habe. Warum waren Sie so grausam, so lange fort zu bleiben?«

Schelmisch lächelnd, aber sehr erregt sah Lisa in sein schönes Gesicht, in dem der flotte Lippenbart den schlaffen, weichlichen Zug um den Mund verdeckte.

»Es war ja nicht mein freier Wille, Baron. Diese Reise hatte mein Onkel mir verordnet — als eine Art Strafversetzung.«

»Strafversetzung? Wie soll ich das verstehen?«

Mit einem heißen Blick sah sie zu ihm auf.

»Onkel hatte mir einen Freier ausgesucht, den ich nicht erhören wollte — weil mein Herz anderweitig gefesselt ist. Darüber wurde er böse und schickte mich auf Reisen. Ich sollte in aller Eile den anderen vergessen.«

Diese Worte begleitete sie mit einem Blick, den er nicht mißverstehen konnte.

Er beugte sich zu ihr herab. »Und ist Ihnen das gelungen?« flüsterte er.

Sie schüttelte mit einem lächelnden Seufzer den Kopf. »Nein, mein Herz ist eigensinnig, es ist mir nicht gelungen. Ich habe mich auch gar nicht darum bemüht, ihn zu vergessen.«

Er preßte abermals ihre Hand an die Lippen.

»Lisa — teuerste, angebetete Lisa, darf ich hoffen, daß ich der andere bin, der, den Sie lieben?«

Ihr Gesicht erglühte. Sie sah nicht zu ihm auf. »Warum wollen Sie das wissen?«

»Weil ich Sie liebe, Lisa, weil ich mich Tag und Nacht

nach ihrem Besitz gesehnt habe. Sie müssen es doch wissen, daß ich Ihr Sklave bin! Quälen Sie mich nicht länger; sagen Sie mir, daß Sie meine Liebe erwidern, daß ich hoffen darf, diese liebe, kleine Hand fürs Leben festzuhalten.«

Ihre Augen strahlten verheißungsvoll zu ihm auf. Sie liebte Korff mit leidenschaftlicher Innigkeit. Ihr Kopf sank gegen seinen Arm.

»Ist es wahr, daß Sie mich lieben?«

»Wie können Sie so fragen, Lisa? Fühlen Sie nicht, wie sehr ich Sie liebe? Sagen Sie mir, daß Sie mir angehören wollen fürs Leben, angebetete Lisa. Schnell sprechen Sie das beglückende Wort, ehe man uns stört. Ich ertrüge es nicht, abermals im Zweifel von Ihnen zu gehen.«

Sie sah in unverhüllter liebender Hingabe zu ihm auf. »Muß ich es Ihnen erst noch sagen?« fragte sie leise.

Da riß er sie in seine Arme und küßte sie so leidenschaftlich, als halte er wirklich die Erfüllung seiner Sehnsucht in den Armen.

Dabei dachte er aber mit einem qualvollen Empfinden an Dagmar. Wie ganz anders hatten ihre ersten scheuen Küsse ihn berauscht, wie viel lieber hätte er sie in seinen Armen gehalten. Aber so stark war seine Liebe zu Dagmar doch nicht, daß er dafür hätte Opfer bringen können.

Lisa Volkmann ahnte nicht, daß seine Leidenschaft einer anderen galt, daß seine Gedanken über sie hinweg zu der anderen flogen. Sie war glückselig und fühlte sich geliebt. Keine Ahnung kam ihr, daß hinter den schönen Zügen des geliebten Mannes elende Berechnung lauerte. Glückselig erwiderte sie die Küsse, die einer anderen galten, und lauschte auf die zärtlichen Liebesworte, die er ihr ins Ohr flüsterte.

Schließlich wurde Korff auch selbst warm dabei. Häßlich war Lisa nicht, wenn sie auch ein unbedeutendes Gesicht hatte. Mit Dagmar konnte sie sich freilich nicht messen, aber dafür war sie eine Millionenerbin, und Dagmar eine Bettlerin. Dieses Bewußtsein machte es ihm möglich sich unter Lisas Küsse in ein etwas wärmeres Gefühl hineinzusteigern. So spielte er mit großem Geschick den feurigen Liebhaber.

Als nach einer Weile Frau Volkmann wieder eintrat, eilte Lisa auf ihre Tante zu.

»Liebe — liebe Tante, ich habe mich soeben mit Baron Korff verlobt. Nun mußt du uns helfen, Onkel Alberts Bedenken zu besiegen. Wenn ich auch mündig bin und ohne seine Zustimmung heiraten kann, so habe ich ihn doch viel zu lieb, als daß ich nicht wünschte, mit ihm im besten Einvernehmen zu bleiben. Gelt, Tantchen, du hilfst uns?«

Der Baron trat hinzu. »Verehrte gnädige Frau, ich vereinige meine Bitte mit der Lisas und bitte Sie um Ihren Segen zu unserem Bund, da Sie an Lisa Mutterstelle vertreten.«

Frau Volkmann reichte ihm mit feuchten Augen die Hand. »Mein Segen ist bei Ihnen. Machen Sie Lisa glücklich, sie ist uns wie ein eigenes Kind ans Herz gewachsen.«

Baron Korff erwiderte überzeugend: »Es soll mein innigstes Bestreben sein, gnädige Frau.«

»Ich glaube Ihnen. Ich kann Ihnen nicht verhehlen, daß mein Mann andere Pläne mit Lisa hatte. Aber er hat sie viel zu lieb, um nicht schließlich ihr Glück über alles andere zu stellen.«

»Wenn Sie uns nur helfen wollen, gnädige Frau, seine Bedenken zu besiegen. Ich werde heute noch in aller Form bei Ihrem Herrn Gemahl um Lisas Hand anhalten.«

Frau Volkmann hob abwehrend die Hand.

»Nein, nein — bitte heute noch nicht. Warten Sie noch einige Tage, bis ich meinem Gatten die Angelegenheit schonend beigebracht habe. Er hätte Lisa gern mit dem Sohn eines Geschäftsfreundes vermählt. Sonst hat er nichts gegen

Sie, lieber Baron. Ich werde ihm nun langsam begreiflich machen, daß Lisas Glück von seiner Einwilligung zu Ihrer Verlobung abhängt. In einigen Tagen hoffe ich, ohne große Erregungen seine Bedenken zerstreut zu haben, und dann können Sie Ihre Werbung anbringen.«

Korff küßte ihr die Hand und dankte ihr mit einschmeichelnder Liebenswürdigkeit. Im Grunde war es ihm, nun er Lisas sicher war, ganz angenehm, daß seine Verlobung noch nicht veröffentlicht wurde. Eine Anstandsfrist zwischen seiner Absage an Dagmar und einer neuen Verbindung war doch mindestens wünschenswert.

Es konnte jetzt nichts mehr besprochen werden. Ein Diener rollte den Teewagen herein, und gleich darauf erschien der Hausherr mit Ralf Jansen. Volkmann begrüßte den Baron artig und höflich, wie es einem Gast zukam, aber doch mit einer gewissen Zurückhaltung. Die Niederlage, die er mit seinem Plan, Lisa mit dem Sohn seines Geschäftsfreundes zu verbinden, erlitten hatte, nahm ihn gegen Korff ein. Im Grunde hatte er nichts Bestimmtes gegen eine Verbindung mit dem Baron einzuwenden. Dank seiner festen kleinen Rente waren Korffs Verhältnisse leidlich geregelt, und außerdem war Lisa reich genug, sich einen Mann wählen zu können, der nicht gerade bescheidene Ansprüche ans Leben stellte. Für besiegt hielt sich Volkmann schon, aber er zog es doch vor, sich langsam und vorsichtig aus dem Gefecht zurückzuziehen, um seine Niederlage zu verdecken. Vorläufig gab er sich noch den Anschein des Unbesiegten und trat mit kühler Zurückhaltung dem Baron gegenüber.

Höflich machte er ihn mit Ralf Jansen bekannt. Korff verneigte sich mit der ihm eignen, glatten Liebenswürdigkeit gegen Ralf, aber dieser neigte nur mit unbewegter Miene den Kopf.

»Es freut mich sehr, Ihre Bekanntschaft zu machen, Herr

Jansen. Meine Kameraden und ich hätten das sehr gern schon lange getan, aber Sie leben so sehr zurückgezogen in Berndorf, daß sich dazu noch keine Gelegenheit geboten hat.«

Ralf bezwang seine eifersüchtige Abneigung gegen Korff, so gut es ging. »Ich habe durchaus keine Zurückgezogenheit beabsichtigt, Herr Rittmeister, aber ich habe meine Gesellschaft auch niemand aufdrängen wollen.«

»Davon könnte doch niemals die Rede sein«, erwiderte der Baron wieder sehr liebenswürdig.

Ralf zuckte leicht die Achseln. »Es wäre aber ganz sicher die Rede davon gewesen, wenn ich versucht hätte, in Ihre Kreise einzudringen, denen ich nun einmal nicht angehöre.«

»Ach, Herr Jansen, haben Sie sich noch immer nicht von dieser Ansicht bekehrt?« fragte Lisa Volkmann lächelnd.

»Nein, mein gnädiges Fräulein«, erwiderte Ralf mehr ehrlich als höflich.

Lisa wandte sich mit einem schelmischen Lächeln an den Baron.

»Sie müssen uns helfen, Herr Jansen umzustimmen. Wir haben es schon oft vergeblich versucht.«

Ralf besann sich nun, daß er zu schroff gewesen war.

»Sie waren immer so freundlich bemüht, gnädiges Fräulein, mir eine andere Ansicht beizubringen. Aber das ist nicht so leicht.«

»Oh, es wird sich mit der Zeit ganz von selbst machen.«

»Meine Nichte hat recht, Herr Jansen. Sie werden eines Tages Ihre Zurückhaltung aufgeben, wenn Sie merken, daß keine Veranlassung dazu vorliegt«, sagte Volkmann.

»Dieser Ansicht schließe ich mich an. Sie können mir glauben, Herr Jansen, daß man Ihnen von allen Seiten sehr liebenswürdig entgegenkommen wird«, bekräftigte der Baron liebenswürdig.

Ralf verneigte sich nur stumm. Seine Abneigung gegen den Baron war zu groß, als daß er ihm gegenüber seine Zurückhaltung aufgegeben hätte. Aber gerade diese wirkte sehr angenehm auf Korff. Er wäre Ralf Jansen ganz gern etwas nähergetreten, um sich seinen Kameraden gegenüber damit aufzuspielen, da diese mit dem Australier gern verkehren wollten.

Auf die Einladung der Hausfrau nahm man am Teetisch Platz.

Während die Unterhaltung im leichten Plauderton dahinfloß, beobachtete Ralf den Baron scharf. Es entging ihm nicht, daß dieser zuweilen mit Lisa Volkmann verstohlene Blicke wechselte, die ein heimliches Einverständnis verrieten. Das weckte einen ehrlichen Zorn in Ralfs Brust. Er hätte Korff in das nichtssagende lächelnde Gesicht schlagen mögen. Instinktiv fühlte er, daß der Baron Dagmar verraten hatte. Statt daß er dieser in ihrer Not zu Seite stand, saß er hier und flirtete und kokettierte mit einer anderen, als hätte er das vollste Recht dazu.

Im Lauf des Gesprächs sagte dann Volkmann plötzlich: »Herr Jansen hat mich heute in einer geschäftlichen Angelegenheit besucht, die alle Kreise lebhaft interessieren wird. Durch den plötzlichen Tod des Herrn von Schönau ist das Verhängnis schneller, als man denken konnte, über Schönau hereingebrochen. Schönau muß verkauft werden, um die Gläubiger zu befriedigen. Und Herr Jansen wird der künftige Besitzer von Schönau sein.«

Ralf hatte seine Augen während dieser Worte fest auf Korffs Antlitz ruhen lassen. Er sah, daß dieser sich einen Augenblick leicht verfärbte, aber sonst eine ganz unbefangene Miene festhielt.

»Ach, Sie wollen Schönau kaufen, Herr Jansen?«

Groß und ernst sah Ralf in seine Augen. »Ja, ich kaufe Schönau.«

Der Baron lächelte, ahnungslos, welche Gefühle Ralf gegen ihn hegte. »Man weiß ja zur Genüge, daß der Besitzer von Berndorf ein sehr reicher Mann ist, der sich das leisten kann.«

»Und Sie werden Berndorf mit Schönau vereinigen, Herr Jansen? Das wird dann ein riesiger Grundbesitz«, warf Lisa ein.

»Für Herrn Jansen ist das sehr erfreulich. Aber mir tun doch die Schönauer Damen leid, die ihre Heimat nun verlieren und wahrscheinlich in recht unangenehme Verhältnisse kommen«, bemerkte Frau Volkmann.

»Ach, Tantchen, du vergißt, daß Komtesse Dagmar von ihrem verstorbenen Vater her ein großes Vermögen besitzt, das ist doch allgemein bekannt. Und wie ich die Komtesse kenne, wird sie in großherziger Weise mit ihrer Mutter und ihrer Schwester teilen, damit diese nicht in Not kommen.«

Ralf ließ seine Blicke nicht von Korff. Dieser hatte Mühe, ein Unbehagen zu verbergen. Nun erwiderte Ralf langsam:

»Sie irren, mein gnädiges Fräulein, Komtesse Riedberg besitzt keinerlei eigenes Vermögen mehr, sie hatte alles, was sie besaß, ihrem Stiefvater gegeben, und dieser hat ihr Vermögen mit verbraucht.«

»O wie schrecklich! Dann sind ja die Damen in einer sehr schlimmen Lage.«

»Ja, mein gnädiges Fräulein, das ist allerdings der Fall«, entgegnete Ralf, ohne den Baron aus den Augen zu lassen. »Die Damen sind hilflos aller Unbill preisgegeben, die diese Katastrophe für sie im Gefolge hat.«

Volkmann legte die Hand auf seinen Arm.

»Die Damen wären noch hilfloser gewesen, wenn Herr

Jansen nicht uns alle, die wir mit den Schönauer Herrschaften so freundlich verkehrten, beschämt hätte. Als er erfuhr, daß die Damen in Not sind, hat er zum ersten Mal seine Zurückhaltung aufgegeben und in edelster Weise Nachbarsrechte geltend gemacht, indem er den Damen seine werktätige Hilfe angeboten hat. Hut ab vor Ihrer vornehmen Gesinnung, Herr Jansen.«

Ralf stieg jäh das Blut in die Stirn. Er war sehr verlegen. »Ich bitte, dieser ganz selbstverständlichen Handlungsweise keine Wichtigkeit beizulegen. Von Dr. Härtling erfuhr ich von der Notlage der Damen, die von rücksichtslosen Gläubigern bedrängt wurden. Ich meine, da darf sich kein Mann besinnen, zu Hilfe zu eilen, selbst wenn er der Familie ganz fern steht. Dr. Härtling sagte mir, daß den Damen jeder männliche Schutz fehle — ich weiß ja nicht, ob ihnen jemand nahe genug steht, um für sie einzutreten. Es scheint nicht so, da ihnen niemand helfend zur Seite trat. So bot ich meine Hilfe an als etwas Selbstverständliches. Das ist alles.«

Ralf hatte diese Worte mit besonderer Absicht gewählt. Und er sah sehr wohl, daß es in Korffs Gesicht zuckte. Getroffen hatten seine Worte, aber der Baron verlor doch nicht die Gewalt über sich. Er vermochte ganz ruhig und gleichmütig zu sagen:

»Soviel ich weiß, haben die Schönauer Damen keine männlichen Verwandten. Es ist jedenfalls sehr anerkennenswert von Ihnen, Herr Jansen, daß Sie sich der Damen angenommen haben.«

Ralf warf den Kopf zurück, »Ich lege keinen Wert auf diese Anerkennung, Herr Rittmeister. Pflichterfüllung ist mir immer selbstverständlich, ganz gleich, welche Art. Ich betrachte es wenigstens als die Pflicht jeden Mannes, schutzlosen Frauen zu Hilfe zu kommen.«

Scharf und klar kam das über Ralfs Lippen. Er wollte Korff treffen, und er hatte ihn getroffen, das merkte er daran, daß der Baron jäh die Farbe wechselte. Dieser wußte natürlich nicht, daß Ralf Jansen seine Worte mit Absicht gewählt hatte, und durfte sich nicht merken lassen, daß er sich getroffen fühlte.

Volkmann und seine Damen hatte ein wenig betroffen in Ralf Jansens Gesicht geblickt, als sie seinen scharfen Ton hörten. Aber dieser griff nun schnell ein anderes Thema auf und verwischte den Eindruck wieder.

Bald darauf empfahl er sich. Es war ihm nicht möglich, länger ruhig zuzusehen, wie der Baron mit Lisa Volkmann verstohlene Blicke tauschte.

Er dachte an Komteß Dagmar. Für ihn war es zweifellos, daß sich der Baron um Lisa bewerben würde, ja, daß sie ihm bereits im geheimen ihr Jawort gegeben hatte. Wenn die Komtesse das erfuhr, dann mußte sie bis ins Herz getroffen werden, dann wurde der Verrat des Barons offenbar, wenn sie bis dahin im Zweifel geblieben war. Dann würde sie bittere Schmerzen leiden müssen, vor denen er sie nicht bewahren konnte.

Ein schmerzlicher Grimm tobte in seiner Brust. Er hätte Korff mit seinen Händen schütteln und würgen und ihn züchtigen mögen, wie es einem ehrlosen Verräter geziemte. Und weil er das nicht durfte, weil er kein Recht hatte, in dieser Sache für Komteß Dagmar einzutreten, deshalb trieb es ihn fort aus Korffs Nähe. An sich selbst dachte er nicht. Er war ein Mann und würde seiner Liebe Herr bleiben. Aber daß die Komtesse unglücklich werden mußte, schmerzte ihn mehr als das eigne Leid.

Hastig verabschiedete er sich und verließ die Villa Volkmann.

X

Am nächsten Vormittag wurden die sterblichen Überreste Axel von Schönaus zur letzten Ruhe bestattet.

Zur Beisetzungsfeierlichkeit waren die meisten Bekannten des Hauses erschienen, obwohl Axel von Schönau durch eigene Hand seinem Leben ein Ende gemacht hatte. Auch Baron Korff und andere Offiziere seines Regiments waren erschienen. Ihm war nicht sehr wohl bei dem Gedanken, Dagmar gegenübertreten zu müssen, aber er hatte doch nicht zurückbleiben können, ohne Aufsehen zu erregen. Das durfte er jetzt um keinen Preis, wollte er die Verbindung mit Lisa nicht gefährden. Er hatte aber alle Selbstbeherrschung nötig, als er dann Dagmar gegenüberstand. Sein Gesicht rötete sich unter ihrem starren, erloschenen Blick. Sie war totenbleich, und ihre Züge schienen wie versteinert im Schmerz.

Ralf Jansen hatte geahnt, daß der Baron an der Trauerfeierlichkeit teilnehmen würde, und das hatte ihn schließlich bestimmt, gleichfalls zur Beisetzung nach Schönau zu fahren. Er wollte Dagmar nahe sein, falls sie seiner bedurfte.

Als Korff nach einer formellen Beileidsbezeugung von den Damen zurücktrat, merkte Ralf Jansen, daß die Komtesse schwankte und haltlos nach der Lehne eines Sessels faßte. Da trat er schnell neben sie und entzog sie den Blicken der Anwesenden.

»Darf ich Sie ins Nebenzimmer führen, Komtesse, Sie sehen leidend aus«, sagte er leise.

Komtesse Dagmar schlug die leidvollen Augen zu Ralf Jansen auf. Aber sie hatte sich schon wieder gefaßt.

»Ich danke Ihnen, Herr Jansen, es ist nicht nötig. Ich möchte bei Mama bleiben und bei meiner Schwester.«

Da trat er mit einer Verbeugung zurück, wie ein treuer Wächter stand er von weitem, stets bereit, ihr beizustehen.

Ralf Jansens Anwesenheit im Trauergefolge war allgemein aufgefallen. Einige Herren ließen sich ihm durch Volkmann vorstellen, und auch der Baron machte ihn auf ihren Wunsch mit einigen Kameraden bekannt.

Es hatte sich schon herumgesprochen unter den Trauergästen, daß der Australier Schönau kaufen wollte.

Jedenfalls stieg Ralf Jansens Ansehen um ein Beträchtliches durch die Nachricht, daß er Schönau erwerben würde.

Baron Korff war die ganze Zeit in einer heimlichen Angst, daß ihn Dagmar zur Rede stellen könnte, und doch trieb es ihn immer wieder in ihre Nähe. Sie war ihm nie schöner und begehrenswerter erschienen als jetzt, mit dem blassen Gesicht unter dem schwarzen Trauerschleier.

Teils beruhigte es ihn, daß sie ihre Haltung bewahrte und ihn scheinbar nicht beachtete, und teils regte es ihn auf.

Dagmar hatte sich in der Gewalt, kein Mensch ahnte, wie weh es ihr bei Korffs Anblick ums Herz war. Nur Ralf Jansen wußte es. Und er litt mit ihr.

Frau von Schönau weinte wieder viel. Sie kam sich bei all den Beileidsbezeugungen doppelt bemitleidenswert vor, und es lag nicht in ihrer Art, sich zu beherrschen. So mußte sich Dagmar der Mutter annehmen. Lotte stand ihr tapfer zur Seite, obwohl sie selbst nicht Herr ihrer Tränen wurde.

Jedenfalls waren die Schwestern sehr froh, als sich die Trauergäste nach der Beisetzung verabschiedeten. Auch Baron Korff trat, den Helm im Arm, zu den Damen, um sich zu verabschieden. Er murmelte einige nichtssagende Worte, Dagmar hörte gar nicht, was er sagte. Ihre Lippen preßten sich fest aufeinander, und ihre Augen sahen an ihm vorbei.

Sie konnte es nicht ertragen, in diesem einst so geliebten Antlitz den kaltherzigen Verrat zu lesen. Ihr Herz zuckte in bitterer Pein, und ihre traurigen Augen folgten ihm, als er sich entfernte.

Alle Gäste hatten sich empfohlen, außer Volkmann und Ralf Jansen. Volkmann hatte die Damen um eine Unterredung bitten lassen. Dagmar bat ihn, einige Minuten im Empfangszimmer zu warten, bis sich ihre Mutter ein wenig beruhigt habe.

»Ich werde Herrn Volkmann inzwischen Gesellschaft leisten, Komtesse«, sagte Ralf. »Auch ich möchte gern noch mit Ihrer Frau Mutter sprechen.«

Ein schattenhaftes Lächeln huschte über Dagmars blasses Gesicht, und sie sah dankbar zu ihm auf. Sie reichte ihm die Hand.

»Wenn wir Sie nicht als Beistand hätten, Herr Jansen, wie schlimm wäre es um uns bestellt.«

»Ich kann leider nur wenig für Sie tun, Komtesse«, erwiderte er rauh vor unterdrückter Erregung.

»Ihnen erscheint es wenig — uns sehr viel«, sagte sie aufatmend.

Eine halbe Stunde später saß Frau von Schönau mit ihren Töchtern Volkmann und Ralf Jansen gegenüber.

Der Bankier teilte nun zunächst den Damen mit, welche Summe Herr Jansen für Schönau biete.

Frau Ellen fiel dabei nichts auf, aber Dagmar sah betroffen hoch.

»Das ist ein Irrtum, Herr Volkmann, Schönau ist doch im höchsten Fall auf ein Drittel weniger abgeschätzt worden.«

Volkmann blieb ganz ruhig. »Der Irrtum ist bei Ihnen, Komtesse. Ich habe Herrn Jansen, der auch dieser Meinung war, mitteilen müssen, daß diese Schätzung um zwei Jahre zurückliegt. Inzwischen sind neue Werte dazugekommen, zum Beispiel das Automobil und die Garage. Dadurch hat sich der Wert wesentlich erhöht. Herr Jansen hat das auch eingesehen und wird den vollen Kaufpreis zahlen.«

Dagmar atmete tief auf. »Davon wußte ich nichts. Das ist dann allerdings ein großer Glücksfall für uns.«

»So ist es, gnädigste Komtesse. Also bleibt Ihnen, gnädige Frau, nach Begleichung aller Forderungen ein nicht ganz unerheblicher Betrag.«

Frau Ellen krampfte die Hände zusammen, und während sich ihre Töchter, froh der günstigen Aussicht, die Hände drückten, sagte sie seufzend:

»Das ist allerdings sehr wenig. Da bleibt uns bei alledem doch nur ein geringfügiger Zinsertrag. Und den muß ich mit meinen beiden Töchtern teilen.«

»Nur mit Lotte, Mama. Ich nehme eine Stellung an, um mir meinen Unterhalt zu verdienen«, sagte die Komtesse schnell.

»Eine Stellung? Aber Dagmar, welch ein widersinniger Einfall? Eine Stellung?«

Ein leises Lächeln spielte um Dagmars Mund.

»Ich bin sicher nicht die einzige Komtesse, die sich ihr Brot selbst verdienen muß, Mama. Auf meinen Namen kann ich keine Rücksicht nehmen. Mit ehrlicher Arbeit werde ich ihn nicht schänden. Jedenfalls werde ich dir die Sorge um mich abnehmen. Ich bin so froh, daß wenigstens diese kleine Kapital für dich und Lotte bleibt. Das nimmt mir die schwerste Sorge vom Herzen.«

»Ach, mein Gott, davon kann kaum *ein* Mensch leben, viel weniger zwei.«

»Dann suche ich mir auch eine Stellung, Mama. Da bleibt das Geld dann für dich allein«, sagte Lotte entschlossen.

Frau Ellen schüttelte fassungslos den Kopf. »Wie ihr nur

solch einen Gedanken fassen könnt. Denkt ihr es euch denn so leicht, eine Stellung zu finden?«

»Nein, Mama — aber für mich muß eine gefunden werden, so schnell wie möglich«, erwiderte Dagmar bestimmt.

Ralf Jansen empfand es als Qual, daß er Dagmar nicht alle Sorgen abnehmen konnte. Und doch leuchteten seine Augen vor Bewunderung über ihre Tapferkeit.

Er ergriff nun das Wort. »Das können sich die Damen in aller Ruhe überlegen. Ich wollte Ihnen eben mitteilen, daß Sie vorläufig natürlich in Schönau bleiben, bis Sie sich Ihr Leben anders eingerichtet haben. Ich werde ja nicht in Schönau wohnen. Die Dienerschaft im Haus ist ohnedies noch bis zum nächsten Kündigungstermin für Sie verpflichtet. Dann übernehme ich die Leute, die bleiben wollen. Es ist also vorläufig keine Notwendigkeit für Sie vorhanden, Ihre Zelte hier abzubrechen. Heute wollen wir nicht darüber sprechen. Sie bedürfen der Ruhe. Morgen habe ich in Berndorf eine Beratung mit den Gläubigern, der auch Herr Volkmann beiwohnen wird, da wird alles Geschäftliche geordnet werden. Und übermorgen komme ich dann wieder nach Schönau, um Ihnen Bericht zu erstatten. Wenn Sie mir erlauben, werde ich dann mit Ihnen beraten, wie sich Ihre Zukunft gestalten lassen wird.«

Frau Ellen drückte das Taschentuch an die Augen. Sie hatte sich Trost und Hoffnung geholt aus den Blicken, die Ralf Jansen auf ihre Tochter Dagmar richtete. Aufseufzend reichte sie ihm die Hand.

»Wie dankbar nehme ich Ihre Hilfe an, Herr Jansen. Gott vergelte Ihnen, was Sie an uns tun.«

Die Komtesse konnte nicht sprechen. Sie reichte Ralf nur stumm mit einem warmen Druck die Hand. Und dieser Händedruck belohnte ihn reichlich und beglückte ihn mehr als viele Worte.

Auch Lotte reichte ihm dankbar die Hand.

»Ich bedanke mich nicht mit Worten bei Ihnen, Herr Jansen, das mögen Sie nicht leiden. Und Worte sind auch viel zu arm, um auszudrücken, was ich empfinde. Aber ich wünsche mir, daß ich Ihnen einmal einen recht großen Dienst leisten kann. Sie sind ein lieber, guter Mensch.«

Das kam sehr impulsiv über Lottes Lippen. Ralf mußte lächeln über ihren Eifer.

»Vielleicht nehme ich Sie einmal beim Wort, mein gnädiges Fräulein.«

Sie seufzte. »Ach lieber Gott, was kann ich schon für Sie tun.«

»Das kann man nicht wissen«, sagte er froh, weil Dagmar lächelte.

Die Herren verabschiedeten sich nun und entfernten sich.

Eine Woche war vergangen, seit man Axel von Schönau beigesetzt hatte. Inzwischen war Ralf Jansen fast täglich in Schönau gewesen. Und jedesmal war den drei Damen zumute, als würden ihre Sorgen leichter, wenn er mit seinem zuversichtlichen Lächeln zu ihnen trat und ihnen über die schwebenden Angelegenheiten Bericht erstattete.

Frau Ellen klammerte sich immer mehr an die Hoffnung, daß Ralf Jansen Dagmar liebe und zu seiner Frau machen würde. Lotte sah ihm entgegen wie dem einzigen Lichtstrahl, der jetzt ihr Dasein erhellte, und Dagmar fühlte, wie sich aus der warmen Dankbarkeit für Ralf Jansen mehr und mehr ein ehrlich freundschaftliches Empfinden entwickelte.

Jedenfalls merkte Ralf mit einem stillen, heimlichen Glücksgefühl, daß er ein gern gesehener Gesellschafter für die Damen war und daß sie ihm ein herzliches Vertrauen entgegenbrachten. Am meisten freute ihn das natürlich von Dagmar. Dann brachte er eines Tages die Nachricht, daß nun alles geordnet und der Verkauf von Schönau gültig geworden sei.

»So sind Sie nun Herr in Schönau, Herr Jansen — und wir sind Ihre Gäste, bis wir ein anderes Obdach gefunden haben. Hoffentlich müssen wir Ihre Güte nicht zu lange in Anspruch nehmen, damit wir Ihnen nicht lästig werden«, sagte Dagmar.

Er wurde ganz bleich.

»Wenn ich Ihnen den Eindruck gemacht habe, daß Sie mir lästig werden können, dann muß ich mich furchtbar ungeschickt benommen haben«, sagte er bedrückt.

Sie faßte seine Hand.

»Nein, nein, das dürfen Sie nicht glauben. Niemand kann sich taktvoller benehmen als Sie. Aber gerade darum dürfen wir Ihre Güte nicht mißbrauchen.«

Frau Ellen ging schnell auf ein anderes Thema über. Sie hörte es nicht gern, wenn Dagmar von einem anderen Obdach sprach.

»Wenn es Ihnen recht ist, Herr Jansen, dann möchten wir morgen Ihrer Frau Mutter unseren Besuch machen.«

Ralfs Augen leuchteten auf. »Ich wollte Sie nicht daran erinnern, gnädige Frau, weil ich glaubte, es sei Ihnen leid geworden. Aber nun Sie selbst daran denken, freue ich mich sehr, und meine Mutter wird sich auch freuen.«

Danach verabschiedete er sich von den Damen. Er war heute zu Pferde herübergekommen, und als er davonritt traten die Schwestern an das Fenster. Lotte legte den Arm um Dagmar.

»Er sieht famos aus zu Pferde, findest du nicht auch, Dagmar?«

Diese schrak aus ihrem Sinnen auf. Ihre Gedanken waren wieder bei Korff gewesen, der als schneidigster Reiter seines Regiments galt. Sie quälte sich immer wieder mit dem Gedanken an ihn. Eine trostlose Bitterkeit war in ihrer Seele. Sie kam nicht darüber hinweg, daß sie Korff ihre besten und wärmsten Empfindungen entgegengebracht und daß dieser diese Gefühle mit Füßen getreten und mit schmählichen Verrat vergolten hatte. Am meisten zehrte aber an ihr, daß sie ihn nicht vergessen, ihre Seele sich nicht von ihm losreißen konnte. Mit einem Seufzer strich sie über die brennenden Augen.

»Ich habe wirklich noch nicht darauf geachtet, Lotte«, erwiderte sie.

Lotte sah sie von der Seite an.

»So sieh ihn dir doch jetzt einmal an. Ich finde, er ist überhaupt eine vornehme Erscheinung, mag er zehnmal der Sohn eines Handwerkers sein. Bei ihm hat man so recht den Beweis, daß Seelenadel der einzig wahre und echte Adel ist. Er ist ein großartiger Mensch.«

Dagmars Augen folgten nun Ralf mit Interesse.

»Ja, er sitzt wirklich gut zu Pferde. Und daß er ein vornehmer, edel gearteter Mensch ist, weiß ich längst. Du hast ganz recht, Lotte.«

Lotte aber wünschte, daß Dagmar noch wärmer als sie selbst für Ralf Jansen empfinden möge, weil sie wußte, daß er Dagmar liebte.

»Findest du nicht, Dagmar, daß man sich in ihn verlieben könnte?« fragte sie mit heimlicher Spannung.

Überrascht sah Dagmar ihre junge Schwester an.

»Lotte — du willst doch nicht etwa dein Herz an ihn verlieren?«

Energisch schüttelte Lotte den Kopf.

»Ich werde mich hüten. Unglückliche Liebe muß gräßlich sein.«

»Müßte es denn eine unglückliche Liebe sein? Ach so — du meinst, eine Freiin von Schönau darf sich nicht in den Sohn eines schlichten Handwerkers verlieben!«

Lotte tippte sich mit einer nicht sehr höflichen Handbewegung auf die Stirn.

»Aber Dagmar, so albern bin ich doch nicht. Nein, das meine ich ganz sicher nicht. Eine Frau, die Ralf Jansen heiratet, steigt immer zu ihm empor, und wenn sie von einem Fürstenthron kommt. Das ist wenigstens meine Ansicht.«

»Schön hast du das gesagt, Lotte, und wahr ist es auch! Aber was meinst du denn mit einer unglücklichen Liebe?«

»Das ist doch nicht so schwer zu erraten. Eine unglückliche Liebe ist immer eine einseitige. Und Herr Jansen würde mich mit all meiner Liebe ungerührt sitzen lassen, weil er nämlich eine andere liebt.«

»Woher weißt du das?«

»Oh, ich habe meine Anzeichen dafür.«

»Kleine, dumme Lotte.«

Mit einem seltsamen Blick sah Lotte zur Schwester auf.

»Vielleicht bin ich in diesem Fall doch nicht die dümmste von uns beiden. Deine sonstige Klugheit in Ehren, liebe, große Schwester, aber in Liebesangelegenheiten habe ich sozusagen einen sechsten Sinn, mit dem ich durch eiserne Türen sehe und das Gras wachsen höre. Und mit diesem sechsten Sinn habe ich also herausgebracht, daß Herr Jansen verliebt ist in eine andere.«

Dagmar lächelte. »Ich will nicht mir dir streiten, du Kindskopf.«

Lotte war sehr unzufrieden mit der Schwester.

Sie liebt ihn nicht ein bißchen, sonst wäre sie jetzt erschrocken. Schade — die beiden Menschen würden so gut zusammenpassen. Was noch an kleinen Äußerlichkeiten an ihm auszusetzen ist, das würde Dagmar bald an ihm verbessert haben. Sie hat eine so liebe, kluge Art, auf Fehler aufmerksam zu machen, ohne weh zu tun, und er nimmt alles sofort von ihr an. Innerlich ist aber nichts, gar nichts an ihm auszusetzen. Er ist ein prächtiger Mensch, wie Dagmar auch. Schade, daß sie so gar nicht in ihn verliebt ist. Aber vielleicht kommt sie noch soweit. Es würde mich für ihn riesig freuen. Ich möchte ihm helfen. Er ist immer so nett zu mir, und wir sind ihm so viel Dank schuldig...

Dagmar aber verfiel wieder in ihre quälenden Gedanken, die ihr das Herz bedrückten. So standen die Schwestern eine Weile stumm beieinander, bis ihre Mutter wieder eintrat.

XI

Ralf Jansen war inzwischen im schnellsten Tempo nach Berndorf geritten. Als er zu Hause ankam, suchte er seine Mutter auf.

Sie saß mit einer Näherei am offenen Fenster in ihrem großen Lehnstuhl. Am vorigen Tag hatte sie in einem der großen Wäscheschränke einen Stoß schadhafter Handtücher entdeckt, und die hatte sie mit in ihr Zimmer genommen, um sie säuberlich zu stopfen. Solche Arbeiten nahm sie gern vor. Dabei verging die Zeit, und sie fühlte sich nicht unnütz.

»Tag, Mutterle!«

»Guten Tag, mein Büble! Da bist du ja wieder. Warst du drüben in Schönau?«

»Ja, Mutterle«, sagte er, sich zu ihren Füßen auf dem Erkertritt niederlassend. »Ich soll dir eine Empfehlung von den Damen bestellen und dir melden, daß sie dich morgen besuchen werden.«

Frau Jansen legte ein eben fertig gestopftes Handtuch zusammen. »Also kommen sie wirklich?«

»Ja, Mutter. Sie kamen von selbst darauf zurück, ich habe, wie ich dir versprach, nicht mehr daran gerührt.«

»Das ist recht so, Ralf. So weiß ich doch, daß sie selbst den Wunsch haben, mich kennenzulernen. Einesteils freue ich mich, daß sie kommen. Ich möchte mir doch gar zu gern, das Komteßchen recht genau in der Nähe betrachten, das meines Sohnes Herz gewonnen hat. Aber andernteils ist mir auch ein wenig bange, weil ich nicht recht weiß, wie ich mit den vornehmen Damen umzugehen habe.«

»Es braucht dir nicht bange zu sein, Mutterle. Das sind wirklich vornehme Menschen, nicht nur der Geburt nach. Hauptsächlich die jungen Damen sind so schlicht und natürlich, daß in dir gar keine Befangenheit aufkommen wird. Wirst sehen, wie leicht mit ihnen umzugehen ist. Na, und mein Mutterle braucht sich vor niemand zu verstecken.«

Frau Jansen lachte leise. »Tue ich auch nicht, mein Büble. Ich habe ja nichts Schlimmes getan. Außerdem habe ich einen Sohn, auf den ich stolz sein kann. Meine Bangigkeit gilt auch nicht mir, sondern dir. Ich möchte nicht, daß die vornehmen Leute über meines Sohnes Mutter spotten und ihm damit weh tun.«

Er nahm ihre harte, verarbeitete Hand und preßte sie an seine Wange.

»Das geschieht ganz sicher nicht, Mutter. Wer dich nicht ehrt und hochachtet, der soll weg von meinem Haus bleiben.«

Sie strich ihm das Haar aus der Stirn.

»Bist ein guter Sohn. Und habe keine Sorge. Ich sehe dem Besuch der Damen ganz ruhig entgegen, nun ich weiß, daß du selbst ruhig darüber bist.«

Mutter und Sohn sahen sich herzlich an und gingen dann miteinander zu Tisch.

Nach Tisch hatte Ralf noch in der Stadt bei Volkmann zu tun. Dort mußte er heute ein wenig warten. Herr Volkmann befand sich nicht wie sonst um diese Zeit in seinem Kontor.

Der Diener teilte Ralf mit, Herr Volkmann sei nach Tisch noch gar nicht wieder herübergekommen. Er habe aber telefoniert, daß er um vier Uhr kommen werde, man möge ihn sofort anrufen, wenn Herr Jansen früher einträfe.

Ralf mußte also einige Minuten warten, bis Volkmann gerufen worden war.

Als dieser eintrat, merkte ihm Ralf an, daß ihn etwas erregt hatte.

»Verzeihen Sie, daß ich Sie warten ließ, Herr Jansen, aber ich war in einer Familienangelegenheit aufgehalten worden. Meine Nichte Lisa hat sich soeben mit Baron Korff verlobt.«

Ralf zuckte leise zusammen. Aber er biß die Zähne aufeinander und zwang die Aufregung nieder.

»Mit Baron Korff?« fragte er heiser.

»Ja, mit dem Rittmeister Baron Korff. Ich hatte einen anderen Plan mit meiner Nichte. Aber die Damen haben mich überstimmt. Meine Nichte liebt den Baron und wird von ihm wieder geliebt. Schließlich habe ich ja auch nichts gegen ihn einzuwenden. Die Hauptsache ist, daß meine Nichte glücklich wird. Schon vor einigen Tagen hat der Baron meiner Nichte das Geständnis gemacht, aber mir hat man dies bis heute verschwiegen. Ich sollte erst allmählich weich gemacht werden.«

Ralf hatte Zeit gehabt, sich zu fassen und seinen Grimm über den elenden Verräter zu ersticken.

»Wie wird das Komtesse Dagmar tragen?« dachte er bekümmert.

Mühsam brachte er einen Glückwunsch hervor. Dabei

kam er sich selbst falsch und hinterlistig vor. Nach seinem Gefühl wäre es richtig gewesen, Volkmann zu sagen, daß der Mann, der sich um seine Nichte beworben hatte, ein Schurke war.

Aber dieses Urteil hätte er begründen müssen, und das wäre ihm nur möglich gewesen, wenn er das Geheimnis der Komtesse preisgegeben hätte.

Die Herren erledigten nun ihre Geschäfte, und danach fragte Volkmann, ob Ralf das Brautpaar begrüßen wolle. Der Baron sei noch drüben, um mit den Damen über die Verlobungsanzeigen zu beratschlagen.

Dazu fühlte sich Ralf jedoch außerstande. Er fürchtete sich geradezu, Korff gegenüberzutreten, weil er nicht wußte, ob er seinen Groll beherrschen konnte. So entschuldigte er sich mit Geschäften und entfernte sich.

Er hatte heute sein Auto benutzt und fuhr nun sogleich wieder nach Hause. Dort nahm er sich nur Zeit, einige Worte mit seiner Mutter zu wechseln.

»Ich muß gleich wieder fort, nach Schönau hinüber, Mutter«, sagte er erregt.

Sie sah ihn forschend an.

»Schon wieder nach Schönau, Ralf? Du warst doch erst heute vormittag drüben.«

»Ja, Mutter — ich hatte auch nicht die Absicht, nochmals hinüberzugehen. Aber ich muß es tun.«

»Du gefällst mir nicht, mein Sohn. Ist etwas geschehen? Du bist so unruhig.«

Er sah düster vor sich hin. »Um mich sorge dich nicht — mir ist nichts geschehen. Aber ihr, Mutterle — ihr droht ein großes Leid. Der Mann, den die Komtesse liebt, der hat sich heute mit einer anderen verlobt. Kaum vierzehn Tage ist es her, da hat er ihr von Liebe gesprochen und ihr gesagt, daß er am nächsten Tag um ihre Hand anhalten will. Damals glaubte er, sie sei eine reiche Erbin. Und heute gibt er sein Wort einer anderen, weil er inzwischen erfahren hat, daß die Komtesse arm ist. Was denkst du von so einem Mann, Mutter?«

Die Mutter legte ihm die Hand auf die Schulter.

»Ich denke, daß so ein Mann die ehrliche Liebe einer Frau nicht verdient, und ich hoffe, daß die Komtesse, wenn sie auch leiden muß, ihr Herz schnell von ihm abwenden wird.«

Er seufzte. »So sicher ist das nicht, Mutter. Die Liebe ist ein eigenwilliges Ding. Sie wird tausend Entschuldigungsgründe für ihn finden. Die Komtesse wird bitter leiden, wird schwere Stunden durchkämpfen müssen. Niederschlagen möchte ich den Lumpen, der ihr soviel Herzeleid verursacht.«

Sie streichelte seine Hand. »Ein Glück, daß mein Sohn sich beherrschen kann, sonst müßte ich in Sorge sein, daß er im Zorn sich selbst ins Unglück bringt.«

Er legte seine Wange auf ihre Hand. »Hab keine Angst, Mutter. Für mich stehe ich ein. Aber — wird sie sich fassen können, wenn sie diese Botschaft erhält?«

»Das ist ganz mein Ralf — an sich denkt er zuletzt.«

»Ach, Mutterle, was liegt jetzt an mir. Daß sie leiden muß, ist mein größter Schmerz.«

»Und was willst du nun in Schönau?«

Er strich sich über die Stirn.

»Ihr helfen, soviel ich kann. Ich habe immerfort daran denken müssen, wie sie die Nachricht aufnehmen wird. Sicher kommt nach Schönau eine Verlobungsanzeige des Barons. Und vielleicht erhält sie dieselbe in Gegenwart anderer Menschen, vielleicht bringt auch ein Bekannter die Nachricht nach Schönau. Und wenn sie dann im ersten Schrecken die Selbstbeherrschung verliert und sich verrät — nein, Mutter, das darf nicht sein. Darüber käme ihr Stolz nicht hinweg. Und deshalb muß ich hinüber. Kein fremdes Auge darf ihren Schmerz sehen. Ich werde sie allein sprechen, ein Vorwand findet sich. Und dann will ich ihr so schonungsvoll wie möglich die Kunde bringen. Wenn sie eine Stütze braucht, will ich es sein. Verstehst du mich, Mutterle?«

Sie küßte ihn auf die Stirn.

»Es wäre das erste Mal, daß ich dich nicht verstehen würde. Bedaure die Komtesse nicht, mein Sohn. So, wie sie von dir geliebt wird, ist selten eine Frau geliebt worden. Sie muß es wohl wert sein. Also geh in Gottes Namen. Und nimm es nicht schwerer, als es nötig ist. Wenn das Komteßchen diesen Schlag verwunden hat, dann wird ihr Stolz ihr helfen, den Mann zu vergessen, der ihr das angetan hat.«

Ralf küßte seine Mutter und richtete sich mit einem tiefen Atemzug auf. Dann eilte er davon.

Inzwischen war sein Pferd vorgeführt worden. Im schnellsten Tempo ritt er durch den Wald. Er wählte nicht den offiziellen Weg durch das Parktor, sondern ritt über den niedrigen Heckenzaun, der den Schönauer Park vom Wald trennte. Er wollte vom Park aus über die Terrasse spähen, um eine Gelegenheit zu einem Alleinsein mit Dagmar ausfindig zu machen.

Aber dessen bedurfte es gar nicht. Der Zufall war ihm günstig.

Als Ralf Jansen langsam durch den Park ritt, sah er Dagmar auf einer Bank sitzen. Sie hielt ein Buch in der Hand, aber ihre Augen waren geschlossen, und ihr Kopf war zurückgelehnt. Ergriffen sah er in das blasse, süße Gesicht mit dem herben Schmerzenszug um den feinen Mund. Sie schrak erst empor, als Ralfs Pferd schnaubend den Kopf zurückwarf. Erstaunt sah sie zu ihm auf.

»Sie hier, Herr Jansen?«

»Ja, Komtesse, ich ritt zufällig vorüber und habe bei der Gelegenheit den Parkzaun besichtigt. Es sind einige schadhafte Stellen auszubessern. Ich hatte nicht die Absicht, Sie schon wieder zu stören.«

Freundlich sah sie ihn an. »Sie müssen doch wissen, daß wir uns immer freuen, wenn wir Sie sehen.«

Er sprang vom Pferd und schlug den Zügel um einen Baumstamm. »Ist das nicht nur eine freundliche Redensart, Komtesse?«

»Ganz gewiß nicht. Wollen Sie ein wenig Platz nehmen, ehe Sie weiter reiten?«

»Wenn Sie gestatten, gern.«

Sie rückte zur Seite, und er ließ sich neben ihr auf die Bank nieder. Und dabei dachte er: Wie bringe ich es ihr am schonendsten bei?

»Sie reiten ein prachtvolles Vollblut, Herr Jansen.«

»Sie sind schon lange nicht ausgeritten, Komtesse. Früher habe ich Sie oft zu Pferde gesehen. Jetzt schon lange nicht mehr.«

»Seit ich weiß, daß Schönau nicht mehr uns gehört, habe ich kein Pferd mehr besteigen mögen. Mein Reitpferd gehörte ja auch zum lebenden Inventar.«

»Aber bis gestern war Schönau doch noch nicht endgültig verkauft. Außerdem, muß ich erklären, daß Ihnen alles, wie sonst, zur Verfügung steht?«

Sie richtete sich empor und schüttelte den Kopf.

»Diese vornehmen Gewohnheiten muß ich mir abgewöhnen. Es ist besser, ich fange gar nicht erst wieder an. Bald gehen wir fort von Schönau. Ich habe heute eine Anzeige in eine vielgelesene Zeitung rücken lassen. Es wird Zeit, daß ich mich nach einer Stellung umsehe.«

»Eilt das so sehr?« fragte er. »Sie sind doch in Schönau gut aufgehoben.«

»Ja. Aber wir dürfen Ihre Güte nicht mißbrauchen und nicht länger bleiben, als unbedingt notwendig ist.«

Mit einem tiefen Atemzug richtete er sich auf.

»Wenn ich Sie bitten würde, nach wie vor in Schönau wohnen zu bleiben mit Ihrer Frau Mutter und Ihrem Fräulein Schwester? Was würden Sie dazu sagen?«

Sie schrak empor und sah ihn erblassend an. »Herr Jansen!«

Unsicher blickte er in ihre Augen. »Es verstößt wohl gegen den guten Ton, daß ich Ihnen diese Frage vorlege?«

Eine Hilflosigkeit, die sie rührte, lag in seinen Worten.

»Sie guter, edler Mensch! Nein, es verstößt nicht gegen den guten Ton, daß Sie mir dies Anerbieten machten. Aber es würde dagegen verstoßen, wenn wir es annehmen würden. Sie meinen es gut, das weiß ich. Aber es würde uns demütigen und — Sie wollen uns doch nicht demütigen?«

»Nein, gewiß nicht. Aber ich bin sehr betrübt, daß ich Ihnen nicht auf diese Weise helfen kann. Sagen Sie doch selbst, ist es nicht gleichgültig, ob das Schönauer Wohnhaus leer steht, oder ob Sie darinnen wohnen? Nein — gleichgültig ist es nicht! Ich würde es viel hübscher finden, wenn Sie darin wohnten, als daß ich den Besitz öde und leer wüßte. Sie brauchen ein Heim und könnten es hier haben, ohne mich im geringsten zu benachteiligen. Im Gegenteil, Sie könnten mir noch die Mühe abnehmen, das Haus instand halten zu lassen, was mir nur zum Nutzen gereichen würde. So würden wir beiderseits gut fahren. Aber Ihr Stolz verbietet Ihnen, dies Anerbieten anzunehmen. Ist das nicht widersinnig?«

Sie lächelte, aber ihre Augen waren feucht. »Ja, so wie Sie es hinstellen, ist es widersinnig. Aber andere Menschen würden eine andere Lesart dafür finden. Weder Sie noch wir können diesen Widersinn aus der Welt schaffen. Ich habe aber eben wieder von neuem erkannt, was für ein seltener Mensch Sie sind. Lassen Sie sich herzlich und innig danken — aber es geht wirklich nicht.«

Er seufzte. »Ja, ja, ich sehe es ein. Vielleicht würde es Sie nicht so demütigen, wenn ich ein Aristokrat wäre, ein Mensch Ihresgleichen.«

Sie faßte impulsiv seine Hand. »Nein, so müssen Sie das nicht auffassen. Was ich von irgendeinem Aristokraten annehmen könnte, würde ich ganz gewiß von Ihnen noch lieber annehmen, das glauben Sie mir.«

Er sah sie mit seinen guten Augen unruhig an. »Ich möchte Ihnen so gern helfen, soviel ich kann, Komtesse. Sie und Ihre Angehörigen sind mir so liebenswürdig entgegengekommen, daß es mir wohlgetan hat. Kann ich denn gar nichts für Sie tun?«

Mit ernsten, großen Augen sah sie ihn an. »Das fragen Sie? Haben Sie nicht schon unendlich viel für uns getan? Wir haben von Ihnen schon sehr viel mehr angenommen, als wir hätten tun dürfen.«

»Es war wenig genug.«

»Darüber werden wir uns nie einigen, so gut wir uns auch sonst verstehen.«

Glückstrahlend sah er sie an. Er vergaß einen Augenblick ganz, was ihn hierher geführt hatte. »Was Sie da eben gesagt haben, das hat mir viel Freude gemacht.«

»Daß wir uns gut verstehen?«

»Ja. Das betrachte ich wie eine Auszeichnung.«

»Was sind Sie nur für ein Mensch. Ich bin noch nie einem gleichen begegnet. Ihre Frau Mutter muß sehr stolz und glücklich sein, daß sie einen solchen Sohn hat«, antwortete sie, und ihre Stimme zitterte.

»Alles, was gut an mir ist, habe ich ja erst von meiner Mutter«, sagte er schlicht.

Dann trat ein Schweigen ein. Ralf erinnerte sich seiner Mission und fragte sich wieder:

Wie teile ich ihr an schonendsten diese Nachricht mit?

Endlich sagte er entschlossen:

»Ich war heute nachmittag bei Herrn Volkmann. Wir hatten geschäftlich zu reden. Dabei erfuhr ich, daß sich seine Nichte heute verlobt hat.«

Unbefangen sah sie ihn an. »Lisa Volkmann? Sie hat sich verlobt?«

»Ja.«

»Wissen Sie, mit wem?«

Er nickte. »Ja, ich weiß es«, sagte er, heiser vor unterdrückter Erregung. Und dann wandte er die Augen von ihr ab und sah starr geradeaus. Kein Auge sollte sehen, wie diese Nachricht auf sie wirkte, auch die seinen nicht. Tonlos fuhr er fort: »Sie hat sich mit dem Rittmeister Baron Korff verlobt.«

Die Komtesse zuckte zusammen, wie unter einem Schlag. Leichenblaß lehnte sie sich zurück.

»Nein — das ist nicht wahr!« rief sie fassungslos und rang mit dem wütenden Schmerz in ihrer Brust.

Er rührte sich nicht und starrte nur immer geradeaus. Sein Gesicht war wie versteinert, und die Augen blickten erloschen und glanzlos wie die ihren. Er fühlte im eigenen Herzen den Schmerz, der sie durchtobte.

Wie lange sie beide so gesessen hatten, wußten sie selber nicht. Waren es Sekunden, Minuten — Stunden, oder eine Ewigkeit? Es waren jedenfalls unsagbare Schmerzen in diese Zeit hineingedrängt.

Endlich richtete sich Dagmar mit einem Seufzer aus ihrer Erstarrung auf. Sie rang um Fassung, und mit ungeheurer Anstrengung brachte sie scheinbar gleichmütig hervor:

»Also mit Baron Korff? Wissen Sie das auch ganz genau?«

Er sah sie noch immer nicht an. Seine Seele fühlte das ungeheure Leid, das sie empfand. Aber ihr Schmerz war ihm heilig.

»Ja, ich weiß es ganz sicher, Komtesse. Soviel ich weiß, wird die Verlobung schon in den nächsten Tagen veröffentlicht. Ich war der erste, der davon erfuhr.«

Seine Stimme klang ihm selbst wie aus weiter Ferne.

Dagmar raffte sich auf. Ihre Gestalt richtete sich stolz empor.

»Nun — dann wird man Glück wünschen müssen«, sagte sie hart und laut. Und sie erhob sich jäh. Stolz und aufrecht stand sie vor ihm.

»Ich muß jetzt ins Haus zurück. Mama erwartet mich. Sie werden den Zaun weiter besichtigen wollen, Herr Jansen. Wenn Sie dann Mama und die Schwester noch begrüßen wollen —.«

Auch er war aufgesprungen, und nun endlich wagte er, sie anzusehen.

Ihr Antlitz war bleich, wie das einer Sterbenden, und der herbe, bittere Zug um den Mund hatte sich vertieft. Aber ihre Augen blickten stolz und kalt, und die Lippen waren fest aufeinandergepreßt.

»Heute nicht mehr, Komtesse, ich muß jetzt nach Berndorf zurückreiten. Morgen hoffe ich Sie in Berndorf zu sehen.«

»Ja«, sagte sie tonlos, »wir kommen gewiß.«

Er sah, daß sie sich nur mit Mühe aufrecht hielt. Und er durfte sie nicht stützen, konnte ihr keine andere Wohltat erweisen, als sich schnell zu entfernen und sie allein zu lassen.

»Auf Wiedersehen, Komtesse.«

»Auf Wiedersehen, Herr Jansen.«

Damit wandte sich Dagmar von ihm ab und ging davon.

Verstohlen, mit brennenden Blicken sah er ihr nach. Er meinte, sie nie so sehr geliebt zu haben wie in diesem Augenblick.

XII

In einer unbeschreiblichen Stimmung war Dagmar auf ihr Zimmer geflohen, nachdem sie sich von Ralf getrennt hatte. Sie schloß die beiden Türen ab und fiel kraftlos auf den Diwan, das Gesicht in den Händen vergraben.

Weinen konnte sie nicht. Ihre Augen brannten, und ihr Atem rang sich schwer und mühsam aus der Brust. Die Kunde von Korffs Verlobung hatte alles wieder in ihrer Seele wachgerüttelt, was sie mit eiserner Selbstbeherrschung niedergekämpft hatte. Ein wahnsinniger Schmerz tobte in ihrer Brust. War es wirklich noch Liebe, was sie empfand, was wie ätzendes Gift in ihrer Seele brannte? Oder war es nur noch die Wunde, die er ihr geschlagen hatte, die so unsagbar schmerzte?

Sie wußte sich diese Frage nicht zu beantworten, wußte nur, daß sie namenlos litt unter der ihr zugefügten Schmach, die ihre stolze Seele demütigte, wie sie nie gedemütigt worden war.

Lange lag sie so, eine Beute quälendster Empfindungen, bis Lotte an ihre Tür klopfte.

»Dagmar – bist du hier? Warum hast du dich eingeschlossen? Bitte, mach doch auf!« rief diese.

Dagmar erhob sich mit schweren Gliedern und ging zur Tür, um zu öffnen.

Lotte trat ein und erschrak, als sie ihre Schwester erblickte.

»Mein Gott, Dagmar, wie siehst du aus? Bist du krank?« fragte sie und umfaßte besorgt die Schwester.

»Ich habe nur starkes Kopfweh, Lotte. Es ist ja kein Wunder nach all den Aufregungen. Ich wollte schlafen und schloß mich deshalb ein. Aber es ging nicht«, erwiderte Dagmar, sich zur Ruhe zwingend.

Lotte streichelte die Schwester.

»Arme Dagmar! Ich weiß, du leidest unter all dem viel mehr als Mama und ich. Wir können unseren Schmerzen Luft machen, aber du trägst alles still und gefaßt. Da frißt das Leid nach innen.«

»Sieh es nur nicht schlimmer an, als es ist, meine kleine Lotte.«

Lotte seufzte. »Ach, ich weiß sehr wohl, wie es dich niederdrückt, daß Papa dein Geld mit verbraucht hat. Wie er es von dir annehmen konnte, ist mir unverständlich. Das durfte er nicht tun. Schlimm genug ist es schon, daß er Mamas Vermögen mit verbrauchte. Das deine mußte ihm aber unantastbar sein.«

Dagmar strich über Lottes blondes Haar.

»Mach dir doch darüber keine Kopfschmerzen. Die geringfügige Summe hätte uns auch nicht glücklich machen können.«

»Aber sie hätte dich vor schlimmen Sorgen bewahrt, und du hättest nicht eine abhängige Stellung annehmen müssen. Ich bin eben zu dir gekommen, um mit dir zu beraten, ob es nicht doch besser ist, wenn auch ich eine Stellung für mich suche. Sieh mal, die Zinsen, die wir jetzt im Jahr zu verzehren haben, reichen doch nicht einmal für Mama. Wenn wir in Schönau wohnen bleiben könnten, möchte es noch sein. Aber rechne dir aus: eine Stadtwohnung! Die Kosten! Ich mag nicht daran denken, was übrigbleibt, zieht man den Betrag von unserem Einkommen ab! Herr Jansen hat uns ja, gottlob, einstweilen die Sorge abgenommen, weil er uns das Hierbleiben erlaubt hat, bis wir eine Wohnung gefunden haben. Ich glaube, bitten wir ihn darum, ließ er uns gern noch länger hier. Aber das kann man doch nicht.«

»Nein, Lotte, das kann man ganz gewiß nicht. Man darf es auch nicht annehmen, wenn er es anbietet. Er hat es übrigens schon getan — in so zarter Weise. Es sei doch gleich, ob das Haus leer stehe oder nicht, meinte er.«

Überrascht sah Lotte auf. »Das hat er dir angeboten?« fragte sie atemlos.

»Ja.«

»Und du?«

»Ich habe ihm selbstverständlich gesagt, daß wir das keinesfalls annehmen können.«

»Du hast ja recht, Dagmar, man kann es nicht annehmen. Aber es ist schrecklich schade. Weißt du, Dagmar, sag Mama lieber nicht, daß er dir das angeboten hat, sie ist vielleicht nicht stark genug, es abzulehnen. Ich könnte auch weinen, daß wir es tun müssen. Mein liebes Schönau! Ich glaube, ich gräme mich zu Tode, wenn ich nicht mehr hier sein kann.«

Dagmar zog die Schwester fest an sich. »Tapfer sein, meine Lotte. Wir wollen uns das Herz nicht noch schwerer machen. Und Mama wollen wir nichts sagen. Du hast recht, sie ist jetzt so haltlos, daß sie vielleicht doch zugreifen würde. Und das darf nicht sein. Unser Stolz ist das einzige noch, das uns Halt gibt. Herr Jansen ist uns immerhin ein Fremder, und wir haben seine Güte schon in weitestgehendem Maß in Anspruch genommen.«

»Ich glaube, er würde sehr gern noch mehr für uns tun. Sicher hat er uns gern. Meinst du nicht auch?«

Dagmar ahnte nicht, worauf Lotte hinauswollte. »Ich glaube sicher, daß wir ihm sehr sympathisch sind, das beruht auf Gegenseitigkeit. Aber es bedrückt mich trotzdem, daß wir soviel von ihm annehmen müssen. Ich habe sogar das Gefühl, als bezahle er Schönau zu hoch. Wenn man ihm seine Güte nur vergelten könnte.«

Lotte dachte bei sich, daß dies sehr wohl in Dagmars Macht läge. Aber sie sprach es nicht aus.

»Wir wollen recht nett zu seiner Mutter sein, auch wenn sie uns gar nicht gefallen sollte. Er scheint sie sehr zu lieben«, sagte sie.

»Ja, das tut er. Ich glaube ganz sicher, daß sie uns gefallen wird und daß es uns gar nicht schwer werden wird, liebenswürdig zu ihr zu sein. Sie hat ein liebes, gutes Gesicht.«

»Ich habe sie auch schon von weitem gesehen. Dabei habe ich aber wenig auf sie geachtet, weil ich immer nur mein ganzes Interesse auf Herrn Jansen konzentrierte. Weißt du, er verkörperte sozusagen die Romantik in meinem sonst so nüchternen Dasein.«

Dagmar lächelte ein wenig. »Es war also dein erster Schwarm.«

Lotte nickte. »Ja, mein erster. Mein zweiter Schwarm ist ein Leutnant.«

»Ach, du hast es schon zu einem zweiten Schwarm gebracht?«

»Jawohl. Aber da schwärme ich nicht so ganz einseitig.«

»Ei, Lotte, was entdecke ich da? Wer ist denn dieser zweite Schwarm?«

»Der Bruder von Hans von Wollin, meiner Pensionsfreundin.«

»Woher kennst du ihn denn?«

»Er war Ostern einige Tage in Genf und hat seine Schwester von der Pension abgeholt, um sie nach Hause zu begleiten. Und da sind wir viel zusammengewesen. Ich sollte Hanna im August in Wollin auf einige Wochen besuchen, und auch ihr Bruder wollte dann dort sein. Aber — aus diesem schönen Plan wird nun nichts werden. Inzwischen hat sich ja soviel geändert. Ich bin nun nicht mehr die Tochter des Freiherrn von Schönau auf Schönau, sondern ein ganz armes Mädel. Und mit der Schwärmerei wird es da beiderseitig aus sein müssen.«

Bei diesen Worten war Lottes frisches Gesicht ein wenig blaß geworden, und die blauen Augen blickten nicht so klar als sonst.

Dagmar drückte ihr Köpfchen an ihre Brust. »Meine kleine Lotte, nimm dich vor Herzweh in acht«, sagte sie leise, mit einer Stimme, die von ungeweinten Tränen zitterte.

Lotte richtete sich auf und sah sie forschend an.

»Dagmar — das klang so seltsam, so, als hättest *du* dich vor Herzweh nicht in acht genommen.«

Ein harter, bitterer Zug erschien um Dagmars Mund.

»Ein armes Mädchen darf kein Herz haben. Es wird doch nur darauf getreten.«

Lotte umarmte die Schwester, als wollte sie sie vor allem Leid bewahren.

»Dagmar — liebe, liebe Schwester?«

Es lag eine bange Frage in diesen Worten.

Die Komtesse richtete sich empor.

»Komm, Lotte, wir wollen nach Mama sehen«, sagte sie ablenkend.

Lotte ging mit ihr. Aber obwohl sie nicht fragte, mußte sie in der nächsten Zeit viel grübeln, weshalb Dagmar so elend ausgesehen und so herb und bitter davon gesprochen hatte, daß ein armes Mädchen kein Herz haben dürfe.

Es fiel ihr wieder ein, was die Mutter heute nachmittag, als sie mit ihr allein war, zu ihr gesagt hatte.

»Weißt du, Lotte, ob Dagmar für Baron Korff ein besonderes Interesse hat? Ihr jungen Mädchen pflegt euch doch solche Dinge anzuvertrauen, und ich wüßte gern, ob Dagmars Herz schon irgendwie gesprochen hat.«

Sie hatte der Wahrheit gemäß geantwortet: »Nein, Mama,

davon weiß ich nichts. Dagmar hat mir nichts anvertraut, und beobachtet habe ich auch nichts.«

Die Mutter hatte darauf erwidert: »Vielleicht kannst du es vorsichtig ergründen. Aber Dagmar darf nichts davon merken, hörst du. Ich wüßte es aus bestimmten Gründen sehr gern.«

Darauf hatte Lotte nichts erwidert. Aber sie hatte gedacht:

»Fällt mir gar nicht ein, Dagmars Herzensangelegenheiten auszukundschaften, wenn sie sich mir nicht selbst anvertraut.«

Nun kam ihr diese Unterredung wieder in den Sinn.

Sollte Baron Korff der Mann sein, an den Dagmar gedacht hatte, als sie vorhin so wehe und bittere Worte gesprochen hatte? Sah sie deshalb so elend und blaß aus?

Baron Korff war freilich der glänzendste und schneidigste Offizier der Garnison.

Als sie zu Weihnachten in den Ferien in Schönau gewesen war, hatte sie beobachtet, daß er sich viel um Dagmar bemüht hatte. Aber neulich, bei Papas Beerdigung, hatte er kaum zehn Worte mit Dagmar gesprochen. Es war ihr sogar aufgefallen, daß Dagmar sehr kühl und stolz ihm gegenüber gewesen war. Konnte das aber nicht gerade ein Beweis dafür sein, daß Dagmar an Korff eine Enttäuschung erlebt hatte?

Damit gab Lotte ihren Gedanken eine andere Richtung.

An andern Tage fuhren die Schönauer Damen nach Berndorf.

Als der Wagen vor dem Portal des Schlosses hielt, kam Ralf Jansen schnell aus der Schloßhalle an den Wagenschlag. Sein erster Blick galt Dagmars Gesicht, und da sie gefaßt und ruhig schien und ihn sogar mit einem Lächeln begrüßte, wurde sein Herz leichter.

Artig half er den Damen aus dem Wagen und wollte Dagmar den Arm reichen, um sie ins Haus zu führen. Er sah ja doch nur die Komtesse. Aber Dagmar wußte ihn geschickt und mit freundlicher Güte so zu leiten, daß er merkte, daß er Frau von Schönau führen mußte.

So gingen sie nun durch die schöne, hohe Schloßhalle in ein zu ebener Erde liegendes Empfangszimmer. Hier kam ihnen Frau Jansen entgegen. Sie sah in ihrem schmucklosen Seidenkleid, mit dem Spitzenhäubchen auf dem weißen Haar, sehr lieb und würdig aus, so daß man gar nicht daran dachte, sich zu fragen, ob die schlichte Frau in diese stolzen Räume passe.

Ralf war ganz ungezwungen. Vor den Schönauer Damen hatte er längst alle Unsicherheit verloren. »Laß dir unsere lieben Gäste vorstellen, Mutterle«, sagte er und nannte die Namen der drei Damen. Frau Jansen sah mit großen, ernsten Augen von einer zur andern. Am längsten ruhte ihr Blick auf Dagmar. »Seien Sie uns herzlich willkommen! Es freut mich sehr, daß Sie uns die Ehre geben. Bitte nehmen Sie Platz«, sagte sie mit schlichter Würde.

»Die Freude ist gegenseitig, Frau Jansen«, erwiderte Frau von Schönau liebenswürdig. Frau Jansen reichte nun auch Dagmar die Hand. Sie sah mit ihren guten, klaren Augen, die sehr an die ihres Sohnes erinnerten, in das blasse Gesicht der Komtesse, das vom Leid gezeichnet worden war.

Schnell zog die Komtesse die Hand der alten Dame an die Lippen. Frau Jansen machte ihr einen verehrungswürdigen Eindruck, und das wollte sie ihr und auch Ralf zeigen.

Ein wenig erschrak die alte Dame, als Dagmars Lippen ihre Hand berührten. Schnell legte sie ihre andere Hand auf die Dagmars.

»Nicht, liebe Komtesse, das dürfen Sie nicht tun. Ich bin das nicht gewöhnt. Sehen Sie meine harten, verarbeiteten

Hände«, sagte sie sanft abwehrend, aber sehr freundlich. Ihre Augen sahen voll Wärme und Güte in das schöne, blasse Gesicht des Mädchens, dem ihres Sohnes Herz gehörte.

Dagmars Gesicht rötete sich leicht unter dieser Abwehr. Aber sie sah Ralfs ängstlich forschendes Gesicht und lächelte:

»Sie müssen es mir gestatten, gnädige Frau. Gerade Ihre Hände sind verehrungswürdig. Sie haben damit, wie ich weiß, in schlimmen Zeiten für Ihren Herrn Sohn gearbeitet. Er hat es mir erzählt. Und deshalb küsse ich Ihre Hände. Wir sind Herrn Jansen so viel Dank schuldig geworden. Er nimmt keinen Dank dafür an. Lassen Sie uns Ihnen danken dafür, daß Sie Ihren Sohn zu einem so guten, edlen Menschen erzogen haben, der in solch hilfsbereiter und selbstloser Weise für schutzlose Frauen eintrat.«

Das sagte Dagmar warm und in ehrlicher Herzlichkeit.

Frau Jansen hörte den echten Herzenston aus ihren Worten und nickte Dagmar freundlich zu.

»Wenn Sie es so meinen, dann muß ich es mir wohl gefallen lassen. Aber mein Sohn tut recht, wenn er keinen Dank annimmt für eine Tat, die er als Mannespflicht ansah!«

Auch Lotte küßte der alten Dame die Hand und sah sie so lieb und herzlich an, daß diese sanft den blonden Scheitel streichelte.

Man nahm nun Platz, und dank Dagmars und Lottes Bemühen kam schnell ein ungezwungener Ton auf. Auch Frau Ellen war ungemein liebenswürdig, und Ralf strahlte über das ganze Gesicht.

Er hatte nach seiner gestrigen Unterredung mit Dagmar allerlei unklare Befürchtungen gehabt. Diese waren erst von ihm gewichen, als er sah, daß die Komtesse ruhig und gefaßt war. Wohl sah er ihr an, daß sie gelitten hatte und noch litt. Daß sie aber tapfer und stolz bezwang, was ihre

Seele bewegte, erfüllte ihn mit neuer Bewunderung für sie und vertiefte seine Liebe noch mehr.

Er freute sich, daß sein Mutterle so schlicht und herzlich mit den Schönauer Damen plauderte. Sie lachte einige Male in ihrer leisen, sympathischen Art über Lottes drollige Bemerkungen.

Frau Jansen ließ auch Erfrischungen bringen, frische Früchte, kleine Kuchen und süßen Wein. Die Damen bedienten sich zwanglos, und Lotte schmauste mit Behagen.

Die Schönauer Damen mußten sich sagen, daß Mutter und Sohn durchaus nichts von Emporkömmlingen an sich hatten. Gerade hier in ihrem eignen Heim zeigte sich das besonders. Sie wollten nicht mehr scheinen, als sie selbst waren, und gerade deshalb wuchsen sie über sich selbst hinaus.

Als die Damen sich schließlich erhoben, um sich zu verabschieden, sprachen sie aus, was sie empfanden: daß sie eine reizende Stunde in Schloß Berndorf verlebt hatten. Selbst Frau Ellen gestand es sich ein. Sie hätte vielleicht nicht das nötige Verständnis für diese schlichten Menschen an den Tag gelegt, wenn sie hinter ihnen nicht den goldnen Hintergrund gesehen und daran gedacht hätte, daß bei Ralf Jansen vielleicht die Rettung lag für sich und ihre Töchter. Dagmar und Lotte fanden es aber ohne alle Nebengedanken wunderschön in Schloß Berndorf.

Mit einem liebenswürdigen Lächeln sagte Frau Ellen:

»Ich weiß nicht, liebe Frau Jansen, ob ich noch das Recht habe, Besuch nach Schönau zu laden. Aber wenn es Ihr Herr Sohn gestattet, dann tue ich es gern. Bitte, besuchen Sie uns in Schönau, ehe wir es verlassen.«

Lächelnd nickte Frau Jansen. »Ich werde gern kommen. Und ich hoffe, Sie verlassen Schönau noch nicht so bald. Jedenfalls hoffe ich auch, daß Sie uns heute nicht das letzte Mal die Ehre gegeben haben. Wir werden uns freuen, wenn

Sie wiederkommen, und wenn es sein kann, auf längere Zeit als heute.«

Das versprachen die Damen gern. So trennte man sich im besten Einvernehmen.

Ralf brachte die Damen an den Wagen. Als ihm die Komtesse zum Abschied herzlich und warm die Hand drückte, strahlten seine Augen glückselig in die ihren.

Mit entblößtem Haupt blieb er stehen, bis der Wagen seinen Blicken entschwunden war. Dann eilte er zu seiner Mutter zurück.

»Nun, Mutterle?« fragte er, ihre Hand fassend und sie forschend ansehend.

Sie nickte ihm lächelnd zu. »Sie ist ein liebes, süßes Geschöpf, die Komtesse. Auch ihr Schwesterchen ist ein Goldkerlchen. Und die Mutter — nun, für eine so verwöhnte Dame war sie recht liebenswürdig. Es ist schon recht, Ralf, daß du ihnen geholfen hast.«

»Ich freue mich, Mutterle, daß sie dir gefallen haben, vor allem die Komtesse.«

»Ja, ja, die hat mir freilich am besten gefallen; mein Büble hat sein Herz an ein rechtes Kleinod gehängt. Das ist ein feines, ehrliches Menschenkind, ohne Arg und Falsch. Aber gar so traurige Augen hat sie gemacht. Die lachten nicht mit, wenn die Lippen lachten. Armes, liebes Ding.«

Er atmete tief auf. »Ich hatte große Angst um sie, Mutter, seit ich ihr gestern gesagt hatte, daß der andere sie verraten hat. Gottlob, das Ärgste hat sie nun wohl überstanden.«

»Ihr Stolz hat ihr geholfen, Ralf. In solchen Fällen gibt es nichts für eine Frau als ihren Stolz, der sie vor Verzweiflung bewahrt.«

»Sie wird es überwinden, Mutterle, nicht wahr?«

Lächelnd strich sie über seinen Arm.

»Das wollen wir hoffen«, sagte sie.

Im stillen schickte sie ein Gebet zum Himmel empor, daß die Komtesse den andern vergessen und ihr Herz ihrem Sohn zuwenden möge.

»Sie müßte ja blind sein, wenn sie nicht erkennen würde, wie viel besser ihr Herz wählt, wenn es sich meinem Ralf zuwendet. Eine Liebe wie die seine muß doch endlich Gegenliebe wecken. Und wenn sie auch eine Komtesse ist, einen besseren Mann kann sie nicht finden«, dachte sie.

XIII

Einige Tage später saßen die Schönauer Damen beim Frühstück. Die Post war gekommen. Und unter anderem war auch die Verlobungsanzeige von Lisa Volkmann und Baron Korff dabei.

Frau Ellen las sie zuerst. Sie stieß einen leisen Ruf der Überraschung aus und sah unsicher zu Dagmar hinüber.

Diese ahnte, was die elegante Doppelkarte enthielt. Aber Lotte fragte neugierig:

»Was hast du denn für eine Nachricht bekommen, Mama?«

Frau Ellen richtete sich auf. Ihr war plötzlich ein Stein vom Herzen, daß Korff ihren Plänen nun nicht mehr hinderlich sein konnte.

»Eine Verlobungsanzeige, ihr werdet staunen«, sagte sie und reichte Dagmar die Karte.

Forschend sah sie dabei in ihr Gesicht.

Dagmar nahm die Karte. Sie blieb anscheinend ganz ruhig, als sie wirklich die beiden Namen las, die sie zu sehen erwartet hatte.

Lotte, die ihre Schwester fragend ansah, bemerkte nur, daß deren Augen einen seltsamen, starren Blick bekamen.

Ohne ein Wort zu erwidern, reichte Dagmar ihrer Schwester die Karte. Lotte las und sah dann erschrocken in das Gesicht der Schwester.

»Das ist allerdings eine Überraschung, nicht wahr, Dagmar?« fragte sie unsicher. Die Komtesse richtete sich stolz auf.

»Für mich nicht — ich wußte es schon seit einigen Tagen. Herr Jansen sagte es mir. Ich habe nur vergessen, mit euch darüber zu sprechen«, sagte sie ruhig.

Ihre Mutter konnte sie damit täuschen, aber nicht Lotte.

Ihr Stolz läßt es nicht zu, sich zu verraten! Aber nun weiß ich, weshalb Dagmar neulich von Herzen sprach, die mit Füßen getreten werden. Da muß sie es erfahren haben, daß der Baron sich verlobt hat. Deshalb hat sie auch in der Nacht darauf so jammervoll geweint, als sie glaubte, ich liege in tiefem Schlaf.

Frau Ellens Gedanken aber waren ganz anderer Natur. »Gott sei Dank, Korff ist also für Dagmar ungefährlich. Da brauche ich mir keine Sorge mehr zu machen.«

Dagmar quälte sich mühsam einige Bissen hinunter und erhob sich dann, um auf ihr Zimmer zu gehen. Sie sagte, sie habe Briefe zu schreiben. Lotte sah ihr unruhig nach. Dann blickte sie ihre Mutter an. Aber Frau Ellen hatte sich in rosige Zukunftsaussichten vertieft. Sie sah sich im Geist schon als Schwiegermutter des Australiers, von dessen edler Gesinnung in Geldangelegenheiten sie überzeugt war. Er würde ganz sicher nicht knausern, wenn Dagmar seine Gattin wurde.

Man muß die Abreise von Schönau so lange wie möglich hinausschieben, damit der Australier Zeit hat, seine Schüchternheit zu besiegen. Nun ich über Korff beruhigt bin, muß ich Dagmar doch gelegentlich einen zarten Wink geben in dieser Angelegenheit, damit sie dieselbe etwas beschleunigt.

Lotte überließ ihre Mutter ihren Zukunftsträumen, in denen ein unbegrenzter Zuschuß ihres erhofften Schwiegersohnes eine große Rolle spielte. Langsam verließ sie das Zimmer und ging hinauf zu Dagmar. Aber die Tür zu deren Zimmer war wieder verschlossen wie neulich.

Wie gebannt stand Lotte an der verschlossenen Tür und lauschte in banger Sorge. Und ihr war, als höre sie wieder das leise, verzweifelte Schluchzen wie neulich nachts.

Lotte atmete beklommen.

»Ach mein Gott – sie weint wirklich um Korff. Da hat der arme Ralf Jansen freilich keine Aussicht, ihr Herz zu erringen.«

Leise schlich sich Lotte wieder davon. Dagmar durfte nicht ahnen, daß sie hinter ihr Geheimnis gekommen war. Ihre liebe, stolze Schwester mußte das allein durchkämpfen, niemand konnte und durfte ihr helfen. Stolze Seelen leiden in der Einsamkeit.

Die kleine Lotte, die bis vor kurzem so froh und unbekümmert in den Tag hinein gelebt hatte, war ein recht nachdenkliches Jungfräulein geworden.

Als sie dann unten auf der Terrasse saß und mit großen Augen in die Ferne blickte, dachte sie seufzend:

»Wenn ich jetzt die Nachricht bekäme,daß Hans von Wollin sich mit einer anderen verlobt hätte, dann würde ich auch so unglücklich sein wie Dagmar. Ich glaube fast, es ist besser, wenn man die Liebe gar nicht kennenlernt.«

»Nimm dich vor Herzweh in acht«, hatte ihr Dagmar neulich gesagt. Und Lotte meinte: »Davor kann man sich leider nicht in acht nehmen. Dagmar hat schon recht, wenn sie sagt, daß arme Mädchen kein Herz haben dürfen. Wäre sie reich, dann hätte der Baron doch sicher lieber Dagmar erwählt als die unscheinbare Lisa Volkmann. Wäre ich reich, dann brauchte ich jetzt nicht Angst zu haben, daß Hans von Wollin mich nicht zur Frau nehmen wird, weil er vielleicht kein armes Mädchen heiraten darf. Und überhaupt — es ist jetzt gar nicht schön auf der Welt —, am liebsten möchte ich sterben.«

Während Lotte so traurigen Gedanken nachhing und Frau Ellen leichtsinnig Luftschlösser für die Zukunft baute, lag Dagmar auf ihrem Diwan und weinte herzzerbrechend. Aber die Tränen brachten ihr Erleichterung. Seit sie über ihr Herzeleid weinen konnte, schien ihr die Luft leichter. Ihr heißer Tränenstrom trug viel Weh und Leid aus ihrer armen Seele.

Als ihre Tränen endlich versiegten, erhob sie sich und kühlte das Gesicht mit frischem Wasser. Erst als die Tränenspuren verwischt waren, ging sie hinunter. Sie fand ihre Mutter in die neuesten Modezeitungen vertieft und Lotte saß am offenen Fenster über eine Handarbeit gebeugt. Lotte wollte versuchen, sich mit feinen Stickereien ein Taschengeld zu verdienen, und übte sich deshalb fleißig. Als Dagmar eintrat, sahen Mutter und Schwester auf.

»Wo warst du nur die ganze Zeit, Dagmar?« fragte Frau Ellen.

»Auf meinem Zimmer, Mama, ich sagte dir doch, daß ich Briefe schreiben wollte.«

Daß diese Briefe ungeschrieben geblieben waren, wußte außer Dagmar nur Lotte, die es natürlich nicht verriet.

»Sieh mal dies Kleid an, Dagmar«, fuhr Frau Ellen fort. »Meinst du nicht, daß es sich in der Machart vorzüglich für mich eignen würde, wenn ich einen schweren, weichen Seidenkrepp dafür wähle?«

Unruhig sah Dagmar ihre Mutter an. »Du willst dir doch jetzt nicht noch ein neues Kleid anschaffen, Mama?«

»Aber Kind, mit den zwei Trauerfähnchen, die du in der Eile bestellt hattest, kann ich doch nicht über die ganze

Trauerzeit hinwegkommen, zumal sie furchtbar unkleidsam sind.«

Dagmar atmete tief auf, und ihre Stimme klang seltsam gepreßt, als sie antwortete: »Du wirst in Zukunft mit noch weniger Kleidern auskommen müssen, Mama. Wovon willst du dir neue Kleider anschaffen?«

»Aber Kind, wir erhalten doch in diesen Tagen Geld« —

»Dieses Geld darf nicht angegriffen werden. Von den Zinsen dieses Geldes müßt ihr leben, du und Lotte.«

Frau Ellen schüttelte den Kopf.

»Dagmar, ich habe mir das überlegt, das ist einfach unmöglich. Damit brauchen wir gar nicht erst anzufangen.«

»Aber was soll denn werden?«

Frau Ellen schlug scherzend mit ihrem Lorgnon auf Dagmars Arm.

»Närrchen, ist dir denn noch gar kein andrer Ausweg aus unserem Unglück eingefallen?«

Verwundert schüttelte Dagmar den Kopf. Lotte horchte auf, legte ihre Arbeit hin und kam herbei. Sie sah ihre Mutter verstohlen wie beschwörend an, als ahne sie, was die Mutter sagen wollte, und als wollte sie diese Aussprache verhindern.

»Nein, Mama«, sagte Dagmar erstaunt, »mir ist leider nichts eingefallen.«

»Aber mir, mein Kind«, erwiderte Frau Ellen. »Ich habe ernstlich über unsere Lage nachgedacht und bin zu einem Ergebnis gekommen.«

»Und was ist das für ein Resultat?« fragte Dagmar unruhig.

Lächelnd sah Frau Ellen zu ihren Töchtern auf.

»Wozu habe ich zwei schöne Töchter? Ja — ihr seid beide sehr eigenartige Schönheiten, von mir könnt ihr euch das ruhig sagen lassen. Ihr müßt euch reich verheiraten, dann sind wir mit einem Mal heraus aus aller Not. Bis sich etwas

Passendes gefunden hat, leben wir von dem kleinen Kapital, das von dem Verkauf von Schönau übrigbleibt. Ich rechne höchstens mit drei bis vier Jahren, bis ich euch gut verheiratet habe.«

Dagmar war noch bleicher geworden. Ihr Gesicht war starr und unbewegt. Lotte wurde ganz ängstlich, als sie die Schwester ansah, und schlang plötzlich ihre Arme um sie.

»Mama scherzt nur, Dagmar! Sie wird nicht im Ernst von uns verlangen, daß wir uns um des Geldes wegen verkaufen.«

Ärgerlich fuhr Frau Ellen empor.

»Schwatz doch nicht solchen Unsinn, Lotte! Was verstehst du von solchen Dingen? Von dir ist ja vorläufig noch nicht die Rede, du bist noch zu jung. Aber Dagmar ist im heiratsfähigen Alter, und bei ihrer Schönheit wird es ihr leicht sein, jeden Mann zu fesseln, der in Frage kommen könnte. Arme Mädchen können nicht darauf warten, daß sie aus Liebe heiraten.«

Gefaßt und stolz richtete sich Dagmar auf.

»Ganz recht, Mama, arme Mädchen haben kein Anrecht, nach ihrem Herzen zu wählen, und deshalb werde ich überhaupt nicht heiraten.«

Hastig schob Frau von Schönau die Modezeitungen zurück. »So ein Unsinn, Dagmar! Willst du vielleicht eine alte Jungfer werden und dein Leben lang dein Brot in abhängiger Stellung verdienen?«

»Lieber, als daß ich mich an einen Mann verkaufe, den ich nicht liebe.«

Ärgerlich sprang Frau Ellen auf. »Für eine solche Törin hätte ich dich wirklich nicht gehalten, Dagmar! Wer spricht denn von verkaufen? Man kann sich doch mit einigem guten Willen auch in einen reichen Mann verlieben. Und überhaupt, du darfst nicht nur an dich denken. Was soll aus mir und Lotte werden? Mit unserer Jahresrente müssen wir glatt verhungern. Die einzige Möglichkeit, uns in bessere Verhältnisse zu bringen, ist, daß du möglichst bald eine reiche Heirat machst.«

Mit dunklen, vor Erregung schwarzen Augen sah Dagmar ihre Mutter an.

»Ich werde gern jedes Opfer für euch bringen, Mama, aber nicht das Opfer meiner selbst — das nicht. Bitte sprich nicht mehr davon. Ich kann es nicht hören.« Nach diesen Worten ging Dagmar schnell hinaus.

Ihre Mutter sah ärgerlich hinter ihr her.

Dann wandte sie sich zu Lotte. »Hast du je ein unvernünftigeres Geschöpf gesehen?«

Lotte strich sich über die Stirn, dann sah sie ihre Mutter fest an.

»Liebe Mama, hast du etwa schon einen Mann für Dagmar in Bereitschaft?«

Frau Ellen nickte.

»Jawohl, das habe ich; einen Freier, den Dagmar recht wohl annehmen könnte, und der sicher nicht abgeneigt ist, sie zu seiner Frau zu machen. Man braucht nicht weit zu suchen.«

Lotte richtete sich auf. »Du meinst Herrn Jansen, Mama?«

Frau Ellen nickte. »Genau den meine ich. Kannst du dir eine bessere Partie für deine Schwester denken? Wenn er auch nur der Sohn eines Handwerkers ist, so ist er doch ein Krösus und der Besitzer von Berndorf und Schönau. Wir wären mit einem Schlag aus aller Not, wenn Dagmar seine Frau würde. Ich bin sicher, daß er sich in Dagmar verliebt hat und uns nur ihretwegen so hilfreich beisteht.«

Lottes frisches Gesicht war vor Erregung erblaßt.

»Dieser Ansicht bin ich auch, Mama. Aber sprich um Gottes willen nicht darüber mit Dagmar, daß du sie mit ihm verheiraten möchtest. Du würdest alles verderben.«

»Aber warum denn? Ich wollte es ihr eben sagen. Leider ist sie davongelaufen.«

»Gott sei Dank. Du darfst mit Dagmar nicht darüber reden, wenigstens jetzt noch nicht.«

»Warum nicht?«

»Ich weiß, daß Dagmar jetzt einen tiefen Schmerz zu verwinden hat. Du fragtest mich, ob sie sich für Baron Korff interessiert. Ich glaube, seine Verlobung mit einer andern hat sie sehr unglücklich gemacht.«

»Meinst du?«

»Ja, ich bin davon überzeugt. Aber ich bitte dich, sprich nicht mit ihr darüber. Und ich flehe dich an, nenne ihr Herrn Jansens Namen nicht als den eines reichen Freiers. Damit würdest du nur erreichen, daß sie sich ihm gegenüber für alle Zeiten kalt und abweisend verhält.«

Nachdenklich sah Frau Ellen ihre Jüngste an, die ihr plötzlich um Jahre älter und reifer erschien. »Aber sag doch selbst, Lotte, wäre Herr Jansen nicht ein Freier, wie ihn sich nur ein junges Mädchen wünschen kann?«

»Darin bin ich einer Meinung mit dir, und er wäre auch ohne seinen Reichtum eine erstrebenswerte Partie. Aber nicht für ein Mädchen, das sein Herz an einen anderen verloren hat. Ich bitte dich, laß die Dinge ruhig gehen, gönne Dagmar vor allen Dingen Zeit und Ruhe. Ich wünsche selbst, sie möge Herrn Jansen ihr Herz zuwenden und erkennen, wie sehr er sie liebt. Denn diese beiden Menschen sind einander wert. Aber einmischen darf man sich da nicht, das könnte alles verderben. Sie muß ihm gegenüber ganz unbefangen bleiben. Du kannst ruhig und unbesorgt Herrn Jansen selbst seine Sache führen lassen.«

»Er ist aber Dagmar gegenüber so schüchtern und zurückhaltend, und viel Zeit haben wir nicht zu verlieren. Wir können seine Gastfreundschaft doch nicht ewig annehmen.«

»Nein, das können wir nicht. Aber trotzdem, ich bitte dich, quäle Dagmar nicht, laß ihr Ruhe und nimm sie durch eine Anspielung nicht gegen Herrn Jansen ein. Liebt er sie wirklich so sehr, wie wir denken, dann wird er sicher selbst zu dem von ihm gewünschten Ziel gelangen.«

»Aber wenn sie wüßte, daß er sie liebt, dann könnte sie ihm doch etwas entgegenkommen und die Sache beschleunigen.«

Lottes Lippen zuckten. »Wie wenig du doch Dagmar kennst. Sie würde lieber sterben, als einem Mann Entgegenkommen zeigen. Selbst wenn sie ihn liebte, würde sie das nicht tun.«

»Ja, ja, sie ist ein merkwürdiges Geschöpf. Also du meinst wirklich, ich soll ihr nichts sagen?« fragte Frau Ellen nachdenklich.

»Ja, Mama, das meine ich. Du hast leider schon zuviel gesagt!«

Frau Ellen erhob sich und ging sinnend auf und ab. Dann blieb sie vor ihrer Tochter stehen. »Vielleicht hast du recht, Lotte.«

»Ganz sicher habe ich recht, Mama. Und wie es auch kommt, du darfst von Dagmar kein Opfer mehr für uns verlangen. Sie hat doch schon Opfer genug gebracht. Ihr ganzes Vermögen hat sie Papa gegeben.«

Errötend wandte sich Frau Ellen ab. Sie wußte ja besser, wie Dagmar um ihr Vermögen gekommen war. Aber Dagmar hatte sie beschworen, Lotte und keinem andern Menschen etwas davon zu sagen, damit der Name Axel von Schönaus nicht noch mit der Schmach beladen wurde, daß er unterschlagen und veruntreut hatte, was ihm anvertraut worden war.

Seufzend warf sie sich in einen Sessel. Es war ihr nicht leicht, ihren Groll gegen ihren verstorbenen Gatten zu unterdrücken. Daß sie selbst zum großen Teil an allem, was geschehen, mit schuld war, gestand sie sich nicht ein. Sie suchte alle Schuld bei ihrem Gatten.

»Nun gut«, sagte sie, »ich werde also die Dinge gehen lassen, Lotte. Ich glaube, du würdest in solchen Dingen vernünftiger sein. Wenn, was Gott verhüten möge, meine Hoffnungen auf Dagmar zerstört werden, dann mußt du uns helfen. Dann bleibt uns nur noch der Ausweg, für dich eine gute Partie ausfindig zu machen.«

Lotte hielt es für klüger, auf diese Worte gar nicht zu antworten. Sie ließ die Mutter allein und suchte Dagmar auf.

Diese stand draußen auf der Terrasse und sah mit starren Augen vor sich hin.

Lotte umfaßte sie zärtlich. »Nimm es nicht so schwer, Dagmar. Mama hat ja immer so unausführbare Ideen.«

Dagmar strich leise und zärtlich über Lottes Haar.

»Ach, Kind, Mama hat ja recht, es wäre der einzige Ausweg, euch vor dem Ärgsten zu schützen. Aber — das kann ich nicht — ich kann es nicht!«

Wie ein Schrei brachen die letzten Worte aus ihrer Brust.

Lotte streichelte ihre Hände. »Du sollst ja nicht, Dagmar. Sei doch ruhig. Der liebe Gott wird uns schon helfen; ohne seinen Willen fällt kein Spatz vom Dache. Und denke nur, wie viel mehr gelten wir doch als ein Spatz«, sagte sie munter.

Sie erreichte damit auch, daß Dagmar lächelte. »Meinst du, Lotte?«

»Ja, das meine ich. Nimm die Sache nicht schwerer, als sie ist. Und du sollst nicht an Mama und mich denken, sondern nur an dich — an dich allein. Nun komm, wir wollen einen Spaziergang machen durch unseren lieben, alten Park, der uns schon nicht mehr gehört und in dem wir nicht mehr lange spazierengehen können.«

»Ich wollte vorhin eigentlich mit Mama besprechen, daß wir uns nun nach einer Wohnung für euch umsehen müssen. Das muß doch nun alles geregelt werden.«

»Warte nur noch ein paar Tage, Dagmar. Wir können ja schon im stillen nach einer Wohnung suchen. Aber sag Mama noch nichts davon. Am besten, wir stellen sie vor eine vollendete Tatsache.«

Als alles Geschäftliche, den Verkauf Schönaus betreffend, geregelt war, erhielt Frau Ellen eine Summe, die ein paar Tausender mehr ausmachten, als ein durch zehn teilbarer Betrag. Sie legte diesen Überschuß sogleich für einige »notwendige« Ausgaben beiseite. Das eigentliche Kapital übergab sie auf Dagmars dringenden Wunsch dem Bankier Volkmann, damit er es in guten, sicheren Papieren anlege. Sie hätte am liebsten das Geld zu ihrer jeweiligen, freien Verfügung zur Hand gehabt. Aber gerade das wollte Dagmar verhindern, da sie den Leichtsinn ihrer Mutter kannte.

Dagmar hatte sich in dieser Zeit ernsthaft um eine Anstellung bemüht, aber sie hatte bisher nichts gefunden. Baron Korff hatte es nicht umgehen können, mit seiner Braut einen Besuch in Schönau zu machen. Zum Glück war Dagmar gerade während dieser Zeit mit Lotte in die Stadt gefahren, um nach einer Wohnung Umschau zu halten, und so war ihr erspart geblieben, Korff und Lisa Volkmann als Brautpaar zu begrüßen.

Während dieser Zeit war zwischen Schönau und Berndorf ein reger Verkehr gepflegt worden. Frau Jansen hatte ihren Sohn einige Male nach Schönau begleitet, und die Damen waren ebenso oft in Berndorf gewesen.

Eines Tages wurden die Schönauer Damen auch offiziell zu Tisch nach Berndorf geladen. Die Speisenfolge war festlich, wie es Ralf gewünscht hatte, um die Damen zu ehren, aber ohne jede Protzerei. Nur mit Blumen hatte Ralf wahre Verschwendung getrieben, und seine Augen waren, wie immer, kaum von Dagmars Antlitz gewichen.

Dieser Verkehr hinüber und herüber nahm auf allen Seiten einen sehr freundschaftlichen Charakter an. Die Schönauer Damen fanden Mutter und Sohn immer liebenswerter, und Frau Jansen hatte Dagmar und ihre Schwester ehrlich ins Herz geschlossen.

Niemand sprach von der bevorstehenden Abreise der Damen von Schönau.

Wenn Ralf geschäftlich auf seiner neu erworbenen Besitzung zu tun hatte, sagte er den Damen stets guten Tag, bestellte Grüße von seiner Mutter und nahm gern eine Erfrischung an. Zwischen Lotte und ihm herrschte ein freundschaftlicher Neckton; und Frau Ellen gegenüber war Ralf artig und ehrerbietig, obwohl er sich über ihren Unverstand und ihren unverhüllten Egoismus wundern mußte. Im Vergleich mit seiner eignen schnitt diese Mutter sehr schlecht ab. Aber er ließ sich das nie merken.

Seine ganze Seele lag aber in seinen Augen, wenn er Dagmar erblickte. Es kostete ihn eine große Anstrengung, ihr gegenüber seine Ruhe und Fassung zu behalten. Aber er hatte sich in der Gewalt und verriet nicht, was er empfand.

Eines Tages waren die beiden Schwestern wieder in der Stadt gewesen, um nach einer Unterkunft zu suchen. Und diesmal hatten sie in einem zwar abgelegenen, aber doch sehr freundlichen Gartenhäuschen etwas gefunden. Die Wohnung war jedoch bewohnt und sollte erst am ersten Oktober beziehbar sein.

Lotte sah Dagmar unsicher an. »Wir müßten Herrn Jansen bitten, uns so lange in Schönau wohnen zu lassen.«

Dagmar atmete tief auf. »Ich tue es sehr ungern, Lotte. Aber diese kleinen Wohnungen sind alle so schrecklich.

Dies ist die einzige, wo ihr ein wenig ins Grüne sehen könnt und nicht mit zu vielen Menschen zusammenwohnen müßt. Es wird uns nichts übrigbleiben, als Herrn Jansens Güte so lange in Anspruch zu nehmen. Ich weiß sehr wohl, daß er es uns gern gestattet, aber um so schwerer fällt es mir darum zu bitten.«

Lotte wußte nur zu gut, welche Freude es Ralf Jansen machen würde, wenn Dagmar so lange in Schönau blieb. Aber davon sprach sie nicht. Sie sagte nur: »Es hilft nichts, Dagmar, wir müssen ihn darum bitten. Denn das ist wirklich die einzige nette Wohnung, die wir gesehen haben.«

Die Schwestern wollten dem Vermieter am nächsten Tag Bescheid bringen, ob sie die Wohnung mieten würden.

»Mama muß die Wohnung wenigstens erst sehen. Wir fahren dann morgen mit ihr hierher«, sagte Dagmar, als sie das Haus verließen.

Sie fuhren nun nach Hause zurück. Auf der Chaussee kam ihnen eine Abteilung des in der Stadt in Garnison liegenden Reiterregiments entgegen, und an der Spitze desselben ritt Baron Korff, ihm zur Seite Kurt von Treplitz und der jüngste Leutnant.

Lotte sah erschrocken in Dagmars Gesicht, als sie Korff gewahrte. Dagmar war sehr bleich geworden und sah starr geradeaus, denn auch sie hatte Korff sofort erkannt.

Fast zu gleicher Zeit sah Korff den Schönauer Wagen und die Schwestern. Er hatte Zeit, sich zu fassen, ehe seine Begleiter die Damen erblickten. So vermochte er ein ganz unbefangenes Gesicht zu machen, als Kurt von Treplitz ihn scharf ansah und sagte:

»Da kommen die Schönauer Damen, die Komtesse sieht sinnverwirrend schön aus in den schwarzen Trauerkleidern.«

Dasselbe Empfinden hatte Korff auch, und seine Augen

sahen mit einem seltsamen Ausdruck zu Dagmar hinüber, als der Wagen an ihm vorüberfuhr.

Die Offiziere grüßten artig, und die Schwestern dankten. Dagmar vermied es aber, bei ihrem Gruß Korff anzusehen. Lotte hätte sonst sicher über diese Begegnung geplaudert, aber heute schwieg sie still. Sie sah den herben, wehen Ausdruck im Gesicht der Schwester und wußte, daß sie ihr eine Wohltat erwies, wenn sie schwieg. Das sonst so lebhafte und oft ein wenig vorwitzige junge Geschöpf konnte sehr zart und taktvoll sein, wo sie so zärtlich liebte, wie hier.

Fast schweigsam legten die Schwestern den Rest der Fahrt zurück.

Als sie in Schönau ankamen, berichteten sie der Mutter von dem Ergebnis ihrer Wohnungssuche.

Frau Ellen erschrak erst, als ihre Töchter ihr sagten, es sei eine Wohnung gefunden worden. Aber als sie hörte, daß man dieselbe vor dem 1. Oktober nicht beziehen könne, atmete sie auf.

Zeit gewonnen, alles gewonnen! Bis zum Oktober mußte sich doch Ralf Jansens Schüchternheit gelegt haben...

Am nächsten Morgen erhielt Dagmar einen Brief. Es war die Antwort auf eine Offerte, die sie vor einigen Tagen abgeschickt hatte. Sie hatte ein Angebot gelesen, in dem eine alleinstehende Dame eine Reisebegleiterin und Gesellschafterin aus guter Familie suchte. Die Wahl dieser Dame war auf Dagmar gefallen. Sie bat in dem Brief um Einsendung der Photographie und Feststellung der Gehaltsansprüche, damit man sich endgültig einigen könne.

Gleich nach dem Frühstück begab sich Dagmar auf ihr Zimmer, um den Brief zu beantworten. Die Einwände ihrer Mutter und Schwester ließ sie nicht gelten. Sie hatte das ernsthafte Bestreben, sich auf eigne Füße zu stellen.

Als sie den Brief beendet hatte, wollte sie ihn mit in den

Postsack geben. In dem Augenblick, als sie die Treppe herabkam, betrat Ralf Jansen die Halle. Er trug seinen praktischen, aber gut sitzenden Reitanzug, der ihn vorzüglich kleidete. Als er die Komtesse erblickte, riß er seine Mütze vom Kopf und trat schnell, mit aufleuchtenden Augen, auf sie zu.

»Guten Morgen, Komtesse Dagmar! Ich wollte den Damen nur guten Tag sagen. Nachher habe ich drüben in den Ställen zu tun. Geht es Ihnen gut?«

Lächelnd reichte sie ihm die Hand. »Ja, es geht mir gut, ich danke Ihnen. Es ist mir lieb, daß ich Sie treffe, ehe Sie sich Mama melden lassen, die übrigens noch bei der Toilette ist. Ich möchte etwas mit Ihnen besprechen. Haben Sie einige Minuten Zeit für mich?«

»Soviel Sie wollen, Komtesse. Womit kann ich Ihnen dienen?«

Sie öffnete ein kleines Zimmer, das sonst wenig genutzt wurde. »Darf ich bitten, hier einzutreten?«

Er verneigte sich und trat hinter ihr in das Zimmer. Sie bat ihn, Platz zu nehmen, und setzte sich ihm gegenüber.

»Wir tun gewohnheitsmäßig noch immer, als seien wir hier zu Hause, Herr Jansen. Es bedrückt mich sehr, daß wir Ihre Güte so lange in Anspruch nehmen müssen.«

Ganz betrübt sah er sie an. »Wie kann Sie das bedrücken, Komtesse? Wissen Sie noch immer nicht, daß es mir Freude macht, daß Sie sich hier noch zu Hause fühlen? Und Sie sind doch sonst so liebenswürdig und bereiten den Menschen gern eine Freude.«

Sie lächelte. »Schließlich drehen Sie in Ihrer Güte die Angelegenheit so, daß wir es sind, die Ihnen dadurch einen Dienst erweisen, daß wir Ihre Gastfreundschaft so ausgiebig in Anspruch nehmen. Aber nun muß ich einmal ganz ernsthaft mit Ihnen reden. Wir haben gestern endlich eine passende Wohnung gefunden, aber sie wird erst am 1. Oktober frei. Würden Sie meiner Mutter und Schwester so lange Aufnahme in Schönau gewähren?«

»Das bedarf doch keiner Frage, Komtesse. Sie wissen, daß ich es am liebsten sehen würde, wenn Sie mit Ihren Angehörigen immer in Schönau blieben. Ich weiß, daß Sie das nicht annehmen. Um so mehr freut es mich, daß Sie den Sommer über bleiben werden. Fräulein Lotte wird auch sehr glücklich darüber sein. Sie hängt so sehr an Schönau.«

Dagmar seufzte leise. »Wenn man etwas verlieren soll, was einem teuer war, merkt man erst, wie sehr es uns an Herz gewachsen ist. Auch mir wird die Trennung von Schönau weh tun. Und ich werde diese Trennung schon sehr bald vor mir haben.«

Er erschrak sichtlich und verfärbte sich. »Wie soll ich das verstehen, Komtesse?«

Sie deutete auf den Brief, den sie vor sich hingelegt hatte. »Da habe ich eine Verbindung angeknüpft. Eine Gräfin Wettersbach hat die Absicht, mich als Reisebegleiterin und Gesellschafterin zu engagieren. Sie fordert meine Photographie und die Gehaltsansprüche ein. Beides enthält dieser Brief. Ich habe bescheidene Forderungen gestellt und hoffe, die Stellung zu erhalten. Die Gräfin schrieb mir, daß der Antritt der Stellung schon am 15. Juli erfolgen müsse, da ich sie dann sogleich auf eine mehrmonatige Reise begleiten soll.«

Ralf konnte kaum seine Erregung über diese Nachricht meistern. Seine Augen sahen mit einem unendlich traurigen Ausdruck in ihr Gesicht.

»Sie wollen wirklich diese Stellung annehmen, wollen sich in eine solche Abhängigkeit begeben, für die Sie nicht geschaffen sind, in der Ihr Stolz täglich Demütigungen ausgesetzt ist?« stieß er rauh und heiser hervor.

Sie hatte vor sich hin gesehen. Nun blickte sie auf, als er

sich schon wieder in der Gewalt hatte. »Es bleibt mir keine andere Wahl, Herr Jansen, und es ist ein Schicksal, das ich mit vielen anderen teile. Ich werde mich fügen müssen. Über mein Schicksal mache ich mir die wenigste Sorge. Um Mutter und Schwester bange ich mehr. Mama ist so gar nicht imstande, den veränderten Verhältnissen Rechnung zu tragen. Sie baut nur immer Luftschlösser, die sie den Ernst ihrer Lage vergessen lassen. Meine kleine Lotte wird es bei aller Tapferkeit nicht leicht haben mit ihr, wenn sie erst in den engen, kleinen Verhältnissen leben müssen. Lotte tut mir furchtbar leid. Ich wollte, ich könnte ihr ein sorgloses Dasein schaffen, aber ich bin ja machtlos.«

In Ralfs Seele gährte und stürmte es. Er sah der Möglichkeit, daß die Komtesse Schönau verlassen würde, wie einem schweren Unglück entgegen. Und die Angst, sie einem ungewissen Schicksal zu überliefern, rang endlich aus seinem Herzen los, was er bisher mit aller Kraft unterdrückt hatte.

»Komteß Dagmar – Sie sind nicht machtlos. Ein Wort von Ihnen genügt, um das Schicksal Ihrer Frau Mutter und Ihres Fräulein Schwester, sowie das eigne in andere Bahnen zu lenken«, sagte er erregt.

Sie sah betroffen in sein zuckendes Gesicht.

»Herr Jansen – ich verstehe Sie nicht«, erwiderte sie beklommen.

Er nahm alle Kraft zusammen, um ruhig zu bleiben, nur seine Stimme bebte, als er sagte:

»So muß ich deutlicher werden, Komtesse. Sie haben mir klargemacht, daß Sie meine Gastfreundschaft nicht für immer in Anspruch nehmen können, und ich habe das auch eingesehen. Trotzdem gäbe es eine Möglichkeit, Ihrer Mutter und Ihrer Schwester Schönau als Heimat zu erhalten.«

Seine Erregung teilte sich ihr mit. »Was ist das für eine Möglichkeit?« fragte sie unruhig.

Er atmete tief auf. »Ich will es Ihnen sagen, Komtesse Dagmar, kurz und bündig. Werden Sie meine Frau!«

Dagmar zuckte zusammen und drückte die Hand ans Herz. »Herr Jansen«, rief sie erschrocken.

»Erschrecken Sie nicht, Komtesse Dagmar. Bedenken Sie – meiner Schwiegermutter und meiner Schwägerin könnte ich für immer eine Heimat und sorglose Verhältnisse in Schönau bieten, ohne daß jemand etwas daran auszusetzen haben könnte. Und Sie wären dann Herrin von Berndorf und Schönau.«

Sie sah ihn mit großen Augen fassungslos an. »Ist denn das Ihr Ernst, Herr Jansen?« fragte sie mit tonloser Stimme.

Ralfs Augen leuchteten jetzt in unverhüllter Liebe in die ihren.

»Ja, teuerste Komtesse, ich spreche im heiligsten Ernst. Sie finden es vielleicht trotz allem vermessen, daß der Handwerkersohn seine Hände nach der Grafentochter ausstreckt. Aber mein Herz fragt nicht danach, wer und was Sie sind. Ich liebe Sie schon, seit ich Ihnen zum ersten Mal im Walde begegnete, obwohl unsere erste Begegnung eine sehr flüchtige war. Nie hätte ich es gewagt, mich in Ihre Nähe zu drängen, solange Sie sorglos und glücklich schienen. Erst als Sie meiner Hilfe bedurften, kam ich zu Ihnen. Und Sie müssen mir ja bezeugen, daß ich Ihnen nie mit meiner Liebe lästig fiel, daß ich sie vor Ihnen verbarg, bis zu dieser Stunde. Denn so sehr ich Sie liebe, aufdrängen wollte ich mich Ihnen nicht. Daß ich jetzt spreche – verzeihen Sie mir's! Aber ich weiß, Sie stehen vor einem schweren, entbehrungsreichen Schicksal vor dem ich Sie bewahren kann, wenn es mir gelingt, Sie festzuhalten. Nur darum spreche ich, darum lasse ich all meinen Stolz beiseite und zeige Ihnen, wie es in mir aussieht. Ich liebe Sie, wie nie ein Weib geliebt wurde. Und nun frage ich Sie nochmals – wollen

Sie Ihren stolzen Namen gegen meinen schlichten, aber ehrlichen eintauschen? Alles, was ich besitze, lege ich zu Ihren Füßen nieder. Nun sprechen Sie.«

Atemlos vor Erregung hatte Dagmar seinen Worten gelauscht. Obwohl es in ihm stürmte, sprach er ruhig und beherrscht, nur seine Stimme bebte leise unter der Allgewalt seines starken Empfindens.

Sehr bleich war Dagmar geworden, und sie preßte in hilfloser Pein die Handflächen gegeneinander. Endlich vermochte sie zu reden.

»Lieber Herr Jansen — Sie sehen mich erschrocken, erschüttert. Ich habe ja nicht geahnt, wie es um Sie steht — daß Sie mich lieben. Es tut mir unsagbar weh, glauben Sie es mir, daß ich Ihnen Schmerzen bereiten muß. Aber ich kann — ich darf Ihren ehrenvollen Antrag nicht annehmen. Ich würde Sie betrügen, und das wäre ein schlechter Dank für alles, was Sie für uns getan haben. Sie sind es wert wie wenige Männer, eine Frau zu bekommen, die Sie in gleicher Weise liebt. Das kann ich nicht. Mein Herz gehört, zu meinem eignen Leid, einem anderen. Dieser andere hat mich verraten, als er mir von Liebe sprach und um meine Hand anhalten wollte. Als er erfuhr, daß ich nicht, wie er annahm, eine reiche Erbin sei, gab er mich auf. Mein Herz ist noch wund von diesem Verrat, und doch kann ich es, zu meiner Qual, nicht von ihm losreißen. Ich schäme mich bis zur Verzweiflung dieser Liebe, die mich vor mir selbst demütigt. So wie Sie mich haben in Ihr Herz schauen lassen, habe ich nun auch das meine vor Ihnen ausgebreitet, als ein Zeichen meines schrankenlosen Vertrauens. Ich sage Ihnen das, um Ihnen zu zeigen, daß ich Ihre Werbung nicht annehmen darf, wenn ich mich an Ihnen nicht versündigen will. Es wäre der schlimmste Undank für all Ihre Güte.«

Er schüttelte heftig den Kopf.

»Es hat mich immer gequält, wenn Sie von meiner Güte sprachen. Was habe ich Nennenswertes getan? Ich bin einfach meinem Herzen gefolgt, das mich trieb, der Frau, die ich liebte, zu Hilfe zu kommen. Hätte ich Sie vor aller Unbill des Lebens beschützen und behüten können, dann hätte ich Ihnen das Bekenntnis meiner Liebe erspart, denn — ich wußte schon vorher, daß Sie einen anderen liebten. Ich kenne ihn, Komtesse, ich war Zeuge seines Verrates. Da drüben vor der Terrasse hatte ich mich an jenem Festabend im Gebüsch verborgen, um Sie nur einmal von weitem zu sehen. Und ehe ich fliehen konnte, kamen Sie am Arm des Baron Korff an meinem Versteck vorüber, und ich hörte, was Sie sprachen. Schon damals wußte ich, daß der Baron zu gleicher Zeit Fräulein Volkmann den Hof machte — daß er eben zwischen zwei Erbinnen schwankte. Als er nun vernahm, daß Sie nicht die reiche Erbin waren, für die er Sie hielt, entschloß er sich sofort für Fräulein Volkmann. Während Sie hier am anderen Tag Angst und Not ausstanden, bemühte er sich schon um Fräulein Volkmann. Als ich dann zufällig als erster von seiner Verlobung erfuhr, eilte ich zu Ihnen. Ich zitterte und bangte um Sie. Die Kunde sollte Sie nicht im Beisein fremder Menschen treffen. Niemand sollte Ihren Schmerz sehen, der mir heilig war. Ich selbst wagte Sie nicht anzusehen, als ich Ihnen das sagen mußte, was Sie wie ein Schlag traf. In jener Stunde habe ich nicht weniger gelitten als Sie, glauben Sie es mir.

Alles das hätten Sie nie erfahren, wenn ich nicht um Ihre Zukunft zittern müßte. Ich kenne jetzt nur eine Sorge — die Angst um Sie, um Ihr Schicksal. Als mein größtes Glück würde ich es betrachten, wenn ich Sie beschützen und behüten, Ihnen alles Schwere und Quälende aus dem Weg räumen dürfte. Ich will nichts für mich, Komtesse, bei Gott, ich denke nicht an mich. Ich bin ein Mann und finde mich mit meinem Schicksal ab. Ich denke nur an Sie — nur an Sie! Da ich Ihre Liebe nicht gewinnen kann, möchte ich Ihr treuester, uneigennützigster Freund sein, der keine schönere Lebensaufgabe finden kann, als Ihr Leben licht und schön zu machen.

Wenn für Ihre Liebe nur der Schein einer Hoffnung geblieben wäre, dann hätte ich Sie nicht gebeten, meine Frau zu werden. Ich weiß aber, wie Sie es wissen, daß der Mann, den Sie lieben, an eine andere gefesselt ist. Und deshalb biete ich Ihnen alles, was ich zu bieten habe — ein treues Herz, das nur ein Glück kennt: Ihnen dienen zu dürfen, eine sorglose Heimat für Mutter und Schwester und alles, was mein ist.

So, Komtesse Dagmar, nun wissen Sie alles und nun entscheiden Sie, ohne Rücksicht auf mich. Nur Ihr Wohlergehen bedenken Sie! In mir sehen Sie, bitte, nichts als einen Mann, der freudig sein Leben hingeben würde, könnte er damit Ihr Glück erkaufen — und sei es das Glück an der Seite eines andern.«

Aufatmend schwieg er still.

Dagmar hatte wie gebannt zugehört. Ihre Augen sahen groß und unverwandt in sein Gesicht.

Sie warf plötzlich, fassungslos erschüttert, die Arme auf den Tisch und barg ihr Gesicht hinein. Ein schweres Schluchzen erschütterte ihren Körper.

Erschrocken sprang Ralf auf und sah hilflos auf sie herab. Seine ganze kraftvolle Männlichkeit war aufgelöst in ein angstvolles Zagen um die Frau, die er so ausschließlich liebte.

»Komtesse, teuerste Komtesse, was ist Ihnen? Warum weinen Sie?« fragte er ratlos.

Sie schluckte krampfhaft die Tränen hinunter und erhob ihr Gesicht. Haltlos faßte sie seine Hand und preßte ihr Antlitz darauf.

»Ich weine, weil ich Sie nicht lieben kann, wie Sie es verdienen. Ich weine, weil ich meine Seele nicht von dem andern lösen kann, der mich bis in den Staub gedemütigt hat. So glücklich könnte ich sein, wenn ich Ihre Liebe erwidern könnte, eine solche Liebe, deren Größe und Tiefe mein Herz erzittern läßt«, stieß sie mit herzzerreißendem Ausdruck hervor.

Er richtete sie, bis ins Innerste erschüttert, sanft und liebevoll auf. »Weinen Sie nicht, ich beschwöre Sie, beruhigen Sie sich, sonst muß ich mir bittere Vorwürfe machen, Sie erschreckt zu haben.«

Sie bezwang sich mit aller Kraft und sah zu ihm auf. »Was gäbe ich darum, könnte ich Sie lieben und glücklich machen«, sagte sie leise.

Er küßte wie in Andacht ihre Hände. »Dies Glück wäre vielleicht zu groß für einen Menschen, Komtesse. Aber sehr glücklich könnten Sie mich trotzdem machen, wenn Sie meine Frau werden wollten. Sie würden mir damit Ruhe und Frieden schenken, denn, wenn ich Sie allein draußen im Lebenskampf weiß, dann ist es mit meiner Ruhe für immer zu Ende.«

Sie trocknete ihre Tränen und sah traurig zu ihm auf.

»Ich kann dennoch Ihre Werbung nicht annehmen. Sie würden mir alles, alles geben, und ich stünde mit leeren Händen vor Ihnen.«

Wieder küßte er mit Inbrunst ihre Hände. »Mit leeren Händen? O nein, Komtesse Dagmar. Sie würden mich trotz allem reich machen. Ich wüßte dann doch erst, wozu ich all meine Schätze gesammelt habe, weil ich Ihnen damit Freude bereiten könnte. Mein schlichtes Mutterle und ich, wir wissen ja gar nicht, was wir mit dem Reichtum anfangen sollen. All mein Besitz würde erst recht lebendig unter Ihren Händen. Ich weiß, ich bin ein ungeschickter Bursche und begehe manchen Fehler. Die würden Sie mir alle abgewöhnen. Sie verstehen es so gut, mich in gütiger Weise darauf aufmerksam zu machen. Ich brauche nur nach Ihren Augen zu sehen, dann weiß ich, dies sollst du tun und jenes lassen. Und mit der Zeit würde ich werden, wie Sie mich haben wollen.

Zu meinem Mutterle würden Sie gut sein und ihr eine geliebte Tochter werden. Sie sind stolz, aber nicht hochmütig, Ihr Stolz ist von edler Art, ich liebe ihn, wie alles, was zu Ihnen gehört. Und dann denken Sie an Fräulein Lotte, die Schönau nicht zu verlassen brauchte, die in altgewohnten Verhältnissen und in Ihrer Nähe bleiben könnte.

Auch Ihre Frau Mutter wäre aus aller Not. Alles würde sich spielend leicht zum Guten lenken lassen, wenn Sie sich nur entschließen könnten, meine Frau zu werden. Nichts will ich von Ihnen fordern, was Sie mir nicht freiwillig geben werden. Glauben Sie mir, kein Mensch kann Sie treuer und selbstloser lieben, als ich es tue.«

Wieder faßte sie seine Hand.

»Davon bin ich überzeugt! Könnte ich Ihnen nur sagen, wie mich Ihre Worte rühren und erschüttern. Nicht meinetwegen bedenke ich mich, Ihre Hand anzunehmen. Jede Frau kann sich glücklich schätzen, von einem solchen Mann geliebt zu werden, wie Sie sind. Aber alles müßte ich annehmen und könnte Ihnen nichts dafür zurückgeben als meine Dankbarkeit. Wie soll ich damit vor Ihnen bestehen? Und wie vor Ihrer Frau Mutter! Was würde sie von mir denken, wollte ich Ihre Hand annehmen?«

Seine Augen sahen flehend in die ihren.

»Meine Mutter weiß, daß ich Sie liebe, Komtesse Dagmar. Sie weiß auch, daß Sie einen anderen lieben, der Sie verraten hat. Trotzdem würde sie Ihnen danken, Sie segnen, wenn Sie meine Frau werden wollten, denn sie weiß, daß ich nie eine andere Frau heimführen werde als Sie, und daß ich unglücklich sein werde, wenn ich Sie schutzlos draußen in der Welt weiß.«

Sie strich sich über die Augen.

»Sind Sie so sicher, daß Ihre Frau Mutter mir ihren Segen geben würde?«

Er lächelte zuversichtlich.

»Ganz sicher.«

Dagmar erhob sich plötzlich. Aus ihren Augen leuchtete ein Entschluß.

»Lieber Herr Jansen — ich will zu Ihrer Mutter gehen und mir bei ihr Rat holen. Sie soll entscheiden, ob ich die Werbung ihres Sohnes annehmen soll oder nicht. Sie hat ein so klares, gütiges Wesen, ich verehre sie und habe Vertrauen zu ihr — viel mehr, als zu meiner eignen Mutter. Ich will jetzt sogleich zu ihr hinüberfahren, noch ehe Sie in irgendeiner Weise einen Einfluß auf sie ausüben können. Ich will ihr mein ganzes Herz erschließen mit allem, was darin ist. Und dann will ich tun, was sie für gut und recht hält. Sind Sie damit einverstanden?«

Er preßte seine Lippen auf ihre Hand und sah sie mit leuchtenden Augen an.

»Ich bin einverstanden — und ich weiß, daß ich Sie dann heute noch meine Braut nennen darf.«

Hand in Hand standen die beiden schönen, stolzen Menschen und sahen sich ernst an. Dann nahm Dagmar den Brief vom Tisch. Er streckte bittend die Hand danach aus.

»Diesen Brief schicken Sie nicht fort.«

Sie schüttelte den Kopf. »Nein, noch nicht. Ich tue es nur, wenn die Entscheidung so fällt, daß ich Schönau verlassen muß.«

»Geben Sie mir den Brief so lange in Verwahrung«, bat er.

Sie reichte ihm das Schreiben, und er steckte es zu sich.

»Soll ich das Auto für Sie vorfahren lassen? Sie finden meine Mutter bestimmt zu Hause.«

Sie neigte das Haupt. »Ja, Herr Jansen, ich bitte darum. Und wenn Sie nachher meine Mutter und meine Schwester begrüßen, dann sagen Sie ihnen bitte, daß ich nach Berndorf zu Ihrer Frau Mutter gefahren bin. Aber bitte, verraten Sie nichts von dem, was wir jetzt besprochen haben.«

»Es soll alles nach Ihren Wünschen geschehen.«

Er ging hinaus, um das Auto zu bestellen. Dagmar nahm inzwischen Hut und Handschuhe.

Ralf begleitete sie zum Wagen und half ihr einsteigen. Sie reichte ihm mit festem Druck die Hand.

»Auf Wiedersehen, Komtesse. Bitte erwarten Sie mich in Berndorf. In einer Stunde folge ich Ihnen.«

Mit feuchtschimmernden Augen sah sie ihn an.

»Lieber — lieber Freund«, sagte sie leise.

Seine Augen sahen in unverhüllter Liebe in die ihren.

»Der treueste Freund, den Sie sich wünschen können«, erwiderte er.

Der Wagen fuhr davon.

In diesem Augenblick kam Lotte in großen Sprüngen die Treppe herabgestürmt. Sie blieb vor Ralf stehen. »Guten Morgen, Herr Jansen. War das nicht meine Schwester, die eben davon fuhr?«

»Ja, Fräulein Lotte.«

»Wo fährt sie denn hin?«

»Nach Berndorf zu meiner Mutter.«

»Ach — so allein?«

»Ja, sie möchte etwas mit meiner Mutter besprechen.«

»Da hätte sie mich aber auch mitnehmen können.«

»Vielleicht hat sie nicht daran gedacht.«

»Jedenfalls ist es schade, daß ich nicht mit ihr fahren konnte.«

»Wollen Sie nicht mir ein wenig Gesellschaft leisten? Ihre Frau Mutter ist jetzt noch nicht zu sprechen.«

»Natürlich gern. Soll ich Ihnen eine Erfrischung bringen lassen?«

»Nein, ich danke.«

Forschend sah sie ihn von der Seite an.

»Sie machen heute so ein sonderbares Gesicht, Herr Jansen.«

»Was denn für eins?«

»Ich weiß nicht — so, als ob Sie Geburtstag hätten. Stimmt das?«

»Nein. Aber es kann schon sein, daß ich ein erwartungsvolles Gesicht mache. Mir ist ungefähr zumute wie einem Kind vor Weihnacht. Ich habe einen großen, großen Wunsch und weiß nicht, ob er in Erfüllung gehen wird. Können Sie beten, Fräulein Lotte?«

»So eine Frage! Natürlich kann ich beten.«

»Ach bitte, dann beten Sie für mich, so recht eindringlich. Ich kann es vor Aufregung nicht tun.«

»Wofür soll ich denn beten?«

»Daß mein großer Wunsch in Erfüllung geht.«

Lotte sah ihn forschend an. »Ich will es tun, aus tiefstem Herzen. Sie müssen mir aber dann sagen, ob es geholfen hat und ob Ihr Wunsch in Erfüllung ging.«

Er drückte ihre Hand so fest, daß sie eine kleine Grimasse schnitt. Da erschrak er und streichelte die Hand und blies darüber hin, wie man bei einem Kind tut, dem man weh getan hat.

»Ich bin ein Barbar, Fräulein Lotte, schelten Sie mich aus.«

»So zimperlich bin ich doch nicht, daß ich einen herzhaften Händedruck nicht vertragen kann.«

Jetzt kam Frau von Schönau die Treppe herab und begrüßte Ralf liebenswürdig.

»Haben Sie schon gehört, Herr Jansen, meine Töchter haben eine Wohnung für uns gefunden?«

»Ja, gnädige Frau, Komtesse Dagmar sprach davon.«

Frau Ellen erzählte ihm nun, daß Dagmar nach einer Stellung geschrieben habe, und sah ihn seufzend an.

»Das Herz wird mir schwer, wenn ich daran denke, daß nun die Trennung für uns kommt.«

Ralf sah auf den Knauf seiner Reitpeitsche herab. »Ich will noch gar nicht an eine solche Möglichkeit denken, gnädige Frau. Es eilt wirklich noch nicht. Sie sind doch in Schönau gut aufgehoben.

Aber nun muß ich nach den Ställen hinüber. Ich empfehle mich Ihnen, meine Damen. Auf Wiedersehn!«

Damit eilte Ralf davon. Unruhe befiel ihn.

Lotte sah ihm sinnend nach. »Was hat er nur?«

Als Ralf nach den Ställen hinüberging, dachte er erregt: »Mutterle, du wirst doch jetzt dein Büble nicht im Stiche lassen? Du wirst ihr doch sagen, daß sie tun soll, was mich glücklich macht?«

Zwecklos lief er durch die Ställe, ohne etwas zu sehen.

Ralf sah jeden Augenblick nach der Uhr und konnte nicht begreifen, daß eine Stunde so lang sein konnte. Aber getreulich hielt er diese Stunde in Schönau aus. Sobald sie jedoch verstrichen war, bestieg er sein Pferd und jagte mit hängenden Zügeln davon.

Und der Weg nach Berndorf war ihm noch nie so lang erschienen wie heute.

XIV

Frau Jansen hatte Dagmar mit herzlicher Freude empfangen.

»Wie lieb, daß Sie mich besuchen, Komteßchen! Aber mein Sohn wird betrübt sein, daß er Sie nicht in Schönau trifft. Er ist hinübergeritten«, sagte sie, Dagmars Hände zärtlich streichelnd.

Sie hatte die Komtesse in ihrem eigenen Zimmer mit den lieben, alten Möbeln empfangen. Lotte und Dagmar hatten diesen Raum schon bei ihrem letzten Besuch in Berndorf kennengelernt und hatten dabei vernommen, daß diese Möbel von Ralfs Vater gearbeitet worden waren. Frau von Schönau war aber nicht mit in dies Zimmer geführt worden. Instinktiv fühlte Frau Jansen, daß diese kein Verständnis für solche Pietät hatte.

»Ich habe Ihren Herrn Sohn schon in Schönau begrüßt, liebe, verehrte Frau Jansen«, sagte Dagmar.

»Das ist gut. Nun kommen Sie, setzen Sie sich zu mir in mein stilles Stübchen. Hier halte ich mich zumeist auf. Mein Sohn hat mir ja meine alten Möbel hierherbringen lassen. Er ist ein so guter Sohn.«

»Ja — ein guter Sohn — und ein guter, herrlicher Mensch«, sagte Dagmar tief bewegt.

Die alte Dame sah froh überrascht in das Gesicht der Komtesse. »Ach — das hat lieb und herzlich geklungen, Komteßchen. Ich freue mich, daß Sie so von meinem Sohn sprechen. Er verdient es, glauben Sie mir.«

Dagmar hatte in einem der kleinen Sessel Platz genommen. Ihre vornehme, aristokratische Erscheinung wirkte seltsam fremd hier, und doch gab sie in diesem einfachen

Rahmen ein um so schöneres Bild. Frau Jansen saß in ihrem Lehnstuhl am Fenster und sah mit innigem Wohlgefallen auf die liebreizende Erscheinung des Mädchens, dem das ganze Herz ihres Sohnes gehörte.

Dagmar erhob sich nun und trat an den Erker heran. Da hing, Frau Jansens Bild gegenüber, ein Knabenbildnis von Ralf. Sinnend sah Dagmar auf dies Bild. Dann wandte sie sich Frau Jansen zu.

»Lassen Sie mich ein Weilchen hier zu Ihren Füßen sitzen — unter diesem Bild Ihres Sohnes. Das ist ein friedliches Plätzchen, so recht geeignet, um eine Beichte abzulegen — und um einen guten Rat zu bitten. Beides führt mich zu Ihnen.«

Damit setzte sich die Komtesse auf den Erkertritt, wo Ralf so oft zu sitzen pflegte.

Frau Jansen stutzte ein wenig. Dann legte sie ihre Hand sanft auf die Schulter der jungen Dame.

»Hier zu meinen Füßen sitzt oft mein Sohn, wenn er das Herz voll hat und es seiner Mutter ausschütten will.«

Dagmar sah zu ihr auf. Ihr blasses Gesicht rötete sich. »Hier hat er Ihnen wohl auch von mir gesprochen, liebe Frau Jansen? Ich weiß es von ihm selbst, daß er das getan hat.«

Die alte Dame beugte sich zu ihr herab. »Kindchen — verzeihen Sie, daß ich Sie so nenne, aber es kam mir so über die Lippen, aus dem Herzen heraus, denn ich bin Ihnen gut! Wollen Sie mir sagen, was Sie zu mir geführt hat?«

Dagmar faßte die harte, feste Hand und legte ihre Wange darauf. »Ja, ich will Ihnen alles sagen. Eben, ehe ich von Schönau fortfuhr, hat Ihr Sohn mich gebeten, seine Frau zu werden. Nun bin ich zu Ihnen gekommen, um Sie zu fragen, ob ich es tun soll.«

Mit einem guten, lieben Blick sah die alte Dame zu ihr herab. »Kindchen, eigentlich soll man eine solche Frage ganz allein entscheiden. Aber mein Sohn hat mir so viel von Ihnen erzählt, daß ich glaube, daß Ihr Fall doch wohl ein besonderer ist.«

Dagmar nickte. »Ja, es ist ein besonderer Fall. Wollen Sie mich anhören?«

»Von Herzen gern. Sprechen Sie ruhig und ohne Zagen. Wie eine Mutter will ich Ihnen zuhören.«

Da begann Dagmar zu erzählen von ihrer Liebe zu Korff, von ihrem Jubel, ihrer Glückseligkeit, als er ihr gesagt, daß er sie liebe, und von ihrem Herzeleid, als er sie verriet. Sie sprach von seinem Brief, in dem er sich von ihr lossagte, von seiner schnell darauffolgenden Verlobung mit einer anderen und von ihrem Schmerz, ihrer Scham über die erlittene Demütigung und von all ihren Sorgen und Nöten. Und dann sprach sie über ihre innige Dankbarkeit gegen Ralf, der ihr in all den schweren, schlimmen Stunden das einzige Glück gegeben habe; ahnungslos sei sie gewesen, daß er sie liebte.

Danach berichtete sie fast wortgetreu von ihrer eben gehabten Unterredung mit Ralf, von seiner Werbung und von ihrer Erschütterung einer so großen, treuen Liebe gegenüber.

»So bin ich zu Ihnen gekommen, liebe Frau Jansen. Sie sollen mir sagen, ob es ein Unrecht ist, wenn ich Ihres Sohnes Werbung annehme, obwohl ich mein Herz von dem anderen noch nicht lösen kann. Ich weiß ja nicht, ob mir das je gelingt, oder ob ich nun immer diese brennende Wunde in meinem Herzen fühlen werde, die mir so viel Schmerzen macht. Ich hätte keinen Menschen von diesem Herzenserlebnis wissen lassen, hätte nicht von meinem Schmerz gesprochen. Aber ich habe von Ihrem Sohn gehört, daß er und auch Sie darum wissen, deshalb komme ich zu Ihnen und bitte um Ihren Rat. Herzlich bin ich ihm gut, wie einem lieben, verständnisvollen Freund, und ich halte ihn in meinem Herzen so hoch wie keinen anderen Menschen. Aber ich kann ihn nicht so lieben, wie er verdient, geliebt zu werden. Selbstverständlich würde ich ihm eine pflichttreue Gattin sein und alles tun, was in meiner Macht steht, ihn glücklich zu machen. Aber wird es mir gelingen, werde ich ihm nicht zu viel schuldig bleiben müssen?

Und in all der Unklarheit meines Empfindens kann ich niemand um Rat fragen als Sie. Meine eigene Mutter würde mich nicht verstehen, sie würde nur eifrig zureden, die gebotene Hand anzunehmen — weil — ich meinen Angehörigen damit die Heimat erhalten könnte. Aber das kann niemals für mich bestimmend sein. Ich wäre fest bei meinem Nein geblieben aus Angst, daß ich Ihren Sohn unglücklich machen könnte, und aus Scham darüber, daß ich mit leeren Händen zu ihm kommen müßte. Aber er hat mir gesagt, unglücklich würde er nur dann, wenn ich bei meinem Nein bleiben und ihm nicht gestatten würde, mich vor aller Unbill des Lebens zu schützen. Er ist ja so einzig gut und denkt nicht an sich. Unglücklich möchte ich ihn aber um meinetwillen nicht sehen, das hat er nicht um mich verdient. So wagte ich ihm nicht ja und nicht nein zu sagen.

In dieser Not dachte ich an Sie und flüchtete mich mit meinen Ängsten zu Ihnen. Helfen Sie mir, das Richtige zu finden. Ich verehre Sie so sehr und habe das Gefühl, als könnten Sie mir wie eine gute, treue Mutter eine Richtschnur geben. Wollen Sie mir sagen, was ich tun soll?«

Still und aufmerksam hatte Frau Jansen zugehört. Als Dagmar nun schwieg, sah sie eine Weile nachdenklich vor sich hin und bedachte sich, was sie antworten sollte.

Alles, was Dagmar gesagt hatte, bewegte sie tief. Sie sah in das stolze, reine Mädchenherz hinein, das ohne Falsch und Fehle war, und erkannte noch mehr als bisher, welch wertvoller, ehrlicher Charakter in ihr wohnte. Wie glücklich hätte ihr Sohn sein können, wenn ihm die Komtesse mit ihrer

Hand auch ihr Herz hätte schenken können. Aber sie hatte eben nur ihre Hand zu verschenken — dazu freilich ein ehrliches Wollen, eine freundschaftliche Neigung und das redliche Bestreben, Ralf Schmerzen zu ersparen und ihn so glücklich zu machen, wie es in ihrer Macht stand. Das war immerhin viel. Waren es nicht oft die glücklichsten Ehen, die ohne leidenschaftlichen Überschwang geschlossen wurden?

»Mein liebes Kind«, erwiderte sie nach kurzem Schweigen. »Sie übertragen mir eine schwere Verantwortung. Aber ich nehme sie auf mich. Geben Sie meinem Sohn Ihr Jawort und lassen Sie für alles Weitere den lieben Gott sorgen. Ihr guter, ehrlicher Wille wird Sie immer das Rechte tun lassen. Hätten Sie einen Widerwillen gegen meinen Sohn, dann würde ich Ihnen entschieden von dieser Verbindung abraten. Aber Sie sind ihm freundlich zugetan und achten ihn hoch. Das wird Sie hindern, ihm weh zu tun. Werden Sie also in Gottes Namen seine Frau.«

So sagte Frau Jansen ernst und bewegt und küßte den goldenen Scheitel.

Dagmar saß still mit geschlossenen Augen unter den segnend auf ihr ruhenden Mutterhänden. Dann atmete sie tief auf, faßte diese treuen Hände und preßte ihre Lippen darauf.

»So sage auch ich: In Gottes Namen, liebe, teure Mutter. Lassen Sie mich Sie so nennen und werden Sie mir in Wahrheit eine so gute, liebe Mutter, wie Sie es Ralf sind.«

»Das will ich tun, mein liebes Kind. Sie müssen ja gefühlt haben, daß Sie mir lieb und teuer sind. Wußte ich doch meines Sohnes Herz bei Ihnen.«

Die beiden Frauen sahen sich tief in die Augen. »Ich danke Ihnen, liebe Mutter. Und Gott helfe mir, daß ich Ihren Sohn nicht unglücklich mache.«

Die beiden Frauen sprachen nun noch von mancherlei. Frau Jansen erzählte von seiner Jugend, von seinem Drang emporzukommen, von seiner Liebe zu allem Guten und Schönen und seiner Sehnsucht nach den Höhen des Lebens. Lächelnd sprach sie von seiner jugendlichen Schwärmerei für elegante Frauen und von seinem knabenhaften Wunsch, einst eine Prinzessin zu heiraten. »Und nun wird er richtig ein Prinzeßchen heimführen, der Obenhinaus, wenigstens ein Komteßchen mit einem Krönlein von goldenem Haar«, sagte sie mit herzenswarmem Humor.

Dagmar seufzte. »Eine Bettelprinzessin kommt in sein Haus, liebe Mutter.«

Frau Jansen streichelte ihr Haar. »Es geht ihm ja nicht um Geld und Gut, nur das Prinzeßchen will er haben.«

Dann wurde sie ernst. »Nun habe ich doch endlich wieder ein Sorgenpäckchen zu tragen um das Glück meines Sohnes. Fast ist mir wohl unter diesem Sorgenpäckchen. Wenn man sein Lebtag der Sorge ins Antlitz gesehen hat und sie dann plötzlich von uns weicht, dann fehlt uns etwas. Habe ich doch in den letzten Jahren nicht gewußt, was Sorgen sind.«

Voll warmer Teilnahme sah Dagmar zu ihr auf. Sie hatte ein so feierliches Gefühl, als sitze sie in einer Kirche. Und sie wartete in einiger Ungeduld auf Ralf.

Aber dann mußte sie wieder an Heinz Korff denken, an die heiße, jubelnde Glückseligkeit, die sie empfunden hatte, als sie ihm ihr Jawort gab. Wie ganz anders hatte ihm ihr Herz entgegengejauchzt! Und wie heiß brannte die Wunde, die er ihr geschlagen hatte!

War es nicht Wahnsinn von ihr, mit diesen Gefühlen die Gattin eines anderen zu werden? Würde sie sich nicht immer nach der heißen Glückseligkeit sehnen, die Ralf Jansen nie in ihrer Brust wecken würde?

Ehe sich Dagmar auf diese Frage eine Antwort gab, hörte sie unten den Hufschlag eines Pferdes. Frau Jansen sah zum Fenster hinaus.

»Er kommt, mein Töchterchen, und er wird von dem Diener erfahren, daß du hier bist. Ich lasse euch allein. Ihr werdet euch mancherlei zu sagen haben. Wenn ihr mich dann haben wollt, so findet ihr mich unten im großen Wohnzimmer.« Damit erhob sich die alte Dame, küßte Dagmar auf die Stirn und ging hinaus.

Auch Dagmar hatte sich erhoben. Sie drückte die Hände auf das Herz.

»Hilf mir, Vater im Himmel, daß ich nicht unrecht tue«, betete sie inbrünstig.

Und so stand sie noch, als Ralf in stürmischer Ungeduld eintrat durch die entgegengesetzte Tür, durch die seine Mutter verschwunden war. Einen Augenblick stand er auf der Schwelle und sah Dagmar an.

»Ist meine Mutter nicht hier? Haben Sie nicht mit ihr gesprochen?« fragte er voll Unruhe.

Sie wandte ihm ihr blasses Gesicht zu in zagender Scheu.

»Sie hat soeben das Zimmer verlassen, Herr Jansen — um uns allein zu lassen!«

Rasch und erregt trat er zu ihr heran.

»Was hat Ihnen meine Mutter auf Ihre Frage geantwortet, Komtesse Dagmar?«

Mit ernsten, großen Augen sah sie in die seinen.

»Sie hat mir ihren Segen gegeben und mir gesagt, ich soll in Gottes Namen Ihre Frau werden. Alles andere soll ich dem lieben Gott überlassen. Das will ich nun tun. Hier ist meine Hand, Ralf Jansen, wenn Sie mich wirklich nach allem zu Ihrer Frau machen wollen.«

Da kam ein tiefer, zitternder Atemzug aus seiner Brust. Er faßte ihre Hand und sah sie an, als wollte er sie in einer heißen Aufwallung seines Gefühls in seine Arme reißen. Aber da sah er etwas wie Unruhe in ihren Augen, und das half ihm, die Gewalt über sich zu behalten. Er preßte ihre Hände inbrünstig an seine Lippen, wieder und wieder.

»Ich danke Ihnen, Dagmar, liebe, liebste Dagmar. Sie sollen es nie bereuen, mir Ihr Schicksal anvertraut zu haben. Ich bin froh und glücklich, daß ich Sie nun in meiner Hut in Sicherheit weiß.«

Mit feuchtschimmernden Augen sah sie zu ihm auf. In seinen Augen lag ein Ausdruck, der sie erschütterte.

»Ralf — lieber Ralf — möge es mir gelingen, Sie glücklich zu machen«, sagte sie leise, und Tränen rollten über ihre Wangen.

Zart und beherrscht legte er den Arm um sie.

»Sorgen Sie sich nicht um mich, Dagmar. Ihr Glück ist das meine. Nur daran sollen Sie denken.«

Vertrauend legte sie ihr Haupt an seine Schulter und schloß die Augen. Die Angst wollte sie überkommen, daß sie unrecht tat. Aber da hörte sie den lauten Schlag seines Herzens. Und das beruhigte sie seltsam. Sie sah zu ihm auf und bot ihm freiwillig ihre Lippen zum Kuß als ein Zeichen höchsten Vertrauens.

Er zitterte unter der Allmacht seines Empfindens und sah tief in ihre Augen hinein, wie im innigen Flehen um ihre Liebe. Und dann preßte er seine Lippen warm und innig auf die ihren. Er vermochte es über sich zu bringen, ruhig zu scheinen, obwohl es wie eine heiße Welle über ihn dahinflutete, als er ihren Mund mit seinen Lippen berührte.

Dagmar hielt still, wie gebannt, unter seinem Kuß. Wieder stieg die Angst in ihr auf, daß sie ein Unrecht tue. Schnell trat sie nun von ihm zurück.

»Wir wollen zu deiner Mutter gehen, Ralf«, sagte sie leise.

Er hörte beglückt, daß sie ihm das Du gab wie ein freiwilliges Geschenk. Es rührte ihn, genau wie ihr freiwilliger Kuß.

Liebevoll legte er ihre Hand auf seinen Arm. »So komm,

Dagmar«, sagte er bereitwillig, denn er fühlte, daß es jetzt besser für ihn sei, wenn er nicht mit ihr allein blieb.

Als sie nun neben ihm dahinschritt, sagte sie bittend: »Du mußt Geduld mit mir haben, Ralf, und an meinen ehrlichen Willen glauben, dir soviel Glück zu geben, wie ich geben kann.«

Gerührt sah er in ihre bittenden Augen. »Du sollst dich nicht quälen, dich zu nichts zwingen. Zeige dich mir nur wie bisher, wahr und klar in deinem ganzen Wesen — als ehrlicher Mensch. Alles andere laß dich nicht bedrücken. Ich will dir doch das Leben leichtmachen, nicht schwer.«

Sie drückte dankbar seinen Arm. »Du Guter — wie danke ich dir für deinen Zartsinn, deine Güte. An meiner Ehrlichkeit sollst du nie zweifeln, das gelobe ich dir.«

Er drückte ihr schweigend die Hand.

Als sie in das Wohnzimmer, einen großen, vornehm und gediegen ausgestatteten Raum, traten, kam ihnen Frau Jansen entgegen und faßte ihre Hände.

»Gott möge alles zum Guten wenden und euch beide glücklich machen! Dafür will ich beten, meine lieben Kinder«, sagte sie bewegt.

Sie besprachen dann mancherlei von Wichtigkeit, und nach kurzer Zeit erhob sich Dagmar.

»Jetzt muß ich aber nach Schönau zurückkehren.«

»Darf ich dich begleiten, Dagmar?« fragte Ralf.

Sie schüttelte lächelnd den Kopf. »Nein, laß mich jetzt allein nach Hause fahren. Ich will Mama und Lotte alles sagen, was geschehen ist. Du kommst dann bitte heute nach Tisch hinüber nach Schönau und bittest Mama um ihre Einwilligung zu unserer Verlobung.«

»Wird sie mir ihre Einwilligung nicht versagen?«

Sie strich sich über die Augen. »Nein, Ralf — ganz gewiß nicht«, sagte sie leise.

Mit Leidenschaft erfaßte sie die Hände seiner Mutter und küßte sie. »Auf Wiedersehen, liebe, teure Mutter.«

»Auf Wiedersehen, mein liebes, liebes Kind«, erwiderte Frau Jansen herzlich.

Ralf trennte sich ungern von Dagmar, aber er fügte sich und führte sie zum Wagen. Da fühlte er in seiner Brusttasche den Brief, den er in Verwahrung genommen hatte.

»Dieser Brief kann doch nun vernichtet werden, Dagmar?«

Sie nickte und lächelte ihm zu.

»Ja, nun habe ich ja ein Engagement auf Lebenszeit gefunden«, scherzte sie. »Aber bitte, gib mir den Brief. Es ist eine Photographie von mir darin.«

»Schenk sie mir«, bat er rasch.

Sie nahm das Schreiben aus seiner Hand und riß das Kuvert auf. Den Brief reichte sie ihm.

»So, bitte vernichte ihn. Und jetzt gib mir bitte deine Füllfeder.«

Er erfüllte ihren Wunsch, und sie schrieb unter ihr Bild: »Für alle Zeit in Treue dein. Dagmar.«

Damit wollte sie ihm eine Freude machen. Und es rührte sie, wie verklärt er auf diese Worte herabsah. Innig küßte er ihre Hand.

»Dank, innigsten Dank! Diese Worte sollen mich immer froh machen, wenn ich auf dein Bild sehe. Auf Wiedersehen — *meine* Dagmar.«

»Auf Wiedersehen, Ralf. Grüß Mutter noch einmal.«

»Danke. Empfiehl mich deiner Mutter, und meiner lieben, kleinen Schwägerin einen herzlichen Gruß.«

Dagmar atmete froh auf. »Ach Ralf — Lotte darf ja nun in Schönau bleiben.«

Ein Freudenschein lag auf ihrem blassen Gesicht.

Er nickte lächelnd. Dann fuhr der Wagen davon.

Ralf sah ihm nach, und auch Frau Jansen erschien am Fenster. Dagmar wandte sich noch einmal um und winkte zurück.

Als der Wagen verschwunden war, sah Ralf auf das Bild in seiner Hand herab. Dann barg er das Bild an seinem Herzen und ging ins Schloß zurück. Er suchte seine Mutter auf und umarmte sie herzlich.

»Ach, mein Mutterle, hab Dank, daß du das rechte Wort gesprochen hast. Wie bin ich froh und glücklich.«

Sie legte ihm die Hand auf den Mund.

»Nicht berufen, Ralf — nicht berufen.«

Er lachte herzlich.

»Ach, Mutterle, sei nicht so abergläubisch. Schau — da lies, was mir meine Braut unter ihr Bild geschrieben hat. Das bannt alle Zweifel. Sie hält ihr Wort, Mutterle. Und meine Liebe ist so stark, sie reicht für zwei; ich zwinge sie damit zu mir.«

»Das walte Gott, mein Ralf. Sie ist ein liebes, gutes Kind und wird dir eine treue Frau sein. Das ist sicher. Und alles Weitere fügt der Himmel — zu einem guten Ende, hoffe ich.«

»Die Hauptsache ist, Mutterle, daß ich sie nun geborgen weiß in meiner Hut.«

Als Dagmar in Schönau ankam, lief ihr Lotte bis zum Wagen entgegen.

»Ist das nun nett von dir, Dagmar, daß du ohne mich nach Berndorf fährst? Ich wäre doch so gerne mitgekommen«, sagte sie vorwurfsvoll.

Dagmar stieg aus und zog die Schwester fest in ihre Arme.

»Sei nicht böse, Lotte, es mußte sein. Mach ein freundliches Gesicht, ich bringe dir auch etwas Schönes mit.«

Lotte horchte auf. »Was denn, Dagmar?«

Die Komtesse führte die Schwester schweigend in ihr Zimmer. Dort küßte sie Lotte innig und sagte bewegt:

»Meine kleine Lotte, ich bringe dir die Erlaubnis, in Schönau zu bleiben, solange du selbst es willst.«

Lotte sah überrascht auf und wurde ganz blaß. »Ach, Dagmar — wie könnte denn das sein?«

»Du sollst gleich alles hören, Schwesterchen. Laß mich nur erst ablegen. Wo ist Mama?«

»In ihrem Zimmer, sie liest schon wieder die Modezeitungen.«

»Du sollst es zuerst erfahren, Lotte, früher als Mama. Ich habe mich soeben mit Ralf Jansen verlobt.«

Lotte zuckte zusammen. Ihre Augen sahen angstvoll in die der Schwester.

»Dagmar — das hast du unsertwegen getan, für Mama und mich, damit wir Schönau nicht verlassen müssen«, sagte sie mit bebender Stimme.

Liebevoll zog Dagmar sie an sich, damit sie ihr nicht ins Gesicht sehen konnte. »Nein, Lotte, glaube das nicht. Ich freue mich natürlich, daß eure Heimat nun Schönau bleibt und — ein ganz klein wenig habe ich natürlich auch an euch gedacht. Aber in der Hauptsache habe ich Ralfs Antrag angenommen, weil ich ihn so hoch schätze und mich in seiner Hut sicher weiß vor allen Stürmen des Lebens.«

Lotte drückte ihr Gesicht an die Schulter der Schwester. Sie wagte nicht aufzusehen, als sie sagte:

»Aber du liebst ihn nicht, Dagmar?«

Diese atmete tief auf. »Sei ruhig, Lotte, ich weiß, was dein ehrliches Herz bedrückt. Aber diese Sorge laß fahren. Ich betrüge Ralf nicht. Ich habe ihm gesagt, daß ich ihn nicht liebe, wie er geliebt werden müßte. Alles habe ich ihm ehrlich anvertraut, was ich ihm sagen mußte, um vor mir selbst bestehen zu können. Trotzdem will er mich zu seiner Frau machen und behauptet, es sei ein Glück für ihn, wenn er mich beschützen darf. Er ist so gut, so einzig gut.«

Da hob Lotte den Kopf und sah die Schwester mit feuchten Augen an. »Ja, er ist ein edler Mensch. Und nun bin ich froh, da ich weiß, daß du ihm ehrlich alles gesagt hast. Wie konnte ich auch nur glauben, daß du unehrlich handeln würdest, du meine stolze, wahrhafte Schwester. Wie schade ist es doch, daß du ihn nicht lieben kannst, wie er es verdient! Aber der liebe Gott wird dein Herz zu ihm lenken, er wird es fügen, daß ihr glücklich miteinander werdet. Ihr seid wie füreinander geschaffen.«

Lächelnd streichelte Dagmar ihre Wange. »Ralf war so rührend in seiner Freude, sie beschämte mich. Ich komme ja mit leeren Händen zu ihm.«

Die letzten Worte rangen sich zagend von Dagmars Lippen. Lotte umfaßte die Schwester in heißer Sorge.

»Dagmar — liebe Dagmar!«

Da zwang diese alles in sich nieder, was sich wieder in ihrem Herzen gegen diese Verbindung sträuben wollte.

»Sieh nicht so ängstlich aus, kleine Lotte. Es ist alles in schönster Ordnung. Ich bin nicht unglücklich — im Gegenteil, ich freue mich, daß ich Ralf glücklich machen kann. Und soweit es in meiner Macht liegt, will ich es tun. Ralfs Mutter hat uns auch schon ihren Segen gegeben, auch sie kennt meine Sorgen und Bedenken und fand es doch richtig, daß ich ihrem Sohn mein Jawort gab. Was ist sie für eine liebe, gütige, selbstlose Mutter!«

Fest umschlang Lotte die Schwester.

»Ja, Dagmar, wer so eine Mutter hat, der muß gut und edel sein.«

Dagmar ahnte, was in Lotte vorging. Sie küßte sie herzlich. »Alle Menschen können nicht gleich sein, Lotte, und eine Mutter ist nicht wie die andere. Grüble nicht darüber nach. Du hast ja mich, wie ich dich habe.«

Lotte zwang die Tränen nieder und nickte. »Wenn du nicht

wärst, Dagmar, ich glaube, dann wäre ich ein ganz gräßlicher Mensch geworden.«

»Du bist aber gottlob ein sehr liebenswerter Mensch, meine Lotte. Und nun laß uns zu Mama gehen. Ich fürchte mich davor, wie sie die Botschaft aufnehmen wird.«

Lotte nickte. »Ich weiß, weil sie davon gesprochen hat, daß du eine gute Partie machen sollst, und weil sie dir nun sagen wird, daß du sehr vernünftig gehandelt hast.«

»Wie du mich verstehst, Lotte! Das ist es, davor fürchte ich mich.«

»Ich helfe dir, soviel ich kann, Dagmar. Aber nun laß mich dir erst einmal so recht von Herzen Glück wünschen, meine liebe, goldne Schwester. Wenn ich nur wüßte, daß du mit froher Zuversicht in die Zukunft schautest, dann könnte ich mich herzlich freuen, daß Ralf Jansen mein Schwager wird.«

Die Schwestern küßten sich herzlich und gingen dann, innig umschlungen, zur Mutter.

Frau Ellen blickte etwas zerstreut von ihren Modeblättern auf, als ihre Töchter eintraten.

»Hast du einige Minuten Zeit für mich, Mama?« fragte die Komtesse.

Frau Ellen schob die Modeblätter von sich. »Zeit genug, Dagmar. Ich glaube, das ist jetzt das einzige, an dem ich keinen Mangel leiden werde. Willst du etwas Besonderes von mir?«

»Ich habe dir eine Mitteilung zu machen, die dich interessieren wird.«

Frau Ellen stützte den Kopf in die Hand. »Hoffentlich ist es nichts Unangenehmes.«

»Nein, Mama, im Gegenteil, es wird dich freuen.«

»Dann nur schnell heraus damit. Ich kann eine angenehme Nachricht sehr wohl brauchen nach all dem Ärger und Herzeleid.«

Dagmar atmete tief auf. »Ralf Jansen wird heute nachmittag zu dir kommen und dich um deine Einwilligung zu unserer Verlobung bitten. Ich habe ihm soeben mein Jawort gegeben.«

Frau Ellen sprang auf und fiel ihrer Tochter um den Hals. »Mein liebes, gutes Kind, wie sehr freue ich mich über diese Nachricht. Ich hatte nicht zu hoffen gewagt, daß du so vernünftig sein würdest, meinen Ratschlag so schnell zu befolgen.«

Es zuckte nervös in Dagmars Gesicht.

»So mußt du das nicht auffassen, Mama. Ich habe mein Jawort gegeben, weil ich ihn sehr hoch schätze und ihm zugetan bin, nicht, weil es eine sogenannte gute Partie ist. Ich denke, Ralf ist es wert, um seiner selbst willen gewählt zu werden.«

Lotte machte der Mutter hinter Dagmars Rücken ein Zeichen, vorsichtig zu sein. Da lenkte Frau Ellen sofort ein.

»Aber Kind, wem sagst du das! Ich habe eine große Sympathie für diesen ausgezeichneten jungen Mann. Selbstverständlich ist er mir als Schwiegersohn herzlich willkommen. Und dir, mein Kind, wünsche ich von Herzen Glück! Das ist wirklich eine Freudenbotschaft. Ich fürchtete schon, der Himmel habe uns ganz und gar verlassen.«

Frau Ellen wischte sich mit dem Taschentuch einige schnell zur Verfügung stehende Tränen fort und umarmte ihre Tochter. Sie wollte nun die kleinsten Einzelheiten hören. Aber Dagmar berichtete ihr nur Äußerlichkeiten. Sich der Mutter mit allem was sie bewegte anzuvertrauen, wäre ihr unmöglich gewesen.

Für Frau Ellen hing nun der Himmel gleich wieder voller Geigen. Sie baute Luftschlösser, die nun allerdings festeren Grund hatten, und setzte sich dann wieder mit neuen Toilettenplänen zu ihren Zeitungen. Als am Nachmittag Ralf Jansen kam, fand er freudige Aufnahme.

Lotte macht entschlossen der steifen Feierlichkeit ein Ende. Sie fiel ohne Umschweife ihren Schwager um den Hals, küßte ihn herzlich und sagte zwischen Lachen und Weinen schwankend:

»So, nun bist du mein lieber Bruder Ralf. Große Zeremonien lieben wir doch beide nicht, dabei kommt immer das Herz zu kurz. Ich wünsche dir von Herzen Glück! Du bekommst eine liebe, goldige Frau, und Dagmar bekommt einen Mann, wie sie besser keinen finden kann. Werdet recht, recht glücklich miteinander.«

Ralf sah sie lächelnd an und blickte zu Dagmar hinüber.

»Wir werden uns beide Mühe geben, deinen Wunsch zu erfüllen, liebes, kleines Schwesterchen Lotte. Nicht wahr, Dagmar?«

Sie nickte ihm freundlich zu. »Ich denke, wir werden es auch, ohne uns große Mühe geben zu müssen«, sagte sie scheinbar froh und heiter.

Da trat er rasch zu ihr und küßte ihre Hand. »Hab Dank für dieses Wort, Dagmar.«

XV

Es gab ein großes Staunen in der Gesellschaft, als in den nächsten Tagen die Verlobungsanzeigen von Komtesse Dagmar Riedberg und Ralf Jansen verschickt wurden. Frau Ellen hatte selbst für eine sofortige Veröffentlichung gestimmt, ohne Rücksicht auf die Trauer.

Die Verlobung hatte viel Staub aufgewirbelt. Die meisten Herrschaften waren sehr zufrieden, daß sie nun den »Australier« persönlich kennenlernen würden, denn durch seine Verbindung mit der Komtesse Riedberg trat er in nahe Beziehungen zu der Gesellschaft.

Einen Menschen gab es aber jedenfalls, der unangenehm

durch diese Verlobung überrascht wurde, und dieser eine war Heinz Korff. Er hatte, der Form halber, ebenfalls eine Verlobungsanzeige des jungen Paares erhalten, und sah mit einem seltsamen Gefühl, aus Schmerz, Neid und Eifersucht gemischt, darauf nieder.

In dem Augenblick, als er erfuhr, daß Dagmar die Braut eines anderen war, loderte plötzlich die Leidenschaft für sie in seinem Herzen hoch empor.

»Wenn ich sein Geld gehabt hätte, niemand als Dagmar wäre meine Frau geworden, denn ich liebe sie — obwohl ich sie aufgegeben habe. Und sie kann ihre Liebe zu mir auch noch nicht aus ihrem Herzen gerissen haben, das ist ausgeschlossen. Sie hat die Bewerbung des ›Australiers‹ nur angenommen, um versorgt zu sein«, dachte er.

Nie war ihm seine Braut reizloser erschienen als in diesen Tagen. Wenn er sich bisher mit einigem Erfolg in eine gewisse äußerliche Verliebtheit für sie hineingesteigert hatte, so fiel dieses unwahre Gefühlchen jetzt in sich zusammen, und der Rest war ein jämmerliches Empfinden, das kaum zuließ, sich den Schein eines glücklichen Bräutigams zu geben.

War bisher allein Dagmar der leidende Teil bei dem Bruch zwischen ihm und ihr gewesen, so wurde auch ihm nun sein Teil an Schmerzen zugemessen, und es kamen Stunden, in denen er sich fragte, ob er nicht mit Dagmar in bescheidenen Verhältnissen glücklicher geworden wäre, als mit Lisa in Glanz und Fülle. Aber gewöhnlich kam er dann nach langem Nachdenken doch zu dem Schluß, daß er auf ein sorgloses Leben in Luxus und Behagen noch weniger hätte verzichten können als auf Dagmars Besitz.

Frau Ellen wünschte nun, daß ihre Tochter mit ihrem Verlobten die üblichen Verlobungsbesuche machen sollte.

»Man wird mich nicht sehr freundlich in deinen Kreisen empfangen, Dagmar«, meinte Ralf.

Die Komtesse schüttelte lächelnd den Kopf. »Das sind deine alten törichten Befürchtungen. Du wirst sehen, man kommt dir überall freundlich entgegen. Auch in meinen Kreisen weiß man einen tüchtigen Mann zu schätzen. Und im übrigen sind jetzt deine und meine Kreise dieselben. Nicht wahr, da darf es keine Unterschiede geben.«

»Auch können Sie Dagmar nicht isolieren, lieber Sohn. Sie muß doch auch in Zukunft in der Gesellschaft die Stellung einnehmen, die ihr zukommt«, warf Frau Ellen ein.

Dagmar faßte mit festem, warmem Druck Ralfs Hand. »Laß dir nicht bange sein, Ralf. Meinetwegen brauchtest du keinerlei Verkehr anzubahnen. Aber du bist jetzt unbedingt der Herr des größten Grundbesitzes in der ganzen Umgegend, und so ein Besitz verpflichtet.«

Lächelnd sah er zu ihr auf. »Es wird schon recht sein, wie du es willst, Dagmar. Meine Frage war auch mehr scherzhaft gemeint. Ich bin durchaus keine Einsiedlernatur. Du mußt mir in Zukunft nur sagen, wann und an wen ich Einladungen ergehen lassen muß.«

»Das will ich gern tun. Vorläufig sind wir aber in Trauer und können so zurückgezogen leben, wie wir wollen. Geselligkeiten im großen Stil, wie sie die Eltern hier in Schönau gepflegt haben, mag ich gar nicht.«

»Aber Dagmar, ihr werdet doch hoffentlich eurem Stande angemessen ein großes Haus führen? Das ist doch selbstverständlich!« rief Frau Ellen eifrig.

Ruhig schüttelte Dagmar den Kopf. »Nein, Mama, wenn Ralf das nicht ausdrücklich wünscht, ganz gewiß nicht. Ich finde es viel hübscher, einen kleinen Kreis gleichgesinnter Menschen um mich zu haben, als wahllose Masseneinladungen ergehen zu lassen. Ich denke, daß wir auch darin harmonieren, lieber Ralf.«

Zustimmend sah er in ihre Augen.

Frau Ellen war etwas verstimmt. Sie hatte sich auf märchenhafte Feste gefreut, die sie im Namen und auf Kosten ihres Schwiegersohnes veranstalten wollte. Nun wurde ihr dieser schöne Traum zerstört! Denn wenn man sich in Berndorf mit einem »kleinen Kreis und einer schlichten Geselligkeit« begnügte, dann konnte sie des schlechten Eindrucks wegen in Schönau nicht üppiger leben als ihr Schwiegersohn.

Frau Ellen war also gar nicht einverstanden mit ihrer Tochter. Um so zufriedener war Ralf über die Haltung seiner Braut zu dieser Frage. Dagmar zuliebe hätte er natürlich in eine größere Geselligkeit ohne weiteres gewilligt, aber da sie selbst eine gewisse Beschränkung wünschte, war er sehr froh.

Bei den Verlobungsbesuchen machte Ralf die Bekanntschaft all der Menschen, die ihn erst als Eindringling hatten abfallen lassen wollen und die dann bei seiner Zurückhaltung so begierig auf seine Bekanntschaft geworden waren.

Überall wurde er außerordentlich freundlich aufgenommen. Auch in der Familie des Bankiers Volkmann erschien das Brautpaar. Bei dieser Gelegenheit traf es mit Baron Korff zusammen.

Als Dagmar an der Seite ihres Verlobten den Volkmannschen Salon betrat und Heinz Korff erblickte, ging es ihr wieder wie ein Stich durchs Herz. Zugleich fühlte sie aber auch, daß Ralf zusammenzuckte. Unruhig und ängstlich sah sie zu ihm auf, und in ihren Augen lag ein flehender Ausdruck.

Da nahm er sich zusammen und lächelte ihr beruhigend zu. In höflicher Ruhe, wenn auch etwas zurückhaltend, begrüßte er den Baron so gut wie die anderen Herrschaften. Lisa Volkmann plauderte mit Dagmar wie eine glückliche, junge Braut mit der anderen.

»Jetzt weiß ich doch, mein lieber Herr Jansen«, sagte der Bankier, »weshalb Ihnen das Wohl der Schönauer Damen gar so sehr am Herzen lag.«

Ralf erwiderte einige belanglose Worte auf diesen Scherz. Er konnte nur schwer seine Ruhe bewahren, denn er sah, daß die Augen des Barons mit brennendem Ausdruck auf Dagmars blassem Gesicht ruhten. Korff konnte seine Augen nicht von ihr losreißen. Er suchte ihre Augen auf sich zu lenken, weil er darin lesen wollte, ob in ihrem Herzen alles gestorben war, was sie für ihn empfunden hatte. In dieser Stunde gab es für ihn nichts Wichtigeres als diese Frage. Und es erschien ihm wie Wahnsinn, daß er Dagmar aufgegeben hatte. Die reiche Braut war ihm jetzt nur eine lästige Fessel. Eine brennende Eifersucht auf Ralf erfüllte sein Herz, Eifersucht und Neid, weil dieser den Regungen seines Herzens hatte folgen können.

Baron Korff fragte sich, ob Ralf Jansen wußte, daß Dagmar ihn liebte. Daß sie ihn noch liebte, wollte er in seiner Eitelkeit nicht bezweifeln.

Sein Blick flog zu Ralf hinüber. Dieser fing den Blick auf und erwiderte ihn mit einem stolzen, drohenden Aufblitzen seiner Augen. Zugleich erhob er sich und stellte sich, scheinbar zufällig, so zwischen Korff und seine Braut, daß dieser Dagmar nicht mehr ansehen konnte. Korff erkannte natürlich die Absicht und wußte nun, daß Dagmar ihrem Verlobten von ihren früheren Beziehungen zu ihm gesprochen hatte.

Hätte Dagmar sich nicht mit einem anderen verlobt, dann hätte Korff sie wohl bald vergessen. Aber die Eifersucht fachte den Funken, der noch unter der Asche ruhte, zur hellen Flamme an.

Konnte Ralf Jansen in der Seele dieses Mannes lesen? Seine Augen hingen starr und drohend an seinen Zügen. Das Flackern der wilden Leidenschaft in des Barons Blicken war Ralfs wachsamem Auge nicht entgangen.

Nun fing auch Dagmar solch einen flackernden Blick

Korffs auf. Da preßte sie die Lippen fest zusammen und richtete sich wie in stolzer Abwehr auf. Sie erhob sich sofort. Ihre Hand faßte wie schutzsuchend nach der ihres Verlobten.

»Wir müssen gehen, Ralf«, sagte sie leise.

Er drückte zart und sanft ihre Hand, und sie verabschiedeten sich.

Und nun mußte sich Dagmar auch von Korff verabschieden, wie sie ihn hatte begrüßen müssen. Sie verneigte sich aber nur sehr formell vor ihm.

Noch eisiger war der Gruß, den Ralf mit Korff tauschte.

Als das Brautpaar das Haus verließ, sah Ralf besorgt und unruhig in Dagmars Gesicht. Er bemerkte sehr wohl, daß es sehr bleich war und unruhig zuckte vor unterdrückter Erregung. Er sagte aber nichts, legte nur seine Hand leise auf die ihre, die bebend auf seinem Arm ruhte.

Da sah sie zu ihm auf mit einem wehen Blick, zwang aber sogleich ein Lächeln auf ihre Lippen. Er schüttelte leise den Kopf.

»Du sollst nicht lächeln, Dagmar, wenn dir nicht danach ums Herz ist. Nur zu nichts zwingen, mein armes, liebes Kind.«

Sie drückte nur leise seinen Arm. Dann stiegen sie in den Wagen.

Nach einer Weile sagte Dagmar. »Nun sind wir bald fertig. Jetzt haben wir nur noch unserem lieben, alten Doktor Härtling einen Besuch zu machen. Dann ist es überstanden. War es sehr schlimm, lieber Ralf?«

Er atmete auf, weil sie wieder ruhig schien. »Nur dieser letzte Besuch, den wir eben hinter uns haben, Dagmar, der war auch für dich nicht leicht.«

Sie blickte ihn an. »Ralf – ich habe eine große Bitte an dich.«

»Sprich sie aus.«

Sie sah ihn flehend an. »Versprich mir, daß du Baron Korff gegenüber nie die Ruhe verlieren willst. Ich wäre sehr, sehr unglücklich, käme es meinetwegen zu irgendeinem Streit zwischen euch. Ich hatte schon heute große Angst, als müsse etwas Schlimmes geschehen.«

Er preßte die Lippen zusammen. »Hast du so große Angst um ihn?« fragte er heiser. »Trotz allem, was er dir angetan?«

Da sah sie ihn mit großen, ehrlichen Augen an. »Nicht um ihn, Ralf, sondern um dich — und ein wenig auch um mich.«

Da war er schnell beruhigt und preßte ihre Hand an seine Lippen. »Ich bin sein Feind, Dagmar — weil er dir weh getan hat. Müssen wir mit ihm verkehren?«

»Es würde auffallen, wollten wir es nicht tun, und man würde nach Gründen suchen.«

»Dieser Verkehr wird mir schwer werden. Ich darf ihm ja nicht zeigen, wie verächtlich er mir ist. Da bin ich noch ganz der schlichte Handwerkersohn, der eure Sitten nicht versteht und sich im Innern dagegen auflehnt. Der gute Ton, der Feinde zwingt, miteinander unter glatter Höflichkeit zu verkehren, scheint mir ein sehr schlechter Ton. Es kostet mich viel Überwindung. Aber ich werde mich beherrschen können, deinetwegen, so oft es nötig ist. Ich hoffe aber, daß es nicht oft der Fall zu sein braucht. Sei ganz ruhig, ich verliere nicht die Herrschaft über mich selbst. Ich werde immer daran denken, daß es deine Ruhe gefährden könnte, wenn ich die meine verliere. Bist du nun zufrieden?«

Sie atmete freier und sah zu Ralf empor. Da merkte sie, daß er blaß und düster aussah.

Leise faßte sie seine Hand.

»Ralf!«

Er blickte sie an mit einem schmerzlichen Ausdruck, der sie erschütterte. »Was befiehlst du?« fragte er, sich zur Ruhe zwingend.

Sie schob ihre Hand zutraulich in seinen Arm. So gut wußte sie nun schon, was sie tun mußte, um ihn froh zu machen.

»Ich befehle nichts, und du wirst dir auch nichts befehlen lassen. Aber ich bitte dich herzlich, zeige mir ein heiteres Gesicht. Es tut mir bitter weh, wenn ich dich traurig sehe. Dann ist mir, als sei ich schuld daran. Wenn du froh und heiter bist, dann bin ich es auch.«

Seine Augen strahlten auf. Wie von einem Zauberstab berührt, erhellte sich seine Mine.

»Du bist meine Sonne, mein Liebling, von der mir alles Licht und aller Schatten kommt. Wenn es in meiner Macht liegt, dich froh zu machen, dadurch, daß ich es selbst bin, dann sollst du immer froh sein.«

Sie lächelte ihm zu und ließ ihm ihre Hand.

Inzwischen hatten sie Doktor Härtlings Wohnung erreicht. Er empfing das Brautpaar an der Seite seiner Gattin, und die Glückwünsche, die das junge Paar hier empfing, waren besonders herzlich.

»So ein Brautpaar lobe ich mir«, sagte der Arzt im Lauf der Unterhaltung in seiner offenen Art. »Da haben sich zwei Edelmenschen gefunden und zwei Vollnaturen. In Ihrer Familie wird mal der Arzt nicht viel zu tun haben. Aber ich werde doch im Vorüberfahren immer einmal in Berndorf einsehen und mich erlauben an zwei menschlichen Prachtexemplaren. Darf ich doch, hm?«

Die Erlaubnis wurde ihm lächelnd erteilt.

»Und wann ist Hochzeit?« fragte er weiter.

»Der Termin ist noch nicht bestimmt, Herr Doktor«, sagte Dagmar.

»Na, nur nicht so lange warten. Sie haben es ja gottlob nicht nötig.«

Ralf sah Dagmar an. Aber sie brachte nun schnell, von Frau Doktor Härtling unterstützt, ein anderes Thema auf.

Als das Brautpaar dann auf dem Weg nach Schönau dahinfuhr, herrschte eine Weile tiefes Schweigen. Dann sagte Ralf plötzlich:

»Willst du mir sagen, Dagmar, wann ich dich heimholen darf nach Berndorf?«

Er hatte dabei ein beklommenes Gefühl, als werde sie den Termin, wie etwas Gefürchtetes, recht weit hinausschieben.

Ein leises Rot huschte über ihr Gesicht. Aber dann sagte sie ruhig und freundlich:

»Bestimme du den Tag unserer Hochzeit, Ralf. Mir ist jeder recht. Ich folge dir gern und ohne Zagen in dein Haus.«

Da sah er sie glückstrahlend an. Heiß und innig küßte er ihre Hände. Sie fühlte, wie er mit seiner Erregung rang, und Unsicherheit wollte sie überkommen. Aber schnell hatte er sich wieder in der Gewalt.

»Ist es dir recht, wenn wir den fünfzehnten September festsetzen?«

Sie nickte. »Ja, Ralf, es ist mir recht.«

»Und wohin wollen wir unsere Hochzeitsreise machen?«

Sie überlegte. Daß sie ihm eine Freude machte, wenn sie einen Wunsch äußerte, wußte sie. Er konnte sich auch ohnedies nicht genug tun, sie zu erfreuen und ihr zarte Aufmerksamkeiten zu erweisen. Aber kam sie einmal mit einem Wunsch zu ihm, dann fühlte er sich immer als der Beschenkte.

Deshalb sagte sie bittend: »Laß uns keine sehr große Hochzeitsreise machen. Warum sollen wir deine gute Mutter so lange allein lassen? Und in Berndorf ist es so schön. Wenn es dir recht ist, gehen wir nur zwei bis drei Wochen nach Ostende. Da ist im September nicht mehr so starker Verkehr. Wir können auch nach Scheveningen gehen, wenn es dir lieber ist.«

»Also gehen wir nach Ostende, mein Liebling — und so lange, wie es dir gefällt. Und nun noch eine Frage: Wie hast du dir unsere Hochzeitsfeier gedacht? Deine Mutter wünscht ein glänzendes Fest.«

Sie schüttelte heftig den Kopf. »Nein, dafür bin ich nicht. Ich begreife Mama nicht, daß sie, trotz der Trauer, in der wir leben, ein großes Fest feiern will. Sie vergißt so leicht. Ich kann das nicht. Mama fühlt sich in der durch die Trauer gebotenen Zurückhaltung nicht wohl. Sie möchte gern, wie früher, von einem Fest zum anderen jagen. Es liegt in ihrer Natur. Aber nicht in der meinen. So gern ich fröhlich bin in einem sympathischen Kreis, so wenig behagen mir große offizielle Festlichkeiten, wo man oft nur mit der Hälfte der Gäste sprechen und auch nur oberflächliche Reden tauschen kann. Und nun gar jetzt unsere Hochzeit zu solch einem lauten Gepränge machen — nein, laß sie uns in einer würdigen, aber stillen Art feiern. Die Trauerzeit entbindet uns von jeder Repräsentation.«

»Es ist mir recht, Dagmar. Alles, was du sagst, ist mir aus der Seele gesprochen.«

»Dann sind wir also einig. Wir werden morgen eine Aufstellung machen, wen wir unbedingt zu unserer Hochzeit einladen müssen. Mamas Wunsch können wir dabei nicht berücksichtigen. Überhaupt, lieber Ralf, im bezug auf Mama möchte ich noch etwas mit dir besprechen, was mir schon lange auf dem Herzen liegt.«

Er sah sie fragend an. »Was ist es, Dagmar?«

Sie sah ihn mit ihren schönen, ausdrucksvollen Augen unsicher an. »Ich möchte dich bitten, nicht alle Wünsche Mamas in so selbstverständlicher Weise zu erfüllen. Du tust es widerstandslos, auch wenn es recht unvernünftige Wünsche sind. Ich weiß, du tust es, weil du glaubst, mir damit eine Freude zu machen.

Für Mama wäre es sehr gut, wenn sie endlich einmal eine feste Hand fühlte«, fuhr Dagmar fort. »Ich kenne Mama, sie ist wohl ebensoviel schuld am Verlust von Schönau, wie es mein Stiefvater war. Die beiden haben sich nie etwas versagen können, und Mamas Wünsche steigern sich leicht ins Ungemessene! Sie hat keine Ahnung vom Wert des Geldes. Du hast sie — uns alle — vor einer schlimmen Zukunft bewahrt, als du unser Schicksal in deine liebe Hand nahmst. Mama wäre in einem sorgenvollen Leben, wie es ihr bevorstand, sehr elend geworden. Aber es quält mich, daß sie jetzt das Geld — dein Geld — ebenso selbstverständlich in alle Winde verstreut, wie sie es mit dem eigenen tat. Das darf nicht sein! Ich bitte dich, lieber Ralf, stelle dich Mama gegenüber auf einen anderen Standpunkt als bisher. Verweigere ihr ruhig und entschieden, was unsinnig und überflüssig ist, zwinge sie, mit einer bestimmten, bescheideneren Summe auszukommen. Willst du mir das versprechen?«

Er streichelte ihre Hand. »Mein armer Liebling, nun quälst du dich auch noch mit solchen Dingen. Was macht es aus, ob ich für deine Mutter einige hunderttausend Mark mehr ausgebe?«

Sie atmete erregt. »Ich kenne meine Mutter besser. Sie kennt keine Grenzen, wenn man sie ihr nicht energisch steckt. Tue das, ich bitte dich. Laß sie zu ihrem eigenen Heil eine feste Hand fühlen. Du kannst sie haben und wirst sie haben, wenn du nicht mehr von der irrigen Meinung befangen bist, mir eine Freude zu machen, wenn du all ihre Wünsche erfüllst. Sieh, wenn ich deine Mutter ansehe, wie schlicht und bescheiden sie ist und immer würdig und verehrungswert, wenn ich ihre liebe Sorge beobachte, ob sie dir auch nicht zu viel Opfer auferlegt, wenn sie einen Wunsch äußert, dann habe ich ihr gegenüber ein Gefühl der Beschämung, weil meine Mutter so selbstverständlich über dein Geld verfügt. Erspare mir das, lieber, lieber Ralf, ich möchte mich nicht mehr für meine Mutter vor der deinen schämen.«

Erschrocken sah er sie an. »So siehst du das an, Dagmar? Ich will um Gottes willen nicht, daß du dich mit solchen Gedanken quälst. Mein Bestreben ist nur, dir jede Sorge abzunehmen. Nur deinetwegen erfüllte ich deiner Mutter jeden Wunsch.«

»Das weiß ich und deshalb muß ich dir sagen, daß es mich nicht freut. Du kannst deinen Reichtum besser und segensreicher verwenden, als wenn du damit Mamas törichte Wünsche erfüllst.« Er sah auf ihre Hand herab und streichelte sie noch immer gedankenverloren.

»Ich sehe ein, daß du recht hast, und in Zukunft werde ich Mama in den Geldangelegenheiten eine Grenze stecken. Aber es tut mir nun sehr leid, daß du mir den schönen Wahn genommen hast, daß ich dir eine Freude damit machen konnte.«

Sie sah ihn warm und herzlich an. »Du lieber Guter, wie danke ich dir nur für all deine Liebe?«

Er atmete tief und schwer.

»Ist sie dir nicht lästig, Dagmar?« fragte er leise.

Sie schüttelte den Kopf, ihre Augen wurden feucht.

»Wie du nur so fragen kannst. So sicher ruhe ich deiner Hut, in deiner Liebe.«

»Und du läßt mich doch so wenig für dich tun. Nun versagst du mir auch noch, die Wünsche deiner Mutter zu erfüllen. Was bleibt mir da übrig? Kann ich dir denn gar keinen Herzenswunsch erfüllen?«

Sie lehnte vertrauend den Kopf an seine Schulter und drückte fest und warm seine Hand. »Mußt du denn immer Opfer für mich bringen, um zufrieden zu sein? Erfüllst du mir nicht jeden Tag unzählige Wünsche. Du tust ja alles, was du mir an den Augen absehen kannst.«

»Und doch möchte ich dich einmal besonders erfreuen!«

Sie sah sinnend vor sich hin. Dann blickte sie zu ihm auf. »Doch — einen großen, großen Wunsch hätte ich.«

»Sag ihn mir«, bat er dringend.

Sie zögerte; aber als sie in seine flehenden Augen sah, streichelte sie seine Wange und lächelte ihm zu.

»Jetzt versteh ich, wie deine Mutter zuweilen zu dir sagen kann: Du Büble. Ein ganz unvernünftiges Büble bist du, daß du mir keine Ruhe läßt.«

Er saß ganz still unter ihren streichelnden Händen, obwohl ihm das Herz wild und laut klopfte vor Erregung. Es kostete ihn unsägliche Anstrengung, ruhig und beherrscht zu bleiben, weil er sie nicht mit seiner Glut erschrecken wollte.

»Sag mir deinen Wunsch«, bat er.

Sie atmete lächelnd auf. »So sollst du ihn hören. Ich will für meine kleine Schwester bei dir bitten, lieber Ralf. Sie ist durch ihres Vaters Ruin ein armes Mädchen geworden, und vielleicht scheitert eines Tages ihr Herzensglück an dieser Armut. Deshalb mache ich dir den Vorschlag: Was du Mama vernünftigerweise versagen mußt und was du doch opfern willst — lege es für Lotte an! Da stiftet es viel mehr Segen. Mama vergeudet das Geld, für Lotte aber ist es vielleicht einmal der Grundstein zu ihrem Glück. Und damit würdest du mich sehr, sehr glücklich machen, denn ich liebe meine kleine Schwester sehr und weiß, daß sie meiner Liebe wert ist.«

Er legte den Arm um sie und zog sie an sich mit inniger Zärtlichkeit.

»Liebes Herz, das ist ein herrlicher Gedanke. Und nun sollst du meine Festigkeit Mama gegenüber bewundern. Alles, was ich ihr versage, wird für Lotte angelegt. Ist sie mir doch eine liebe, kleine Schwester geworden mit ihrem goldnen Herzen und ihrem frohen Plaudermund. Auch Mutter hat sie herzlich lieb gewonnen — fast so lieb wie dich. Mutterle ist ja so glücklich, daß sie nun drei Kinder hat statt des einen. Sie sieht in dir und Lotte zwei liebe Töchterchen, die ihr der Himmel beschert hat. Lotte sitzt ja auch genauso gern in Mutterles Stübchen, um mit ihr zu plaudern, wie du und ich. Also verlaß dich darauf, für Lottes Zukunft sorge ich, als sei sie mir wirklich eine Schwester. Bist du nun mit mir zufrieden?«

»Das bin ich immer, Ralf«, sagte sie gerührt, und da kein Mensch sie beide sehen konnte, zog sie seinen Kopf zu sich herab und küßte ihn herzlich auf den Mund.

Er hielt den Atem an, als dürfe er sie nicht erschrecken. Hatte er doch bemerkt, daß sie sich immer wieder scheu von ihm zurückzog, wenn er bei solchen Zärtlichkeiten, die sie ihm selten erwies, zu feurig wurde. So hielt er ganz still und küßte nur andächtig und innig die ihm gebotenen Lippen. Aber sprechen konnte er lange nicht, als sie nun wieder ruhig an seiner Seite saß und ihre Hand in seinem Arm ruhen ließ.

»Wie könnte ich glücklich sein, wie unbeschreiblich glücklich, wenn ich ihm meine Liebe schenken könnte«, dachte Dagmar, und es war eine Sehnsucht in ihr, ihm ihr Herz zuwenden zu können, eine Sehnsucht, die seinem Glück galt wie dem ihren.

XVI

Dagmar und Ralf hatten mit vereinten Kräften durchgesetzt, daß ihre Hochzeit nur im engsten Kreis gefeiert werden sollte. Frau von Schönau hatte sich fügen müssen. Ihr Schwiegersohn erfüllte, seit seiner Unterredung mit Dagmar, ihre Wünsche nicht mehr so bedingungslos. Ruhig und bestimmt hatte er ihr auseinandergesetzt, daß er eine bestimmte Summe für sie aussetzen würde, die sie nicht überschreiten dürfe. »Glauben Sie nicht, liebe Mama, daß ich knausern will«, hatte er ihr gesagt. »Ich habe berechnet, daß Sie mit dieser Summe Ihr bisher gewohntes Leben, ohne unsinnige Verschwendungen, fortsetzen können. Was darüber ist, werden Sie ohne Schmerzen entbehren, wenn ich Ihnen sage, daß ich die gleiche Summe jährlich für Lotte festsetzen will. Außerdem soll Lotte eine entsprechende Aussteuer erhalten, wenn sie sich eines Tages verheiratet. Als gute Mutter werden Sie gern zugunsten Ihrer Tochter auf verschwenderische Ausgaben verzichten, nicht wahr?«

Da er zwar ruhig, aber sehr energisch sprach und da sie nicht als egoistische Mutter gelten wollte, blieb Frau Ellen nichts anderes übrig, als sich zu fügen, wenn sie auch innerlich nicht einverstanden war, daß sie zugunsten ihrer jüngsten Tochter benachteiligt werden sollte. Ihrer Ansicht nach brauchte für Lotte noch nicht gesorgt zu werden. Sie konnte doch, so gut wie ihre Schwester, später eine gute Partie machen. Diese Gedanken aber wagte sie nicht auszusprechen, und so blieb es denn bei seinen Bestimmungen.

Lotte hatte keine Ahnung, wie liebevoll ihre Schwester für sie gesorgt hatte. Sie war glückselig, daß sie in Schönau bleiben durfte und ein sorgenloses Leben führen konnte. Dafür vergötterte sie ihren Schwager Ralf, was sie indes nicht abhielt, sich in übermütiger Weise mit ihm zu necken.

Im August durfte Lotte ihre Freundin Hanna von Wollin besuchen. Und auf Wollin mußte es ihr sehr gut gefallen! Sie schrieb begeisterte Briefe an Dagmar, in denen der Bruder ihrer Freundin, der Leutnant Hans von Wollin, eine große Rolle spielte.

Dagmar kam denn auch Lottes Wunsch nach, ihre Mutter zu bestimmen, Hanna von Wollin eine Gegeneinladung zu schicken. Sie sollte Lotte gleich begleiten, wenn diese Ende August nach Schönau zurückkehrte, und dann als Brautjungfer an Dagmars Hochzeit teilnehmen. Der nächste Brief enthielt einen weiteren Wunsch Lottes. Hans von Wollin sollte gleichfalls eine Einladung zu Dagmars Hochzeit erhalten, um Lottes Brautführer zu sein. Lächelnd las Dagmar diesen in drollige Worte gekleideten Wunsch, den sie selbstverständlich gern erfüllte.

Hans von Wollin, der während Lottes Besuch in Wollin auf Urlaub daheim war, begleitete seine Schwester und Lotte nach Schönau, da er fast den gleichen Weg zu seiner Garnison hatte und sein Urlaub ohnedies zwei Tage später zu Ende war. Diese zwei letzten Tage verlebte er in Schönau.

Hans und Hanna von Wollin waren reizende, natürliche Menschen, und Ralf kam den Geschwistern sehr freundlich entgegen.

Hans von Wollin, der am liebsten noch länger geblieben wäre, freute sich sehr, zum Hochzeitsfest wieder kommen zu dürfen.

»Werden Sie auch zur Hochzeit wieder Urlaub bekommen, Herr von Wollin?« fragte Lotte.

Er lachte. »Zur Not riskiere ich einen Kniefall vor meinem Obersten, mein gnädiges Fräulein«, erwiderte er. Beim Abschied sahen sich die beiden jungen Menschen tief in die Augen.

Hanna von Wollin war ein übermütiges, lustiges, junges Blut wie Lotte, und die beiden jungen Mädchen stellten Schönau ein wenig auf den Kopf!

Als Lotte mit Dagmar das erste Mal seit ihrer Rückkehr allein war, gestand sie ihr, daß es himmlisch in Wollin gewesen wäre und daß Hans von Wollin ein goldiger Mensch sei. Dagmar streichelte ihr lächelnd die heißen Wangen.

»Also ist er noch immer dein Schwarm Nummer zwei?« fragte sie neckend. Lotte nickte verträumt. »Ja, Dagmar, und ich werde wohl nie über diese zweite Nummer hinauskommen. Ich bin so ein schrecklich konservatives Gemüt. Wenn mein erster Schwarm gleich reagiert hätte, dann wäre ich ihm wahrscheinlich treu geblieben. Aber weißt du, wenn man nur einseitig liebt, dann fehlt die Wechselwirkung, und schließlich muß eine Liebe, die keine Gegenliebe findet, erlöschen.«

Dagmar stutzte leise bei diesen Worten ihrer Schwester. Was sie da von der Liebe ohne Gegenliebe sagte, erweckte ihr ein unruhiges Gefühl. Sie mußte sich fragen, ob Ralfs Liebe auch eines Tages erlöschen könnte, wenn er keine Gegenliebe bei ihr fand. Und sie fühlte, daß sie dann etwas verlieren würde, was ihr kostbar geworden war und was sie schmerzlich entbehren würde.

Sie riß ihre Gedanken von diesem Gegenstand los. »Und wie ist es denn nun bei Schwarm Nummer zwei? Ist hier die nötige Wechselwirkung vorhanden, um ein Erlöschen deines Empfindens zu verhüten?« fragte sie lächelnd.

Lotte nickte drollig und wichtig und lachte schelmisch. »Es ist alles da, was zur Konservierung meiner Gefühle nötig ist.«

»Hat dir Herr von Wollin etwa schon davon gesprochen?«

»Ach nein — wo denkst du hin. Er ist erst sechsundzwanzig Jahre, und ich beginne mein achtzehntes. Da darf man noch keine Verbindungen anknüpfen, wenigstens nicht davon sprechen. Aber wozu hat der Mensch seine Augen? Die können viel eindringlicher und deutlicher reden, als man es mit Worten tun kann. Und auf diese Weise haben wir uns gründlich verständigt.«

»Und du glaubst, daß Herr von Wollin in bezug auf dich konservative Gefühle hat?«

Lotte sah mit großen Augen vor sich hin. Dann fiel sie Dagmar plötzlich um den Hals.

Leidenschaftlich rief Lotte aus. »Ach, liebe Schwester, ich habe ihn furchtbar lieb — und er mich auch. Und eines Tages werde ich ganz sicher seine Frau, wenn ich auch nur ein armes Mädel bin. Er könnte zwar sehr gut eine Frau brauchen, die ihm einiges Vermögen zubringt, weil Wollin mit einigen Hypotheken belastet ist, die sein Vater gern abstoßen möchte. Aber es muß auch so gehen. Und es wird gehen. Hans hat mir schon zu verstehen gegeben, daß er in zwei Jahren spätestens den bunten Rock auszieht und dann in Wollin tüchtig als Krautjunker arbeiten will. Und dann, sagte er, hole er sich eine liebe, reizende Frau Krautjunkerin heim, er wisse schon, wo er sie finden werde. Und mit der will er sehr glücklich sein, wenn er ihr auch kein sehr glänzendes Los bieten könne. Na — und wie er mich dabei angesehen hat, Dagmar, das sagte genug. Und weißt du, wenn auf Wollin auch nicht gerade Überfluß herrscht, so lebt man doch dort sehr behaglich und herzlich miteinander. Die Eltern von Hans und Hanna sind liebe, gute Menschen, denen nichts über das Glück ihrer Kinder geht, und mir ist dort ganz warm ums Herz geworden.«

Dagmar streichelte Lottes heiße Wangen. »Nun, mein Schwesterchen, so will ich dir nur sagen, daß Hans von Wollin, wenn er dich wirklich eines Tages heimführen will, doch nicht eine ganz arme Frau bekommt. Das kann ihm ja nur lieb sein.«

Fragend sah Lotte zu ihr auf. »Ich bin doch arm wie eine Kirchenmaus. Das habe ich Hans auch schon so beiläufig gesagt. Und weißt du, was der Schelm am andern Tag zu mir sagte?«

»Nun?«

»Er fragte mich, ob ich wisse, welches sein Lieblingstier sei. Ich schüttelte den Kopf. Da sagte er mit einem nicht mißzuverstehenden Blick: ›Die Kirchenmaus liebe ich über alle Begriffe.‹ So ein Frechdachs, nicht? Aber goldig ist er doch.«

Dagmar lachte leise.

»Für alle Fälle kannst du aber doch gelegentlich deiner

Freundin Hanna erzählen, daß du nicht so arm wie eine Kirchenmaus bist. Ralf läßt es sich nicht nehmen, seiner lieben, kleinen Schwester Lotte eine hübsche Mitgift zu geben. Er hat schon mit mir darüber gesprochen.«

Lotte bekam feuchte Augen. »So ein guter, lieber Mensch. Du hast doch mit ihm das große Los gezogen. So einen Mann gibt es ja nicht noch einmal.«

»Nun — und Hans von Wollin?« neckte Dagmar.

Lotte lachte. »Ach, weißt du, ein Übermensch wie dein Ralf ist er nicht. Dann würde er ja auch nicht zu mir passen. Es ist rührend von Ralf, auch noch an mich zu denken! Aber Hanna sage ich davon nichts. Wenn Hans nun mal so ein unbedingter Liebhaber von armen Kirchenmäusen ist, dann läßt er mich am Ende mit einer Mitgift sitzen.«

»Du kleines Närrchen, so dumm wird er doch nicht sein?«

Wieder mußte Lotte lachen. »Ich glaube es auch nicht. Aber das Geld soll zwischen uns keine Rolle spielen. Es ist doch schöner, wenn man um seiner selbst willen geliebt wird. Hält er eines Tages um mich an, dann kann ich ihm immer noch sagen: ›Du, mein goldner Schwager, der so schrecklich viel Geld hat, daß er es nicht allein verbrauchen kann, gibt mir eine Mitgift. Da kannst du dir noch einige Pferde und Kühe mehr in deinen Stall stellen, damit unser Einkommen steigt.‹«

»Also du bist deiner Sache unbedingt sicher?«

»Unbedingt.«

Dagmars Augen verdunkelten sich. Sie seufzte tief auf. So fest hatte sie einst auch an Heinz Korffs Liebe geglaubt!

»Mögest du keine Enttäuschung erleben, meine Lotte.«

Sie sah dabei so traurig aus, daß Lotte sie umarmte.

Dagmar wandte sich hastig ab und sah zum Fenster hinaus. Eine Weile blieb es still. Beklommen sah Lotte zur Schwester hinüber, bis sich diese ihr zukehrte.

»Glaube nicht, daß es ein Mangel an Vertrauen ist, Lotte, daß ich dich nicht in mein Leid blicken ließ. Ich wollte nur deine junge Seele nicht beschweren mit der Bitterkeit, die in der meinen war. Und sei ganz ruhig, wo man verachten muß, da stirbt die Liebe bald.«

Hier wurden die Schwestern durch Hanna von Wollin gestört, die ihr rundes, blühendes Gesicht zur Tür herein steckte und lachend fragte, ob sie im Bunde die Dritte sein dürfte.

»Dann kann noch alles gut werden«, hatte Lotte nur ihrer Schwester noch zuflüstern können.

Nun wandte sie sich Hanna zu. »Wo hast du so lange gesteckt, Hanna?«

»Ich war mit deinem Schwager im Kälbergatter. Ich wollte ihm doch mit meinem ›Kälberverstand‹ imponieren und habe ihm einen Vortrag über Kälbermast gehalten, daß ihm die Augen übergegangen sind. Aber ich glaube, er hat nicht viel Nutzen davon gehabt, seine Augen hingen immer an den Fenstern von Ihren Zimmern, Komtesse Dagmar. Und da habe ich mich erbarmt und habe ihn losgelassen und versprochen, daß ich Sie gleich herunterschicken will. Aus diesem Grunde kam ich hierher.«

Dagmar küßte Lotte und reichte Hanna die Hand. Dann ging sie hinaus. Hanna sah ihr nach.

»Du, Lotte, so ein Brautpaar wie deine Schwester und Herr Jansen, das ist doch etwas Himmlisches, die werden sicher ein furchtbar glückliches Ehepaar!«

»Das ist jeden Abend mein innigstes Gebet, Hanna. Der liebe Gott wird es hoffentlich erhören.«

»Na, selbstverständlich, Lotte. Hoffentlich werden wir später auch so von unseren Zukünftigen vergöttert. Aber nun sag, was stellen wir jetzt an?«

XVII

Am fünfzehnten September fand Dagmars Hochzeit statt. Sie wurde in Schönau im kleinen, intimen Kreis gefeiert. Frau Ellen war im stillen noch immer trostlos, daß ihre schöne, stolze Tochter ihre Hochzeit nicht mit einer prunkvollen Feier beging. Aber sie hatte sich fügen müssen.

Dafür fanden alle andern Festteilnehmer, daß man selten eine hübschere, stimmungsvollere Hochzeitsfeier erlebt hatte. Es war reizend und behaglich. Vor allen Dingen waren Lotte und Hans von Wollin sehr zufrieden, und als sie zum Dessert mit den Sektgläsern auf das Wohl des Brautpaares anstießen, sagte Hans von Wollin: »Meine Hochzeit muß auch so gemütlich gefeiert werden, nicht wahr, Fräulein Lotte?«

Mit lachenden Augen sah sie ihn an. »Darüber habe ich doch nicht zu bestimmen.«

Er lachte auch, aber in seinen Augen war ein warmes Leuchten. »Natürlich — Sie müssen doch auch mit dabei sein. Und wenn es soweit ist, werde ich mir erlauben, bei Ihnen anzufragen, wie mein Hochzeitsfest ausgestattet werden soll. In zwei Jahren wird es soweit sein. So lange soll ich noch warten, hat mein Vater gesagt.«

»Sie haben mit Ihrem Herrn Vater darüber gesprochen?« fragte sie eifrig.

»Ja, ich wollte doch mal seine Ansicht hören.«

»Und er meinte natürlich, Sie seien noch zu jung zum Heiraten.«

Er sah sie mit übermütig funkelnden Augen an. »O nein, ich nicht, aber meine zukünftige Frau.«

Lotte bekam einen roten Kopf. »Haben Sie sich schon eine ausgesucht?«

Sein Blick senkte sich tief in ihre Augen. »Ja — das habe ich getan. Glauben Sie, daß sie auf mich wartet?«

»Wenn die junge Dame sie liebt, sicher.«

Wieder sah er sie mit seinen jungen heißen Augen an, daß ihr das Blut ins Gesicht stieg.

»Sie liebt mich so sicher, wie ich sie liebe. Ihre Augen haben es mir verraten, und ich glaube fest daran, daß sie auf mich wartet. Darauf wollen wir anstoßen, Fräulein Lotte, und auf das Wohl meiner zukünftigen Frau. Sie soll leben.«

Lottes Glas klang an das seine. »Auf Ihr Glück, Herr von Wollin.«

Strahlend blickte er sie an. »Vielen Dank! Das Leben ist doch schön!«

Sie nickte. »Wundervoll — zumal jetzt!«

»Später wird es noch viel wundervoller«, sagte er tief aufatmend.

Sie errötete und wandte sich hastig ab.

Zwischen Ralf und Dagmar herrschte noch immer dasselbe Verhältnis, wie zu Beginn ihrer Brautschaft. Ralf hatte alles getan, was er Dagmar an den Augen absehen konnte. Kein Tag war vergangen, an dem er nicht eine besondere Aufmerksamkeit für sie ersann.

Und nun hatte sie ihm am Altar den Schwur der Treue geleistet, ehrlichen Herzens und erfüllt von dem Wunsch, ihn glücklich zu machen. Im Brautkleid und Schleier erschien sie ihm schön und hold wie ein Engel des Lichts.

Dagmar war wie immer lieb und freundlich zu ihm, und es tat ihr weh, daß sie seine Gefühle nicht im gleichen Maß erwidern konnte. Wohl war ihr Herz ruhiger geworden, aber es hatte noch einmal schmerzhaft gezuckt, als einige Tage vor ihrer eigenen Hochzeit die Vermählung des Baron Korff mit Lisa Volkmann mit großem, äußerem Glanze stattfand. Erschrocken hatte sie sich gefragt, ob ihr Empfinden für ihn trotz allem noch nicht gestorben sei. Und sie mußte sich voll Scham und Bitterkeit eingestehen, daß sie noch immer nicht ruhig an ihn denken konnte.

Am meisten bedrückte sie die Gewißheit, daß Ralf die Unruhe ihres Herzens kannte und darunter litt wie sie selbst.

Zart und ritterlich war Ralfs Benehmen ihr gegenüber, aber eine leise Trauer lag doch zuweilen in seinen Augen, wenn er nicht wußte, daß sie ihn voll Sorge beobachtete. Sie fühlte, wie er mit sich kämpfte, um seine Ruhe zu bewahren und sie nicht mit seinen heißen Gefühlen zu erschrecken.

Als das junge Paar zur Hochzeitsreise aufbrach, verabschiedete sich die alte Frau Jansen herzlich von Dagmar. Sie waren eine Weile allein, und da küßte sie ihre Schwiegertochter mit großer Herzlichkeit und sagte voll Güte: »Nun reise mit Gott, mein liebes, liebes Kind, und grüble nicht zu viel über Dinge, die sich nicht ändern lassen. Quäle dich nicht mit Vorwürfen, daß du meinem Sohn nicht mehr geben kannst, als du es tust. Zwinge dich zu nichts. Damit tust du Ralf keinen Gefallen. Zeig dich ihm, wie bisher, immer offen und wahr! Mein Segen geht mit euch und mein frohes Gottvertrauen, daß er alles zum guten Ende führen wird.«

Dagmar sah ihr tief in die Augen. »Dank dir, mein liebes gutes Mutterle. Du machst es mir so leicht mit deiner Güte.«

Die alte Dame streichelte über ihre Wange. »Bist doch mein liebes Kind.«

Und dann war Ralf gekommen, um seine junge Frau abzuholen. Seine Mutter schloß ihm zum Abschied in die Arme.

»Behüt dich Gott, mein Sohn«, sagte sie leise und ging still hinaus.

Ralf führte seine junge Frau zum Wagen. Niemand begegnete ihnen. Die Hochzeitsgesellschaft saß noch fröhlich beisammen.

Das junge Paar wollte heute nur bis Köln fahren und erst am nächsten Tag nach Tisch die Reise nach Ostende fortsetzen.

In Dagmars Wesen zeigte sich eine gewisse Scheu und Unruhe, als sie mit ihrem jungen Gatten in einem Abteil erster Klasse allein war. Er merkte es wohl, und es tat ihm weh. Wie gern hätte er sie in seine Arme genommen und sie geherzt und geküßt, wie es seine Seele so sehnsüchtig verlangte, aber er wollte um keinen Preis ihre Bangigkeit vergrößern. So setzte er sich ihr gegenüber an das Fenster und plauderte mit ihr. Zuweilen küßte er leise ihre Hand. Was ihn diese Zurückhaltung kostete, wußte nur er allein. Wieviel Kraft hatte er seit seiner Verlobung schon verbraucht durch dieses Stete-im-Zügel-Halten seines heißen, jungen Blutes, seiner Sehnsucht, alle Zärtlichkeit auf sie ausströmen zu lassen.

Jetzt, das wußte er, würde es für ihn noch viel schwerer werden, sich zu beherrschen. Aber er hatte sich und ihr versprochen, nichts von ihr zu begehren, was sie ihm nicht selbst schenkte. Und sein Wort wollte er halten, gleichviel, was es ihn kostete. Einmal stand er auf, um den Vorhang vor das Fenster zu ziehen, weil sie von den Strahlen der untergehenden Sonne geblendet wurde. Da faßte Dagmar seine Hand, die Bangigkeit in sich niederzwingend, und zog ihn an ihre Seite nieder. Sie schob ihre Hand in seinen Arm und lehnte den Kopf an seine Schulter. Wie sehr beglückte ihn dieses süße Vertrauen!

In Köln, wo ihre Ankunft im Hotel angemeldet war, kamen sie spät am Abend an.

Nachdem Dagmar und Ralf am nächsten Morgen gefrühstückt hatten, brachen sie auf, um einen Spaziergang durch Köln zu machen, bis an den Rhein hinunter. Es lag eine leise Befangenheit in Dagmars Wesen, und Ralf half ihr zart darüber hinweg. Seine Augen hingen immer wieder in verstohlenem Entzücken an ihrem reinen Profil, und von Zeit zu Zeit führte er ihre leise bebende Hand an seine Lippen. Als sie am Rheinufer ankamen, legte gerade ein Dampfer an. Sie blieben stehen, und dem Aussteigen der Passagiere zusehend, tauschten sie einige Bemerkungen aus. Plötzlich aber zuckte Dagmar schreckhaft zusammen. Ralf sah sie an und merkte, daß sie sehr bleich geworden war. Da folgte er ihrem erschrockenen Blick, und nun bemerkte auch er unter den Passagieren Baron Korff und seine junge Frau. Er trug Zivil und sah darin nicht ganz so blendend aus wie in seiner glänzenden, kleidsamen Uniform. Lisa hing an seinem Arm und schmiegte sich mit der Verliebtheit junger Frauen an ihn, zärtlich zu ihm aufblickend.

»Komm schnell — laß uns weiter gehen«, bat Dagmar mit erstickter Stimme. Sie wollte nicht von Korff und seiner Gattin gesehen werden.

Ralf begriff sofort diesen Wunsch und führte Dagmar schnell davon. Er fühlte, daß ihre Hand auf seinem Arm zitterte, und ein brennendes Weh qualvoller Eifersucht durchzuckte sein Herz.

Schweigend gingen sie eine Weile nebeneinander her, am Rheinufer entlang. Endlich hatte sich Ralf wieder so weit in der Gewalt, daß er fragen konnte:

»Hat dich dies Wiedersehen sehr erschreckt, Dagmar?«

Sie blickte zu ihm auf und hätte weinen mögen, weil er so unglücklich aussah. Sie ärgerte sich über sich selbst, daß sie so erschrocken war. Sich zu einem Lächeln zwingend, sagte sie: »Es war töricht von mir, zu erschrecken. Aber du wirst verstehen, daß ich nicht mit Baron Korff und seiner Gattin zusammentreffen möchte, auch deinetwegen nicht. Und Lisa gegenüber habe ich so ein unbehagliches Gefühl. Sie weiß ganz sicher nichts von dem, was zwischen Korff und mir gewesen ist, und es ist peinlich für mich, ihr gegenüber die Unbefangene zu spielen.«

Er legte seine Hand auf die ihre. »Du brauchst mir nichts zu erklären, Dagmar. Ich verstehe dich auch ohnedies«, sagte er.

Aber sie hatte das beklemmende Gefühl, daß er sie zum erstenmal nicht verstand, daß er unter ihrem törichten Erschrecken mehr suchte, als es nötig war. Sie hätte ihn gerne beruhigen mögen und wußte doch nicht, wie sie es tun sollte. So schwieg sie still. Aber sie dachte in trostloser Bitterkeit: »Mußte mir das Schicksal auch noch diese Begegnung auferlegen? Soll ich nie Ruhe finden vor diesem Mann, der mich durch seinen schmählichen Verrat so sehr gedemütigt hat? Wenn ich ihn doch nie mehr sehen müßte.«

Aber das Schicksal hatte sich gegen sie verschworen. Als sie nach einer Stunde im Hotel den Speisesaal betraten, um vor ihrer Abreise das Mittagessen einzunehmen, führte sie der Kellner an einen für sie reservierten Tisch am Fenster. Aber kaum hatten sie Platz genommen, da erhob sich am Nebentisch eine Dame und eilte auf Dagmar zu.

»Nein — so eine Überraschung — Komtesse Dagmar, ach nein, entschuldigen Sie, natürlich seit gestern Frau Jansen. Sie haben doch unser Glückwunschtelegramm erhalten?«

Dagmar war das Blut jäh ins Gesicht geschossen. Lisa stand vor ihr. Und nun erhob sich auch Baron Korff und folgte notgedrungen seiner Frau. »Gnädige Frau, welch eine Überraschung!« rief er scheinbar vergnügt.

Aber seine Augen saugten sich mit einem glühenden Blick an Dagmar fest. Sie sah sinnberückend schön aus in ihrem eleganten Reiseanzug, und neben ihr verblaßten die spärlichen Reize seiner jungen Frau noch viel mehr.

»Ja, das ist wirklich eine Überraschung«, stieß nun auch Dagmar hervor.

»Sie sind natürlich auch auf der Hochzeitsreise«, plauderte die junge Baronin unbefangen. »Guten Tag, Herr Jansen! Diese Begegnung ist sehr lustig, nicht wahr?«

Das fand allerdings niemand als die Baronin.

»In der Tat, sehr lustig«, rang es sich über Ralfs Lippen, Korffs Begrüßung, die sehr formell war, noch formeller erwidernd. Die beiden jungen Männer sahen sich einen Augenblick feindlich in die Augen.

»Welches Reiseziel haben Sie?« fragte die Baronin weiter.

»Wir gehen nach Ostende«, erwiderte Dagmar tonlos.

»Und wir sind auf dem Weg nach Paris. Wir waren in Koblenz bei Verwandten meines Mannes und sind heute in aller Frühe von dort mit dem Dampfer abgefahren. Hier in Köln wollen wir zwei Tage bleiben. Es ist reizend, daß wir zusammentrafen. Wollen wir uns nicht an einen Tisch setzen und zusammen speisen?«

Dagmar wagte ihren Mann nicht anzusehen. Die beiden Herren standen sich steif gegenüber. Dagmar fühlte, daß sie einem längeren Zusammensein mit Korff nicht gewachsen war. So stieß sie hastig hervor:

»Leider reisen wir sogleich ab. Wir wollen nur schnell einen kurzen Imbiß nehmen und wollen Sie nicht in Ihrem Behagen durch unsere Eile stören.«

Ralf atmete auf.

»Ach, wie schade!« rief die Baronin. »Können Sie Ihre Abreise nicht noch ein wenig aufschieben?«

Hilflos sah Dagmar zu Ralf auf. Dieser ergriff nun statt ihrer das Wort. »Unser Gepäck ist schon zum Bahnhof gebracht worden, Frau Baronin, und unsere Reiseroute ist festgelegt. So müssen wir bedauern.«

»Das tut mir aber leid. Es wäre reizend gewesen, wenn wir wenigstens einige Stunden hätten zusammen sein können.«

Auch Dagmar quälte sich nun einige bedauernde Worte ab. Sie wurde abwechselnd rot und blaß unter Korffs glühenden Blicken, die nicht von ihrem Antlitz ließen. Sie wandte sich jäh ab und ließ sich wieder auf ihrem Platz nieder, als jetzt der Kellner die Speisen brachte. Ralf sprach noch einige Worte mit der Baronin, und dann nahm man an getrennten Tischen Platz.

Dagmar und Ralf konnten kaum die Speisen berühren. Auch der Baron wußte nicht, was er aß. Nur die Baronin blieb unbefangen und rief zuweilen einige Worte zum anderen Tisch herüber.

Es war eine peinvolle Situation. So schnell es ging, beendeten Dagmar und Ralf ihre Mahlzeit und verabschiedeten sich dann hastig, scheinbar in großer Eile.

Als sie davongingen, sagte die junge Baronin schelmisch zu ihrem Mann. »Du, Heinz — die beiden sind, glaube ich, noch verliebter als wir. Sie wollten entschieden allein sein. Hast du es bemerkt?«

Korff hatte mit brennendem Blick hinter Dagmar hergesehen. Er vermochte es über sich zu bringen, seiner Frau die Hand zu küssen. »Ich war natürlich auch nicht entzückt über das Zusammentreffen, Lisa. Auf der Hochzeitsreise will man doch ungestört sein.«

Zärtlich sah Lisa zu ihm auf. »Ach, Heinz, ich finde es reizend, daß du nicht gestört sein willst. Aber ein Stündchen hätten wir doch gut verplaudern können.«

Der Baron sah in diesem Augenblick drüben auf dem Tisch, wo Jansens gesessen hatten, ein Paar zartgraue Handschuhe liegen. Dagmar hatte sie vergessen. Es lockte ihn, die Gelegenheit zu benützen, noch einmal in ihre Augen zu sehen. Er machte seine Frau auf die Handschuhe aufmerksam und erhob sich schnell.

»Ich will sie Frau Jansen bringen, sie wird ja noch nicht davongefahren sein. Gleich bin ich wieder hier.«

Und die Handschuhe ergreifend, eilte er hinaus in das Vestibül. Dort sah er zu seiner freudigen Überraschung Dagmar allein, in einem Sessel sitzen. Sie wartete auf Ralf, der noch einmal in die Zimmer hinaufgegangen war. Ihre Fassung hatte sie noch nicht ganz wiedergefunden, und als nun Korff plötzlich vor ihr auftauchte, zuckte sie zusammen und wechselte die Farbe.

Er bemerkte es und triumphierte. Nein, er war ihr ganz gewiß noch nicht gleichgültig geworden, so wenig, wie er ihr gleichgültig gegenüberstand.

»Gnädige Frau, Sie haben Ihre Handschuhe vergessen«, stieß er hervor und sah sich nach Jansen um.

Sie nahm die Handschuhe an sich und neigte nur stumm das Haupt. Zu sprechen vermochte sie nicht.

Korff hatte sich überzeugt, daß Ralf Jansen nicht in der Nähe war. Auch sonst war niemand in der Vorhalle. Da ging die aufflammende Leidenschaft mit Korff durch.

»Dagmar, angebetete Dagmar, verzeih mir. Du ahnst nicht, wie unglücklich ich bin! Ich weiß erst jetzt, wie wahnsinnig ich dich liebe. Ich verschmachte vor Sehnsucht nach dir und begreife mich nicht mehr, daß ich von dir lassen konnte. Hab Erbarmen mit mir. Sag mir ein einzig gutes Wort, sage mir, daß du mich noch liebst, ich verzweifle sonst. Ich liebe dich, nur dich, Dagmar, süße, holde Dagmar. Verzeihe mir, sei gut — nur ein gutes Wort, ich flehe dich an.« Das stieß er in glühender Leidenschaft hervor.

Sie hatte, wie gelähmt, diese Worte über sich ergehen lassen. Jetzt aber richtete sie sich stolz und steif empor. Ein verächtlicher Ausdruck lag auf ihren Zügen.

»Sie ahnen wohl nicht, wie verächtlich Sie mir sind, Baron Korff. Ich verbitte mir Ihre Zudringlichkeit. Sie ist mir lästig«, kam es scharf und schneidend über ihre Lippen.

In demselben Augenblick sah sie ihren Gatten die Treppe herabkommen. Er mußte sie mit Korff zusammensehen. Sie erschrak und wurde bleich. Die Erregung über Korffs Unverschämtheit, und die Angst, daß Ralf etwas davon merken könnte, erpreßte ihr hilflose Tränen. So stand sie wie erstarrt, sich von Korff abwendend, und sah Ralf entgegen.

Dieser hatte sofort gesehen, daß Korff vor Dagmar stand und mit ihr sprach. Er sah auch, daß Dagmar mit stolzer Miene etwas erwiderte.

Nach Dagmars verächtlichen Worten, die ihn wie ein Schlag ins Gesicht trafen, ging Korff davon. Die Hoffnung, daß Dagmar ihn noch liebe und sich von ihm wieder in seine Netze ziehen ließ, war ihm zerstört. Er wußte nach diesen Worten besser als Dagmar selbst, daß ihre Liebe für ihn in Verachtung gestorben war.

Dagmar war gerächt. Gedemütigt ging Korff, ohne Ralf zu erblicken, in den Speisesaal zurück.

Inzwischen hatte Ralf seine Frau erreicht. Sie stand blaß und erregt vor ihm, und hilflose Tränen, aus Furcht und Zorn gemischt, rannen aus ihren Augen.

»Was ist dir, Dagmar? Was ist geschehen? Ich sah, daß der Baron mit dir sprach. Hat er dir etwas zuleide getan?« stieß Ralf erregt hervor und sah sie unruhig forschend an.

Sie hatte Angst, daß es zu einer Aussprache kam, denn die Adern an seiner Stirn schwollen an, und sie merkte, daß er sich kaum beherrschen konnte. Wenn sie ihm sagte, was Korff zu ihr gesprochen hatte, dann gab es einen Zusammenstoß.

Sie trocknete hastig ihre Tränen ab.

»Er brachte mir meine Handschuhe, die ich vergessen hatte. Wir wechselten nur einige Worte ohne Bedeutung«, sagte sie, sich zur Ruhe zwingend.

»Und deshalb weinst du?« fragte er in schmerzlichem Zorn, fühlend, daß sie nicht die Wahrheit sprach.

»Ich weine aus Nervosität, Ralf. Dieses ganze Zusammentreffen ist mir so peinlich.«

Finster blickte Ralf nach der Tür des Speisesaals. Und dann sah er Dagmar forschend an.

Ralf war sehr unglücklich, daß ihr die Tränen immer wieder über die Wangen rollten im stillen, qualvollen Weinen. Ganz falsch deutete er sich Dagmars Tränen. Er glaubte, sie sei unglücklich, weil Korff der Gatte einer anderen war. Ganz fest war er davon überzeugt, daß sie ihn noch immer liebte. Zu seinem eigenen Schmerz kam das Erbarmen mit ihr, das sich mit seiner Eifersucht und seinem Zorn auf Korff in seiner Brust stritt.

Er sagte aber nichts mehr. Stumm führte er sie zu dem Wagen, der sie zum Bahnhof bringen sollte.

Still und verstimmt fuhren sie davon. Auf der ganzen Fahrt bis Ostende hatten sie beide mit ihrer Erregung zu ringen. Sie vermochten nicht viel zu sprechen.

Und Ralf, dessen Sehnsucht, Dagmar in seine Arme zu reißen und ihre Liebe zu Korff mit seinen Küssen zu ersticken, immer größer wurde, zeigte sich zum erstenmal Dagmar gegenüber zurückhaltend. Er mußte es tun, um sich in der Gewalt zu behalten.

Während des Aufenthaltes in Ostende nahm diese Zurückhaltung seinerseits mehr und mehr zu. Dagmar hatte manchmal direkt das Gefühl, als sei Ralfs Benehmen ihr gegenüber kühl und abweisend. Das tat ihr weh. Sie wußte nicht, daß sich hinter dieser Zurückhaltung eine immer heißer werdende Sehnsucht nach ihrer Liebe verbarg, die er nur mühsam beherrschen konnte.

So lebten sie nebeneinander dahin, und statt sich näherzukommen, rissen sie eine immer weitere Kluft zwischen sich auf. Sie standen hüben und drüben und verbargen ihre wahren Gefühle voreinander, aus Rücksicht füreinander. Und doch quälten sie sich durch diese Rücksichten am meisten. Dagmar befiel in diesen Tagen eine unerklärliche heimliche Angst. Sie mußte wieder und wieder an Lottes Behauptung denken, daß eine Liebe, die keine Gegenliebe findet, schließlich erlöschen muß.

Sie wußte, daß sie sehr, sehr unglücklich sein würde, wenn Ralf sie nicht mehr mit seiner tiefen, innigen Liebe umgab, in die er sie bisher eingehüllt hatte wie in einen goldnen Mantel.

Fiel dieser Mantel von ihr ab, dann mußte sie frieren, bis ins Herz hinein.

Und doch wagte sie nicht, ihm zu zeigen, wieviel ihr seine Liebe galt, wie sehr sie fürchtete, sie zu verlieren. Eine törichte, stolze Scham hielt sie davon ab und zwang auch sie, kühl zu ihm zu sein.

XVIII

Die zweite Woche ihres Ostender Aufenthaltes ging vorüber. Es wurde immer stiller und leerer auf der Strandpromenade. Die meisten Kurgäste waren abgereist. Eines Morgens saß das junge Paar beim Frühstück auf der Terrasse des Hotels, als ihm die Post gebracht wurde.

Darunter war ein Brief von Lotte an Dagmar. Sie öffnete ihn sogleich, während Ralf seine Post durchsah. Sie las:

»Meine herzliebe, goldne Schwester! Nun muß ich Dir aber endlich ausführlich schreiben. Gestern ist Hanna abgereist, und nun habe ich wieder viel Zeit zum Briefeschreiben. Wie geht es Dir und Ralf? Ist es schön in Ostende, nicht schon ein bißchen spät im Jahr? Mutterle Jansen und ich sprechen jeden Tag von Euch und freuen uns schon auf das Wiedersehen. Mama ist eben in die Stadt gefahren zu einem Kondolenzbesuch bei Volkmanns. Du wirst noch nichts von dem schrecklichen Unglück gehört haben, das Volkmanns betroffen hat, falls du es nicht zufällig in der Zeitung gelesen hast. Denke dir, Lisa Volkmann, oder nein, Frau Baronin Lisa Korff ist auf der Hochzeitsreise verunglückt. Auf der Fahrt zwischen Brüssel und Paris ist der Zug, in dem das junge Paar reiste, entgleist, und eine Anzahl Menschen sind ums Leben gekommen. Darunter Lisa Korff! Ihr Gatte ist mit einer Fleischwunde am rechten Arm davon gekommen, er sieht furchtbar blaß und interessant aus und trägt den Arm in der Binde! Gestern ist die Leiche der jungen Baronin beigesetzt worden. Die ganze Garnison hat sich beteiligt. Es war ein rührendes Begräbnis, ich habe geweint, daß ich nicht mehr sehen konnte.

Baron Korff ist nun der Erbe von dem großen Vermögen seiner Frau und lebt in der reizenden Villa, die für das junge Paar vorgerichtet worden war. Volkmanns, die sehr an ihrer Nichte gehangen haben, sind ganz gramgebeugt. Korff und Herr Volkmann mußten Frau Volkmann stützen, weil sie sich kaum auf den Füßen halten konnte. Die alten Herrschaften klammern sich nun an Korff wie an das letzte Vermächtnis ihrer Lisa. Ist das nicht schrecklich? Mutterle Jansen und ich hatten, als wir davon hörten, gleich Angst um Euch, weil Ihr doch auch auf Reisen seid. Aber wir haben uns dann gegenseitig ausgezankt und unseren Kleinmut unterdrückt. Jetzt sind wir schon wieder ganz vernünftig. Wann werdet Ihr heimkommen?

Ich hoffe, bald etwas von Euch zu hören, Ihr habt Euch bisher nur auf Ansichtspostkarten beschränkt, die ich hasse, weil nie etwas Ordentliches drauf steht. Bitte grüß meinen lieben Schwager Ralf herzlich von mir, er fehlt mir, wie Du.

Heute weiß ich nichts mehr zu berichten. Lustigen Unsinn, wie er sonst in meinen Briefen blüht, mag ich heute nicht schreiben nach der traurigen Nachricht von Lisa Korffs Tod.

Ich küsse Dich herzlich und innig, meine liebe Dagmar. Gib auch Ralf einen schwesterlichen Kuß von mir, wenn er mag. Mutterle Jansen sendet Euch liebe Grüße und Küsse und tausend Segenswünsche.

Auf frohes Wiedersehn. Deine Lotte.«

Tief erschüttert hatte Dagmar diesen Brief gelesen. Die Kunde von Lisa Korffs frühem Tod betrübte sie sehr. Sie hatte nie eifersüchtig auf Lisa sein können, sondern immer Mitleid mit ihr gehabt. Wußte sie doch ganz genau, daß Korff sie nur ihres Geldes wegen zu seiner Frau gemacht hatte. Nun war diese ungeliebte Frau tot, und er besaß ihre Millionen. Seine Trauer würde schwerlich tief sein.

Ein verächtliches Gefühl gegen Korff war alles, was jetzt noch in ihrem Herzen für ihn übriggeblieben war.

Anscheinend hatte sich Lisa Korff aber doch in ihrer kurzen Ehe glücklich gefühlt, wenn dieses Glück auch nur eine Illusion gewesen war.

»Vielleicht ist sie um ihren jähen Tod zu beneiden. So bleibt ihr die Enttäuschung erspart, die sonst wohl kaum ausgeblieben wäre«, dachte sie.

Ralf war mit seiner Post fertig und blickte zu Dagmar

hinüber, die sehr bleich war und mit großen Augen traurig über das Meer sah. Er beugte sich vor.

»Du hast doch keine schlimme Nachricht erhalten?« fragte er besorgt, seine Zurückhaltung vergessend.

Sie reichte ihm stumm den Brief. »Lies selbst«, sagte sie leise.

Er nahm das Schreiben, und beim Lesen versteinerte sich sein Gesicht.

»Nun ist Korff frei — und reich. Jetzt könnte er auch eine arme Frau heimführen. Und er würde Dagmar zu seiner Frau machen, wenn sie noch frei wäre. Wenn sie ihn noch liebt, wie ich nicht bezweifle, dann bin ich jetzt das Hindernis zwischen ihr und ihrem Glück«, dachte er mit seltsam bang und dumpf klopfendem Herzen.

Schweigend gab er den Brief zurück.

Sie sah ihn an und fror bis ins Herz hinein, als sie seine kalte, unbewegte Miene sah. Sie ahnte nichts von den Höllenqualen, die in seiner Seele tobten, ahnte nicht, mit welchen Gedanken er sich marterte.

»Die arme Lisa! Ist das nicht schrecklich, Ralf?« sagte sie leise.

»Ihr ist wohl«, stieß er hart und scharf heraus.

Dagmar wurde blaß und sah mit großen, traurigen Augen aufs Meer hinaus. Ralfs kaltes, verändertes Wesen schmerzte sie unsagbar.

»Er liebt mich nicht mehr«, dachte sie bedrückt. »Es tut ihm wohl schon leid, daß er mich zu seiner Frau gemacht hat. Seine Liebe ist erloschen, weil er keine Gegenliebe fand.«

Es zuckte schmerzlich in ihrem Gesicht.

Ralf blickte sie unverwandt an, und in selbstquälerischer Pein redete er sich ein, ihre Traurigkeit gälte dem Umstand, daß sie sich voreilig gebunden hatte. Wäre sie jetzt noch frei, könnte sie Korffs Gattin werden. »Liebe verzeiht alles«, dachte er.

Daß Korff Dagmar trotz seines Verzichtes liebte — noch immer liebte, wenn auch nur auf seine Art, das hatte er an seinen leidenschaftlich begehrenden Blicken gesehen, mit denen er Dagmar angesehen hatte. In seinem Schmerz, seiner Verzweiflung, daß es ihm nun ganz unmöglich sein würde, Dagmars Liebe zu erringen, und in seiner Angst, ihr mit seiner Liebe aufdringlich zu erscheinen, gab sich Ralf immer zurückhaltender.

Aber er wurde darüber nervös und unstet. Es trieb ihn aus der Nähe seiner Frau, weil er oft nicht imstande war, ruhig neben ihr auszuharren. Stundenlang ließ er sie allein, machte weite Spaziergänge, um sich zu ermüden, und wurde dabei blaß und elend.

So quälte er sich und Dagmar mit dieser Unruhe. Sie wußte nicht, was ihn von ihrer Seite trieb, und sagte sich nur immer wieder mit einer namenlosen Traurigkeit: »Er liebt mich nicht mehr.«

Ralf aber sagte sich mit derselben selbstquälerischen Beständigkeit: »Ich bin ihr jetzt ein Hindernis, bin ihrem Glück im Weg.«

Das wurde noch schlimmer, als das junge Paar wieder nach Hause kam.

Ralfs Mutter sah mit Betrübnis, daß zwischen den jungen Leuten eine Scheidewand aufgewachsen war, die scheinbar täglich höher wurde. Sie sprach nicht darüber. Jedes Einmischen in solche Dinge hielt sie für gefährlich und zwecklos. Die beiden Menschen mußten selbst ihren Weg gehen. Aber sie beobachtete scharf, und was sie dabei sah, mußte sie doch nicht ganz mutlos machen, und manchmal lächelte sie ganz verstohlen und sagte vor sich hin:

»Sie laufen beide in die Irre, aber einmal wird sie ihr Herz zusammenführen. Man muß sie gehen lassen.«

Auch Lotte merkte mit Betrübnis, daß zwischen Schwester und Schwager ein betrüblich veränderter Ton herrschte, und auch sie machte sich ihre Gedanken darüber.

»Ob Dagmar doch Korff noch liebt und, wo er nun frei ist, den Weg zu Ralf nicht finden kann?« fragte sie sich, wenn sie Dagmars traurige Augen sah.

Dann schüttelte sie aber wieder den Kopf. »Nein, nein, dazu ist Dagmar zu stolz. Sie kann nicht lieben, wo sie verachten muß. Das hat sie doch selbst einmal gesagt.«

Und sie grübelte weiter, warum die beiden ihr so sehr lieben Menschen sich mehr und mehr voneinander entfernten, statt sich näherzukommen. So gingen Wochen dahin, und zwischen Ralf und Dagmar wurde die Kluft von Tag zu Tag weiter.

Dagmar ahnte nicht, welchen Kampf ihr Mann neben ihr zu bestehen hatte. Sie war sehr unglücklich und wußte doch eigentlich nicht, weshalb. Ralf blieb ihr gegenüber artig und ritterlich und erfüllte ihr jeden Wunsch. Er vermied nur ängstlich jedes Alleinsein mit ihr, und seine Zurückhaltung tat ihr weh. Sie fühlte, daß sie etwas Kostbares nicht mehr besaß, das ihrem Leben Sonne und Wärme gegeben hatte.

Dabei sah sie, daß Ralfs Gesicht schmaler und schmaler wurde, daß eine rastlose Unruhe ihn umhertrieb. Und das quälte sie so sehr, daß sie eines Tages, als er eben das Zimmer verlassen hatte, in Tränen ausbrach, in heiße Tränen des Schmerzes, Tränen der Sehnsucht — nach seiner Liebe.

Dagmar gestand sich nicht ein, daß ihre Sehnsucht ein Beweis war, daß in ihrem Herzen die Liebe zu Ralf ihren Einzug gehalten hatte. Diese Liebe hatte so ganz allmählich von ihrem ganzen Empfinden Besitz ergriffen, war so langsam und stetig gewachsen unter seiner selbstlosen, opferbereiten Liebe, daß sie es gar nicht gemerkt hatte, wie sie ganz davon erfüllt wurde.

Schmerzlich und bitterlich weinend, daß ihr ganzer Körper davon geschüttelt wurde, hatte sie alles um sich her vergessen. So bemerkte sie auch nicht, daß Ralf ins Zimmer getreten war, um ein vergessenes Buch zu holen. Da sah er sie nun in ihren tiefen Schmerz versunken.

Eine Weile stand er wie gelähmt und wurde blaß wie ein Sterbender. Und dann wandte er sich leise, ohne sich bemerkbar zu machen, und ging davon.

Langsam in zusammengesunkener Haltung ging er in sein Zimmer. Dort schloß er sich ein und ging ruhelos auf und ab, mit einem Entschluß ringend.

»Nun habe ich den Beweis, daß sie tief unglücklich ist an meiner Seite, daß sie sich nach dem anderen sehnt. So geht das nicht weiter, so quälen wir uns in unerträglicher Weise. Das ertrage ich nicht mehr! Es ist mir auch nicht mehr möglich, mein heißes Fühlen vor ihr zu verstecken. Bricht es aber einmal hervor, und sie wendet sich dann mit Grauen und Abscheu von mir, dann — nein, nein —, das wäre mir schlimmer als der Tod.«

Zwar begriff er Dagmar nicht, daß sie nach allem Korff noch lieben konnte, da er sich ihr so niedrig gezeigt hatte, aber er sagte sich, daß Liebe eben alles verzeiht und nicht nach Verdienst fragt.

Stundenlang blieb er mit sich allein und rang sich einen Entschluß ab — den Entschluß, sie freizugeben. Daß dieser Entschluß ihm namenlos schwer geworden war, sah man an seinem blassen, verfallenen Gesicht.

Aufatmend, wie nach schwerer, mühseliger Arbeit, verließ er endlich sein Zimmer und ging nun mit schnellen, zielsicheren Schritten zu seiner Mutter.

Die saß in ihrem Zimmer im Lehnstuhl am Fenster und las in einem Buch, das ihr Dagmar vorhin gebracht hatte.

Mit ihren lieben, treuen Mutteraugen sah sie dem Sohn entgegen und war aufs tiefste erschrocken über sein verfallenes Gesicht. Sie faßte sich aber schnell wieder.

»Nun, mein Büble, besuchst du deine Mutter wieder einmal? Das ist lieb von dir. Viel sehe ich dich jetzt nicht mehr bei mir.«

Er ließ sich still zu ihren Füßen nieder.

»Ich habe etwas auf dem Herzen, Mutter, das ich dir anvertrauen will.«

»So sprich, mein Sohn.«

Ralf atmete tief auf. »Mutter, es geht so nicht mehr weiter«, stieß er hervor.

Sie bezwang ihren Schrecken. »Was geht nicht weiter, mein Ralf?«

Er faßte ihre Hand.

»Ich ertrage das Leben so nicht, Mutter, ich habe mich für viel stärker gehalten, als ich bin. Meine Liebe zu Dagmar wächst täglich, in beängstigender Weise, und sie — sie liebt nach wie vor den anderen und sehnt sich nach ihm, nun er frei ist.«

»Weißt du das so sicher, Ralf?« fragte die Mutter, und ein leises Lächeln huschte wie ein verlorener Sonnenstrahl über ihr Gesicht.

»Ja, Mutter, ich weiß es aus tausend Anzeichen. Und vor einigen Stunden fand ich sie, schmerzlich weinend. Sie hat mich nicht bemerkt. Aber ich weiß nun, daß sie unglücklich ist an meiner Seite. Ich bin ihr jetzt nur noch ein Hindernis. Wenn sie nicht meine Frau geworden wäre, dann könnte sie jetzt Korff heiraten, der reich und frei geworden ist.«

Die alte Dame schüttelte bedächtig den Kopf.

»Ich kann mir das gar nicht denken, Ralf, daß eine Frau, wie Dagmar, mit einer so stolzen, feinen Seele, ihr Herz an einen Mann hängen kann, der sie so erbärmlich im Stiche gelassen hat, als sie arm und hilflos war.«

Er fuhr sich durchs Haar.

»Ihre Liebe zu ihm ist eben so stark, daß sie alles darüber vergißt. Ich weiß es, Mutter, tausend Beweise habe ich dafür.«

Die alte Dame streichelte sein Haar. »Nun, du mußt das wohl besser wissen als deine alte Mutter. Vor einer Weile war Dagmar bei mir und brachte mir dies Buch. Da hatte sie freilich verweinte Augen. Ich kann mir aber nicht denken, daß sie um diesen erbärmlichen Verräter geweint hat. Ich müßte mich sehr täuschen.«

Er zog die Stirn wie im Schmerz zusammen. »Du kannst es glauben, Mutter.«

Sie sah über seinen Kopf hinweg auf das Bildchen an der Wand, das Ralf als Knaben darstellte. Dies Bild hatte Dagmar oft voll Interesse betrachtet und dabei tausenderlei gefragt nach allem, was mit Ralf zusammenhing. Und vorhin, als sie das Buch brachte, hatte sie wieder lange, lange vor dem Bildchen gestanden und es angesehen. Und als sie sich umwandte, hatte eine Träne an ihren Wimpern gehangen. Schnell war sie dann davongegangen.

Daran mußte Frau Jansen jetzt denken. Und noch an mancherlei dachte sie, was sie in ihrer stillen Art beobachtet hatte und was zu Ralfs Behauptung gar nicht stimmen wollte.

»Ich kann dich also nicht zu einer anderen Meinung bekehren, mein Sohn. Aber was soll nun werden, wenn du das Leben so nicht weiter ertragen kannst?«

Ralf strich sich über die Stirn. »Das eben wollte ich dir sagen, Mutter. Ich habe mich zu einem Entschluß durchgerungen. Und den sollst du zuerst ganz allein hören, denn ich werde dir dabei weh tun müssen.«

Unruhig sah Frau Jansen auf ihren Sohn herab. »Was willst du tun, Ralf?«

»Ich will Dagmar frei machen von mir, Mutter. Aber das kann ich nur, wenn ich auf Reisen gehe. Hier halte ich es nicht aus. Wie gesagt, ich habe meine Kraft überschätzt. So kann ich nicht länger neben Dagmar dahin leben. Sie soll wissen, daß ich sie freigebe, so bald sie frei sein will. Ich will durch meine Gegenwart keinen Zwang auf sie ausüben. Höre zu, wie ich mir alles gedacht habe. In den nächsten Tagen reise ich ab, ohne von Dagmar Abschied zu nehmen. Denn bei einem Abschied würde ich mich doch vielleicht erbärmlich schwach zeigen. Das will ich nicht. Ich hinterlasse einen Brief für sie, den du ihr geben sollst, Mutterle, in deiner lieben, guten Art. Sie soll nicht gekränkt werden. Du mußt ihr auch sagen, daß sie ruhig ihrem Herzen folgen soll, wenn es sie von Berndorf forttreibt. Ich bleibe dann längere Zeit fort, Mutter, bis ich mich wieder in der Gewalt habe, bis Dagmar Berndorf verlassen hat. Ich werde ihr alles schreiben — nur sagen kann ich es ihr nicht. Und du, mein Mutterle, du mußt dann schon eine Weile ohne mich auskommen. Vielleicht bleibe ich sehr lange fort, ich denke an eine abermalige Reise um die Welt. Draußen verwinde ich es leichter. Wird es dir sehr weh tun, Mutterle?«

Die alte Dame saß ein Weilchen ganz still. Ihre Gedanken arbeiteten fieberhaft. Hier ging es um Glück und Ruhe ihres Sohnes. War ihre Mutterliebe nicht stark genug, ein Mittel zu ersinnen, dieses Glück, diese Ruhe zu schaffen?

Ihre matten Augen belebten sich, und eine frohe Zuversicht leuchtete aus ihnen. Sie sah mit einem seltsamen Ausdruck auf ihren Sohn und streichelte seine Stirn.

»An mich mußt du nicht denken, Ralf. Was dir gut ist und nottut, wird deine Mutter immer ertragen können.

Vielleicht — vielleicht ist es das beste, so, wie du es dir ausgedacht hast. Wohin willst du zuerst reisen?«

»Zuerst nach Hamburg oder Bremen, Mutter. Dort gehe ich an Bord eines Dampfers, und der wird dann mein Ziel bestimmen.«

Frau Jansen machte wieder ein nachdenkliches Gesicht.

»Gut. Aber wie willst du es einrichten, daß Dagmar nichts von deiner Reise erfährt?«

»Du mußt mir dabei helfen. Sie muß, wenn ich abreise, nach Schönau hinüberfahren. Dort hält sie sich ja immer einige Stunden auf. Da bleibt mir Zeit genug.«

»Das wird gehen. Also schreib ihr aber alles in deinem Abschiedsbrief, was du auf dem Herzen hast. Und den Brief gibst du mir, hörst du. Ich werde ihn Dagmar dann zur richtigen Zeit geben und ihr alles sagen was nötig ist.«

»Ja, Mutter. Und du berichtest mir dann genau, wie sie es aufgenommen hat, und was sie tun will.«

»Alles sollst du erfahren, Ralf, verlaß dich darauf. An welchem Tag wirst du reisen?«

Er überlegte. Dann sagte er rasch: »Bis nächsten Donnerstag werde ich meine Vorbereitungen getroffen haben.«

»Also Donnerstag reist du dann. Und mit welchem Zug?«

»Um zwei Uhr mittags.«

»Gut, dann richten wir es so ein, daß Dagmar Donnerstag in Schönau zu Mittag speist. Dafür werde ich sorgen. Ich nehme Lottes Hilfe in Anspruch. Die macht das schon.«

»Aber Lotte darf nichts von meiner Abreise wissen, Mutter. Sie würde es vielleicht Dagmar sagen.«

Frau Jansen nickte. »Ich werde Lotte ganz bestimmt nichts von deiner Absicht sagen, mein Ralf.«

Er küßte ihre Hände. »Es ist mir ein Stein vom Herzen, Mutterle, daß du die mir peinliche Angelegenheit so gefaßt aufnimmst.«

Frau Jansen drückte die Hände aufs Herz. »Noch bist du nicht fort, mein Sohn«, sagte sie leise. Und sie dachte. »Und wenn ich's verhindern kann, sollst du auch nicht fort, hinaus in die Welt, in die Einsamkeit, mit deinem wehen Herzen. Zum erstenmal in deinem Leben wird dir deine Mutter eine kleine Komödie vorspielen. Es geht um dein Glück, mein heißsporniger Sohn. Und da ist deine alte Mutter zu allem fähig.«

Als sich ihr Sohn dann entfernt hatte, sah sie lange still vor sich hin. Dann schüttelte sie den Kopf.

»Nein, so sehr kann ich mich in meinem Töchterchen nicht getäuscht haben!«

XIX

Am nächsten Tage kam Lotte nach Tisch nach Berndorf, und sie begegnete zuerst Ralf, der im Begriff war, auszureiten.

Sie begrüßte ihn herzlich. »Tag, lieber Schwager Ralf. Willst du fort?«

»Auf die Felder, Lotte.«

Sie sah in sein schmal gewordenes Gesicht. »Ich glaube, du arbeitest zu viel, Ralf, du siehst nämlich sehr schlecht aus. Und was willst du jetzt im Winter auf den Feldern? Da sieh, es fängt an zu schneien.

Ich fänd' es viel netter, wenn du zu Hause bleiben würdest. So lange schon habe ich nicht mit dir erzählen können.«

Ralf sah unschlüssig aus. Nur seine Unruhe hatte ihn wieder hinausgetrieben. Endlich sagte er:

»Du bleibst doch bis zur Teestunde, Lotte?«

»Natürlich — ich bleibe bis zum Abend.«

»Nun gut, ich bin bis zum Tee zurück. Auf Wiedersehen, Lotte. Du findest Dagmar wahrscheinlich bei meiner Mutter.«

»Gut. Auf Wiedersehen also.«

Ralf ritt davon, und Lotte ging ins Schloß. Sie begab sich sogleich, nachdem sie abgelegt hatte, in Frau Jansens Zimmer. Dort fand sie diese aber allein.

»Guten Tag, Mutterle Jansen! Da bin ich mal wieder. Wo ist denn Dagmar? Ralf sagte, ich würde sie bei dir finden.«

»Guten Tag, Lottekind. Das ist schön, daß du hier bist. Dagmar ist eben auf ihr Zimmer gegangen. Sie ist nicht recht wohl — hat Kopfweh.«

»Oh, doch nichts Ernstliches?«

»Nein, nein — du weißt doch, sie fühlt sich jetzt oft nicht wohl.«

»Ja, leider Mutterle Jansen. Sie macht mir Sorge, und Ralf auch. Beide sehen sehr elend aus. Ich will gleich nach Dagmar sehen.«

Frau Jansen hielt Lotte fest. »Warte ein Weilchen, mein Lottekind. Komm, setz dich zu mir. Da es sich so gut trifft, daß wir allein sein können, möchte ich dir etwas Besonderes sagen.«

Lotte setzte sich auf den Erkertritt und sah zu ihr auf. »Du bist so seltsam bewegt, Mutterle Jansen, ich sehe es an deinen glänzenden Augen. Hast du mir etwas Wichtiges zu sagen?«

»Ja, Lottekind. Kannst du schweigen? Unbedingt schweigen, wenn es vielleicht um das Wohl und Wehe von zwei Menschen geht, die du sehr liebhast?«

Lotte faßte erregt ihre Hände. »Meinst du Ralf und Dagmar? Ach, Mutterle Jansen, für die beiden kann ich alles tun — sogar schweigen.«

Die alte Dame nickte lächelnd. »Ich weiß, daß ich mich

auf dich verlassen kann. Und es geht wirklich um Ralfs und Dagmars Glück. Wir müssen ihnen dazu verhelfen, weil sie beide den rechten Weg dazu nicht finden. Es ist höchste Not jetzt, Lottekind. Und ich brauche deine Hilfe.«

Lotte war ganz bei der Sache. »Sprich, sprich, Mutterle Jansen, und gib mir eine recht schwere Aufgabe. Ich habe den beiden soviel Dank abzutragen.«

»Sollst deinen Teil bekommen«, entgegnete die alte Dame seufzend. »Also hör zu — und was ich dir jetzt sage, darf eine Woche lang kein Mensch erfahren, hörst du? Kein Mensch.«

Erregt nickte Lotte. »Ich schwöre dir Stillschweigen, bei meiner Liebe zu Dagmar und Ralf.«

»Gut, mein Lottekind, den Schwur nehme ich an, bis ich dich davon wieder entbinde. Nun höre, was du tun sollst. Am Donnerstag vormittag kommst du im Schönauer Auto nach Berndorf. Hier gehst du sofort zu Dagmar und sagst ihr, sie soll sich sogleich fertig machen, um dich nach Schönau zu begleiten, wo sie mit euch zu Mittag speisen soll. Dagmar muß auf alle Fälle mit dir fahren. Und du mußt auch Ralf sagen, daß du Dagmar bis zum Nachmittag nach Schönau abholst. Er muß euch abfahren sehen. Hast du verstanden?«

»Ja, ja, ich habe alles verstanden.«

»Gut. Ihr fahrt also davon, aber nur bis zur nächsten Wegscheide. Dort läßt du das Auto halten. Schon vorher sagst du zu Dagmar, daß du sie nur unter einem Vorwand von Berndorf fortgelockt hast und daß sie sofort mit dir hierher zurückkehren muß. Und du führst sie durch den Park zu dem kleinen Seiteneingang des Schlosses, aber so, daß euch hier vom Schloß aus niemand sehen kann.«

»Was soll ich aber Dagmar sagen, weshalb ich sie so verstohlen zurückführe?«

»Sage ihr, ich hätte es so gewünscht, und es gälte Ralfs Glück. Sie müsse alles tun, was du ihr sagst.«

Lotte nickte in sichtlicher Aufregung. »Das wird alles geschehen. Und nun weiter.«

»Durch den Seiteneingang geht ihr dann die kleine, schmale Treppe hoch, die im Turm emporführt, bis zum ersten Stock. Du weißt, da führt eine Tür direkt in mein Schlafzimmer. Ihr werdet es unverschlossen finden. Und dort wartet ihr, bis ich zu euch komme. Dann werdet ihr das Weitere erfahren.«

»Und das ist alles?«

»Ja, Lottekind. Das Auto muß aber ruhig nach Schönau weiterfahren, es darf nicht leer nach Berndorf zurückkehren. Sonst könnte Ralf es sehen. Und er darf um keinen Preis erfahren, daß ihr ins Schloß zurückgekehrt seid. Verstehst du mich, Lottekind?«

»Ja, Mutterle Jansen. Verstanden habe ich alles, nur nicht, weshalb diese Heimlichkeiten vor Ralf nötig sind.«

»Das wirst du später erfahren, wenn unsere Verschwörung hoffentlich gute Früchte gezeitigt hat. Also ganz geheimnisvoll müssen wir sein, wie zwei richtige Verschwörer — sonst fliegt alles Glück zum Berndorfer Schloß hinaus.«

Mit großen Augen sah Lotte zu ihr empor. »Ach, Mutterle Jansen, mir klopft das Herz!«

»Mir auch, mein Lottekind, aber wir müssen es klopfen lassen.«

»Wird auch alles gut werden?«

»Wenn meine Augen nicht blind waren, dann wird alles gut. Und wir wollen beide zur Sicherheit noch recht innig darum beten. Also vergiß nicht, Donnerstag um elf Uhr vormittags bist du hier, und spätestens eine halbe Stunde darauf mußt du mit Dagmar fortfahren. Gegen zwölf Uhr seid ihr dann in meinem Schlafzimmer und verhaltet euch da ganz still, bis ich zu euch komme. Hast du dir alles eingeprägt?«

Lotte wiederholte alles, was sie zu tun hatte.

Frau Jansen streichelte ihre Wangen. »Ich sehe, du hast dir alles gut gemerkt. Und nun geh zu deiner Schwester und heitere sie ein wenig auf.«

»Das will ich tun. Ich bringe sie dann mit hierher. Ralf will zum Tee zurück sein und ihn mit uns einnehmen.«

»Gut. Also: Schweigen, Lottekind.«

Lotte hob die Schwurfinger und ging hinaus. Sie fand Dagmar blaß und traurig am Fenster ihres Zimmers sitzend und in den leise herniederfallenden Schnee blickend. Sie plauderte frisch drauf los, um Dagmar aufzuheitern, und führte sie dann zu Frau Jansen hinüber.

Wenig später kam Ralf zurück und nahm mit den Damen den Tee ein. Aber er war unruhig und zerstreut und sah wieder so kühl und zurückhaltend in Dagmars blasses Gesicht, daß es sie bis ins Herz hinein fror.

XX

Ralf Jansen hatte seinen Entschluß nicht geändert. In großer Eile, aber ganz im stillen, traf er seine Reisevorbereitungen. Er hatte Anordnungen zu geben für eine lange Abwesenheit und war froh, einen tüchtigen, zuverlässigen Verwalter zu haben. So hatte er noch viel zu besorgen, da er am nächsten Donnerstag bestimmt mit dem Zweiuhrzug abreisen wollte.

Dagmar ahnte nichts von seinem Vorhaben. Sie sah ihn in diesen Tagen überhaupt sehr wenig, da er stets dringende Geschäfte vorschob, um nicht in ihrer Nähe sein zu müssen. Er war nicht in der Verfassung, daß er sich unbedingt auf seine Ruhe verlassen konnte.

An einem der letzten Abende daheim schrieb er einen langen, ausführlichen Brief an Dagmar — seinen Abschiedsbrief.

So vergingen die Tage schnell, wenn auch unter tausend Qualen.

Am Mittwoch machte Dagmar einen Besuch in Schönau bei ihrer Mutter. Diese Abwesenheit seiner Frau benutzte Ralf, um sein Reisegepäck unbemerkt fortschaffen zu lassen. Die Dienerschaft sollte nicht merken, daß er ohne Wissen seiner Frau verreiste. Wie lange er ausbleiben wollte, wußte niemand.

Er schickte also in Dagmars Abwesenheit seine Koffer zum Bahnhof, wo sie sein Diener gleich nach Hamburg aufgeben sollte.

Dann ging er zu seiner Mutter und übergab ihr den Brief für Dagmar. »Verwahre ihn gut, Mutter, bis ich morgen abgereist bin«, sagte er.

Frau Jansen schloß das Schreiben in ein Schränkchen. »Verlasse dich darauf, Ralf, Dagmar bekommt den Brief zur rechten Zeit«, sagte sie mit fester Stimme.

Er sah sehr blaß und elend aus, und in seinen Augen brannte ein düsteres Feuer.

Von seiner Mutter ging er in Dagmars Zimmer. Es waren die schönsten im ganzen Schloß, und Ralf hatte sie nach Dagmars Wünschen neu und geschmackvoll vorrichten lassen. Langsam ging er durch die Räume, in denen noch der feine Duft ihrer Persönlichkeit hing. Auf ihrem Toilettentisch lag, achtlos hingeworfen, eines ihrer Spitzentaschentücher. Das nahm er an sich. Er preßte seine Lippen auf das Tuch und steckte es in seine Brusttasche. In seinem Gesicht zuckte verhaltene Qual.

Dagmar war, ahnungslos, was Ralf plante, nach Schönau

gefahren. In Gedanken versunken, starrte sie auf der Fahrt vor sich hin. Sie fühlte sich sehr unglücklich. Voll heimlicher Angst merkte sie, daß sich Ralf ihr täglich mehr entfremdete. Alles in ihr schrie danach, ihn festzuhalten, sich ihn nicht entgleiten zu lassen. Aber sie fand seiner herb verschlossenen Miene gegenüber nicht den Mut, ihm zu zeigen, wie sich ihr ganzes Herz nach ihm, nach seiner Liebe sehnte. Voll Bangigkeit fragte sie sich, ob es schon zu spät sei, ob er sie in seinem Inneren schon ganz aufgegeben hatte.

Was sollte sie tun? Ihn fragen, ob er sie nicht mehr liebe?

Das Blut stieg ihr ins Gesicht bei diesem Gedanken. Betteln um seine Liebe? Nein, das ließ ihr Stolz nicht zu!

Aber — hatte er nicht auch seinen Stolz vor ihr bezwungen, war sein Verhalten während ihrer Verlobung etwas anderes gewesen, als ein fortwährendes Bitten um ihre Liebe? Wollte sie stolzer sein als er?

Ihr Herz klopfte. Ach — wenn sie nur einmal wieder ganz allein und ungestört mit ihm sein könnte, daß sie es wagen konnte, sich ihm anzuvertrauen, ihn merken zu lassen, was er ihr geworden war. Aber er floh ja ihre Nähe, war nie mehr mit ihr allein. Einige Male war sie schon willens gewesen, sich seiner Mutter anzuvertrauen, ihr zu sagen, daß in ihrem Herzen die Liebe für Ralf erwacht sei. Unter heißen Schmerzen war es ihr klargeworden. Es war nicht die jugendselige Liebe, die sie einst für Korff empfunden hatte, sondern ein ernsteres, heiligeres Gefühl, das ihr Wesen bis in die tiefsten Tiefen durchdrang.

Aber gerade, weil sie nun wußte, daß es Liebe war, was sie für Ralf empfand, gerade darum bebte sie davor zurück, ihrem Fühlen Worte zu geben.

So von ihren schmerzlichen Gedanken eingesponnen, kam sie in Schönau an. Die ganze Landschaft lag in weißer, schneeiger Winterpracht. In der Halle legte Dagmar den kostbaren Pelzmantel ab, den ihr Ralf geschenkt hatte — auch ein Zeichen seiner Güte.

Bei ihrem Besuch in Schönau fand Dagmar nur Lotte daheim. Diese kam ihr erfreut entgegen.

»Wie schön, daß du kommst, Dagmar! Mama ist vor einer Stunde nicht zurück. Da können wir einmal wieder ungestört plaudern. Wie geht es dir? Was macht Ralf? Er ist jetzt gar nicht mehr so vergnügt wie früher.« Die Schwestern küßten sich.

»Mir geht es gut, Lotte. Und Ralf — ja — er ist zuweilen verstimmt. Es tut mir so leid.«

Lotte zog sie in ein molliges Plauderwinkelchen. »Es liegt aber doch sicher einzig in deiner Macht, Dagmar, ihn froh zu machen.«

Dagmar schüttelte traurig den Kopf. »Ich glaube nicht, daß ich noch die Macht dazu habe.«

»Aber Dagmar, was willst du damit sagen?«

»Nichts, nichts, Lotte. Laß uns nicht davon sprechen.«

Lotte sah forschend in Dagmars Gesicht. Sie hätte gern weiter geforscht, was Dagmars Herz beschwerte. Aber sie dachte an ihre Verschwörung mit Mutterle Jansen. Ich will lieber gar nichts mehr sagen, wer weiß, was Mutterle Jansen im Sinne hat. Es ist besser, ich schweige still.

»Wie du willst, Dagmar«, sagte sie also ergeben.

»Hast du Nachricht von Hanna Wollin?« fragte Dagmar, um ein anderes Thema aufzubringen.

»Ja, ich bekomme jede Woche zwei Briefe von ihr«, erwiderte Lotte. »Wir schreiben uns jetzt sehr oft. Willst du ihren letzten Brief lesen?«

Dagmar nickte, und Lotte gab ihr den Brief.

Sie las ihn durch. Lächelnd gab sie ihn zurück. »In diesem Brief ist eigentlich nur ein Thema behandelt — nämlich Hans von Wollin.«

Lotte nickte schelmisch. »Natürlich, er ist doch nun mal die Hauptsache in unserem Briefwechsel. Ich weiß sehr wohl, daß er seiner Schwester mit der Entziehung seiner brüderlichen Liebe gedroht hat, wenn sie nicht in jedem Brief an mich von ihm berichtet. Andererseits bin ich überzeugt, daß Hanna ihm all meine Briefe schicken muß. Und ich richte sie danach ein.«

»So steht ihr also gewissermaßen miteinander in brieflicher Verbindung, denn hier in diesem Brief heißt es: Hans meint — Hans hat gesagt — Hans läßt dir sagen oder Hans möchte dies oder das.«

Lotte nickte lachend und küßte Dagmar. »Du kannst dir doch denken, Dagmar, daß wir sonst diese lange Trennung gar nicht aushielten. Zwei Jahre sind sehr lang.«

»Werdet ihr euch inzwischen nicht zuweilen sehen können?«

»Natürlich, im Frühjahr gehe ich vier Wochen nach Wollin, dann wird er selbstverständlich auch da sein. Und dann muß Hanna wieder längere Zeit nach Schönau kommen, und er muß seine Schwester hierher begleiten und wieder abholen. Irgendwie wird er schon dafür sorgen, daß wir uns zuweilen wiedersehen. Ach, Dagmar, wenn ich so bedenke, daß dies alles ganz anders geworden wäre, wenn ich mit Mama in der engen Mietswohnung gehaust hätte, dann ist mein Herz immer wieder voll tiefster Dankbarkeit für Ralf. Ihm danken wir doch alles Gute und Schöne.«

Sinnend sah Dagmar vor sich hin. »Ja, Lotte, alles, alles, alles danken wir ihm.«

In diesem Augenblick fuhr draußen ein Wagen vor. »Ach, da kommt Mama schon, Dagmar. Nun ist es vorbei mit dem gemütlichen Plauderstündchen.«

Frau Ellen kam lebhaft hereingerauscht. »Ach, du bist hier, Dagmar. Das freut mich. Wie geht es dir?«

»Gut, Mama. Dir hoffentlich auch?«

»Ich danke. Ein wenig nervös bin ich. Leider habe ich zu wenig Ablenkung von meiner Trauer. Weißt du, wenn du nächstens nach Berlin fährst, um Weihnachtseinkäufe zu machen, nimmst du mich mit. Da hab' ich doch ein wenig Abwechslung.«

»Sehr gern, Mama.«

»Du bist ein gutes Kind. Lotte kann uns ja auch begleiten. Übrigens — wer verreist denn bei euch?«

Dagmar schüttelte erstaunt den Kopf.

»Bei uns? Niemand, Mama.«

»Nicht? Ich dachte schon, ihr hättet die Absicht, nach St. Moritz oder sonst nach einem Winterkurort zu fahren.«

»Wie kommst du darauf?«

»Ich sah doch unterwegs auf der Landstraße einen Wagen mit elegantem Reisegepäck und hätte darauf schwören mögen, daß es eure Koffer gewesen sind.«

Dagmar schüttelte den Kopf. »Ganz bestimmt nicht, Mama.«

Sie ahnte nicht, daß es die Koffer ihres Mannes gewesen waren. Lotte aber stutzte und sah nachdenklich vor sich hin.

Frau Ellen sagte aber nun leichthin: »Nun, dann war es vielleicht Reisegepäck von Riedkamps. Am Ende gehen die ihrer Töchter wegen nach St. Moritz. Eigentlich müßte Lotte auch dahin, und mir wäre ein Ausspannen wohl zu gönnen. Ob uns Ralf wohl eine Extrasumme für solch eine Reise zur Verfügung stellte?«

Dagmar errötete heftig. »Daran ist nicht zu denken, Mama.«

»Wozu auch«, half Lotte der Schwester, »wir haben doch hier in Schönau die herrlichste Luft, die man sich denken kann. Und eine schönere Rodelbahn, als die von unserem nahen Buchberg herab, kann es in St. Moritz auch nicht geben.«

»Ach, Lotte, du kennst eben St. Moritz nicht«, bemerkte Frau Ellen elegisch. »Ich muß doch mal rechnen, ob es nicht zu machen ist mit der mir ausgesetzten Summe. Vielleicht legst du etwas von deinem Nadelgeld zu, Dagmar.«

Diese zog die Stirn zusammen. »Nein, Mama, daran ist wirklich nicht zu denken. Ich müßte ja Ralf direkt um das Geld betrügen.«

»Und außerdem fände ich das unerhört, Mama. Ralf gibt uns wahrlich schon genug.«

Ärgerlich zuckte Frau Ellen die Achsel. »Mein Gott, ihr seid schrecklich kleinlich. Ralf hat doch Geld genug. Wie ist es, Dagmar, bleibst du noch länger? Dann kleide ich mich erst um.«

»Nein, ich bleibe nur noch wenige Minuten, Mama.«

»Gut, dann warte ich mit dem Umkleiden bis nachher. Ich nahm in der Konditorei in der Stadt eine Erfrischung. Während ich dort saß, trat Baron Korff ein. Er bat mich, an meinem Tisch Platz nehmen zu dürfen, was ich natürlich gern gestattete. Er ist doch eine blendende Erscheinung. Übrigens fragte er auch artig nach eurem Befinden und läßt sich euch empfehlen.«

Dagmars Gesicht nahm einen abweisenden Ausdruck an. Und Lotte sah mit inniger Befriedigung die eisige Miene der Schwester.

»Gottlob, sie scheint mit Korff fertig zu sein«, dachte sie und küßte die Schwester ohne Veranlassung innig. Dann sagte sie spöttisch: »Es ist ja äußerst liebenswürdig von Baron Korff, daß er sich uns empfehlen läßt.«

»Nun, nun, Lotte, sag das nicht so ironisch«, erwiderte Frau Ellen. »Korff ist jetzt eine Persönlichkeit, mit der man rechnen muß. Er ist jetzt entschieden die glänzendste Partie. Und es könnte nicht schaden, wenn du dich ihm ein wenig angenehm machtest.«

Lotte warf den Kopf in den Nacken. »Danke, Mama! Vor mir ist der Baron sicher, und wenn er eine noch so glänzende Partie ist.«

»Kind, sei nicht töricht. So unvernünftig hat Dagmar auch einmal gesprochen. Zum Glück hat sie sich bald anders besonnen. Und frage sie, ob sie jetzt nicht sehr glücklich ist! Mache es deiner Schwester nach.«

Lotte sah, daß dunkle Glut in Dagmars Gesicht stieg. »Laß uns dies Thema beenden, Mama.«

»Gut, gut, vorläufig mag es beendet sein. Ich habe übrigens Baron Korff aufgefordert, uns bald zu besuchen.«

Die Schwestern richteten sich sofort kampfbereit auf.

»Und was hat er dazu gesagt?« fragte Lotte kriegerisch.

»Daß er jetzt während der Trauer um seine Frau sehr zurückgezogen lebt. Später werde er sich die Ehre geben.«

Jetzt brach Dagmar sehr hastig und unvermittelt auf und verabschiedete sich.

Lotte brachte sie bis zum Wagen. »Leb wohl, Dagmar! Grüße Ralf und Mutterle Jansen herzlich. Morgen komme ich vielleicht nach Berndorf. Also auf Wiedersehn! Und — in bezug auf das, was Mama eben gesagt hat — Baron Korff werde ich mit Sicherheit hinausgraulen, falls er sich wirklich in Schönau sehen läßt.«

Dagmar nickte ihr aufatmend zu. »Auf Wiedersehen, Lotte. Ich glaube nicht, daß er kommen wird. Das war wohl nur eine Höflichkeitsphrase.«

Die Schwestern nickten sich nochmals zu, und der Wagen fuhr davon.

Lotte sah ihm eine Weile nach und dachte an die Verschwörung mit Frau Jansen.

In ihren Betrachtungen wurde sie durch ihren Hund gestört, der bellend an ihr emporsprang. Da ballte sie lachend Schnee in ihren Händen zusammen und warf den Ball auf die Nase des Tieres, das sich prustend schüttelte. Dann eilte Lotte ins Haus zurück.

XXI

Am nächsten Tage entwickelte sich alles, wie Frau Jansen mit Lotte verabredet hatte. Lotte holte ihre Schwester ab und erklärte ihr in Ralfs Gegenwart, daß sie vor der Teestunde am Nachmittag nicht wieder von Schönau fort dürfe.

Die Schwestern verabschiedeten sich von Ralf und seiner Mutter. Als Ralf Dagmars Hand in der seinen hielt — zum letzten Male, wie er meinte, flog ein Beben über seine hohe Gestalt, und sein Gesicht zuckte. Aus seinen Augen traf ein Blick in die Dagmars, der sie erzittern ließ. Unverwandt sah sie ihn an. Aber da ließ er ihre Hand los und wandte sich hastig von ihr ab.

Als der Wagen davon fuhr, stand Ralf unter dem Portal und sah ihm nach, bis er verschwunden war.

Totenblaß wandte er sich dann um, seiner Mutter zu, die noch in der Halle stand. Er faßte ihre Hand und drückte sie verzweifelt.

»Das war das schwerste, Mutter.«

Wie ein Stöhnen brachen die Worte aus seiner Brust. Das Herz der alten Dame klopfte.

»Lieber Vater im Himmel, nun hilf, daß alles gut wird. Wenn ich mich irren sollte in Dagmar — aber nein —, nein, daran will ich nicht glauben. Sie muß ihr Herz meinem Sohn zugewandt haben«, dachte sie.

»Was tust du nun noch, Ralf?« fragte sie leise.

Er raffte sich auf. »Ich habe noch eine Konferenz mit meinem Verwalter, und dann habe ich noch einige Briefe zu schreiben. Aber ein halbes Stündchen halte ich mir noch frei für dich vor meiner Abreise. Um ein Uhr bin ich oben bei dir.«

Frau Jansen erwiderte gefaßt: »Gut, mein Sohn, ich erwarte dich bei mir!«

Langsam schritt sie die Treppen empor. Sie sah ihren Sohn in sein Arbeitszimmer treten.

In ihrem Zimmer angelangt, fiel sie in einen Sessel und betete nochmals inbrünstig um das Glück ihres Sohnes.

Dagmar und Lotte waren inzwischen bis zur Wegscheide gefahren. Verwundert hatte Dagmar gefragt, weshalb Lotte sie heute nach Schönau hole. Aber Lotte hatte sich nicht auf große Erklärungen eingelassen.

Als nun der Wagen plötzlich auf Lottes Anruf hielt, sah Dagmar erstaunt auf. Lotte war aber schon aufgesprungen und ausgestiegen.

»Bitte, steig aus, Dagmar«, sagte sie, ein wenig blaß und erregt.

»Wozu denn?« fragte die Schwester.

»Ich — ich will dir eine schöne Weihnachtstanne zeigen, die müßt ihr schlagen lassen.«

»Muß das jetzt sein?«

»Ja, jetzt gleich.«

Dagmar schüttelte den Kopf, stieg aber aus.

Während sie einige Schritte beiseite ging, sagte Lotte zu dem Chauffeur:

»Fahren Sie ruhig weiter, nach Schönau zurück.«

Und der Chauffeur fuhr gehorsam weiter. Dagmar sah erschrocken dem Wagen nach.

»Lotte — weshalb fährt das Auto fort?«

»Wir brauchen es nicht mehr.«

»Was soll das heißen?«

»Das soll heißen, daß wir jetzt nach Schloß Berndorf zurückkehren«, sagte Lotte blaß, aber ruhig und bestimmt.

»Ich verstehe dich nicht, Lotte. Soll das ein schlechter Scherz sein?« fragte Dagmar.

Da faßte Lotte ihre Hand. »Frag nicht, Dagmar, folge mir nur, wie ich dich führe. Es geht um Ralfs Glück. Mehr kann ich dir nicht sagen. Ich handle im Einverständnis mit Mutterle Jansen. Sie erwartet uns.«

Da dachte Dagmar an Ralfs Aussehen, an seinen Blick, mit dem er sie angesehen hatte. Sie wurde bleich

»Es geht um Ralfs Glück?« wiederholte sie in atemloser Erregung.

»Ja — komm schnell.«

Dagmar lief neben der Schwester her über den hartgefrorenen Schnee.

»Sage mir doch um Gottes willen, was geschehen ist, Lotte«, bat sie mit blassen Lippen.

»Ich weiß nichts — gar nichts, als daß ich dich nach dem Schloß bringen soll und daß niemand uns sehen darf, auch Ralf nicht.«

Schweigend schritten nun die Schwestern ein Stück zurück bis zum Park, der in verwunschener Wintermärchenpracht vor ihnen lag. Sie achteten nicht auf die tausend glitzernden Kristalle an den Bäumen, die weite Schneefläche, die in der Sonne funkelte und blendete.

Nur immer vorwärts eilten sie, durchquerten den Park und gingen um das Schloß herum zu der kleinen Seitenpforte.

Wenige Minuten später standen sie in Frau Jansens Schlafzimmer, ohne daß jemand sie erblickt hätte.

Und gleich darauf trat Frau Jansen ein. Sie war ebenfalls blaß und erregt und umarmte die Schwestern.

»Ich danke dir, mein Lottekind. Du hast deine Sache gut gemacht. Aber ich habe noch etwas für dich zu tun.«

»Was denn, Mutterle Jansen?«

»Du stellst dich hier an das Fenster, von wo aus du den Schloßeingang gut übersehen kannst. Nun paßt du gut auf, bis der Verwalter das Schloß verläßt. Sobald du ihn erblickst, meldest du es mir. Ich habe inzwischen mit Dagmar zu reden.«

Lotte nickte und trat an das Fenster. Frau Jansen faßte Dagmars Hand, die in der ihren zitterte. Dies Zittern flößte Frau Jansen eine gewisse Ruhe ein.

»Komm, mein Töchterchen«, sagte sie und führte Dagmar in ihr Wohnzimmer, das sie schon vorher abgeschlossen hatte, damit sie nicht gestört wurden.

Wie immer saß Dagmar zu Füßen der alten Dame und faßte ihre Hände.

»Mutterle, Lotte hat mir gesagt, es geht um Ralfs Glück. Ich bin in großer Angst um ihn. Du siehst so blaß und ernst aus. Was hast du mir zu sagen?«

Die alte Dame sah voll verklärter Güte in Dagmars Gesicht.

»Ja, mein Töchterchen, ich habe dir etwas sehr Ernstes zu sagen. Ralf ist verreist. Kurze Zeit nach euch ist er abgefahren. Seine Koffer sind schon gestern zum Bahnhof gebracht worden.«

Wie unter einem Schlag zuckte Dagmar zusammen. Also hatte ihre Mutter gestern doch recht gesehen.

»Ralf ist vereist? Und so plötzlich?« stieß sie heiser hervor.

»Er plant es schon seit einer Woche fast, Dagmar.«

»Und er hat mir nichts davon gesagt?« sagte die junge Frau tonlos und zitternd.

In Frau Jansens Seele wurde es immer heller. »Nein«, sagte sie, »er wollte sich und dir den Abschied ersparen — er fürchtete sich davor. Denn siehst du, Töchterchen, er ist nicht nur für kurze Zeit verreist, sondern für lange, sehr lange. Eine Reise um die Welt will er machen.«

Dagmar wurde totenblaß. Ihre Hand griff nach dem Herzen, und ein schluchzender Laut kam über ihre Lippen. Die Kehle war ihr wie zugeschnürt, und sie sank haltlos, wie zu Tode getroffen, zusammen.

Frau Jansen, froh und doch in sichtlicher Erregung, daß sie Dagmar so weh tun mußte, ließ ihre Augen nicht von ihr. Endlich richtete sich Dagmar, langsam um sich tastend, auf.

»Er ist fort, eine Reise um die Welt — und ohne Abschied von mir, ohne ein Wort. Mutter — ach Mutter«, stöhnte sie, und sie flog vor Erregung am ganzen Körper.

»Er meinte wohl, es sei besser für dich, mein Töchterchen, er wollte es dir leichtmachen. Und ich durfte dir nichts sagen, bis er abgereist war. Er konnte es nicht mehr ertragen.«

Mit starren, leeren Augen sah Dagmar vor sich hin und preßte die Hände an die Schläfen.

»Er konnte es nicht mehr ertragen«, murmelten ihre Lippen. Und dann umklammerte sie plötzlich die Knie der alten Dame und barg verzweifelt das Gesicht in ihrem Schoß.

»Mutterle — ach Mutterle, ich habe ihn verloren, er liebt mich nicht mehr. Das ist ein Abschied für immer. Ich habe mein Glück versäumt — habe es zu spät erkannt«, sagte sie tonlos.

In Frau Jansens Augen leuchtete ein wundersames Licht. Sie streichelte sanft über Dagmars Haar.

»Ach, ihr heißblütigen, unruhigen, jungen Menschen. Das muß immer gleich durch alle Höhen und Tiefen gehen. Mir scheint doch, daß mein Büble in seiner schmerzlichen Ungeduld zu früh davongelaufen ist. Warte ein wenig, mein

Töchterchen, ehe du dir das Herz aus der Brust grämst. Zwar freut mich dein Jammer, deine Verzweiflung, weil es meinem Büble gilt. Aber ich will dir gleich ein Pflaster auf die Wunde legen. Du bist im Irrtum über den Grund zu seinem Davonlaufen, wie auch er im Irrtum ist. Da habe ich einen Brief an dich von Ralf. Den lies erst einmal. Vielleicht hat es dann noch ein bissel Zeit mit der Verzweiflung.«

Dagmar richtete sich jäh empor und schüttelte trostlos den Kopf.

»Nein, nein, Mutter, ich habe es ja gefühlt in der letzten Zeit, daß ich seine Liebe verloren habe. Zu spät habe ich ihm mein Herz zugewandt. Nun will er es nicht mehr.«

Dagmar war so verzweifelt, daß sie nur immer wie betäubt vor sich hinstarrte — keine Träne brachte ihr Erleichterung.

Da streichelte Frau Jansen ihren Scheitel.

»Lies erst seinen Brief, Töchterchen. Dann wollen wir weitersehen. Vielleicht kommst du doch zu einer anderen Meinung. Bleib ruhig hier sitzen, ich störe dich nicht.«

Mit zitternden Händen griff Dagmar nach dem Brief und riß ihn auf. Sie entfaltete ihn und las:

»Meine liebe Dagmar!
Wenn Du diesen Brief in Deinen Händen hältst, bin ich von Berndorf geflohen, hinaus in die Welt. Ich habe mich für stärker gehalten, als ich Dich bat, meine Frau zu werden, auch wenn Du mich nicht liebst und Dein Herz einem anderen gehört. Damals war es wohl auch die Angst um Deine Zukunft. Ich glaubte, alles eher ertragen zu können, als Dich einem sorgenvollen Schicksal ausgeliefert zu sehen. Aber schon in unserer Brautzeit merkte ich, daß ich meine Kräfte überschätzt hatte.

Ich lag ohne Unterlaß in einem harten Kampf mit mir selbst, um Dir scheinbar ruhig begegnen zu können, Dich mit meiner sehnsüchtigen Leidenschaft nicht zu erschrecken. Im stillen hoffte ich damals freilich noch, Dein Herz könnte sich von Baron Korff abwenden und sich mir zu eigen geben. Aber ich mußte bald erkennen, daß es nicht der Fall war. Ich habe gesehen und gefühlt, wie Du gelitten hast, wenn Du ihm begegnetest, und ich litt Folterqualen der Eifersucht.

Dann wurdest Du meine Frau. An unserem Hochzeitstag hatte ich noch einmal hoffnungsvolle Stunden. Mir war, als seiest Du mir nähergekommen, und meine Glückseligkeit war groß. Aber am nächsten Morgen in Köln, da wurde mir die Gewißheit, daß ich nichts zu hoffen hatte. Ich sah Dich mit Korff in der Vorhalle des Hotels sprechen und mußte dann ansehen, wie Dir die Tränen des Schmerzes über die Wangen flossen. Du littest, weil er einer anderen gehörte, und ich litt um Dich. Ich wußte, Du würdest ihn nie vergessen.

Und dabei wuchs meine hoffnungslose Liebe von Tag zu Tag. Und ich mußte mich Dir kühl und zurückhaltend zeigen, damit ich die Herrschaft über mich nicht verlor.

Als dann die Kunde vom Tod seiner jungen Frau nach Ostende kam, wußte ich, daß ich Dir nur noch ein Hindernis war auf Deinem Weg zum Glück. Korff war nun wieder frei — und reich, und er liebt Dich, trotz seines Treubruchs, noch immer. Wie kann man auch je aufhören, Dich zu lieben!

Von jener Stunde an betrachte ich mich bloß noch als Hindernis auf Deinem Weg. Dich leiden sehen, wenn ich es ändern kann, das vermag ich nicht. Ich kann es auch nicht länger ertragen, als ungeliebter Mann neben

Dir herzugehen. Nach harten Kämpfen rang ich mich darum zu dem Entschluß durch, Dich freizugeben. Das kann ich aber nicht anders, als wenn ich heimlich ohne Abschied von Dir gehe. Draußen in der Welt verwinde ich es vielleicht eher, Dich verloren zu haben — ehe ich Dich besaß. Ich mache Dir den Weg frei zu Deinem Glück. Möge es Dein Glück sein! Sage Mutter alles, wie Du unsere Scheidung geregelt haben willst, wann Du fortgehen willst von Berndorf, und was sonst noch geschehen soll. So lange Du willst, bleibt Berndorf Deine Heimat, doch kannst Du auch nach Schönau gehen, bis Du eine andre Heimat hast. Deine Mutter und Lotte können in Schönau bleiben, bis Du ein anderes sorgloses Unterkommen für sie gefunden hast. Du brauchst nur zu bestimmen. Mutter wird mir über Deine Entschließungen berichten, und ich werde alles tun, Dir die Scheidung leichtzumachen. Lege alles auf meine Schultern. Und zum Schluß laß Dir danken für das Vertrauen, mit dem Du zu mir kamst, ich will mich dessen würdig zeigen.

Leb wohl — und alles Gute mit Dir! Niemand wird Dich heißer und inniger lieben, als ich es tue. Und bereue nichts. Trotz allem ist meine Liebe zu Dir das Beste und Herrlichste, was ich je empfunden habe. Was Dir das Leben auch noch bringen mag — wenn Du einen Menschen brauchst, der mit Gut und Blut für Dich einsteht, so rufe mich. Mein Herz wird immer nur Dir gehören. Du bist und bleibst das Holdeste, Schönste, was mir das Leben naheführte, Deine Reinheit, der Adel Deines Empfindens haben mich stets entzückt. Quäle Dich nicht mit Vorwürfen. Niemand kann seinem Herzen gebieten, und Du hast mir nie mehr versprochen, als Du halten konntest. Es darf wohl für keinen Menschen ein so vollkommenes Glück geben, wie Deine Liebe mir sein würde. Aber Du bist mir Dein Glück schuldig für meinen Verzicht. Vergiß das nicht. Leb wohl, Dagmar!

Dein allzeit treu ergebener Ralf.«

Als Dagmar diesen Brief zu Ende gelesen hatte, warf sie schluchzend das Haupt in den Schoß der alten Dame. Ihre ganze Seele war in Aufruhr. Beseligt fühlte sie, daß er sie noch liebte und daß sie ihn liebte. So lag sie eine Weile und ließ ihre Tränen strömen, Tränen des Glücks. Aber da fiel ihr plötzlich wieder ein, daß Ralf fort war. Sie sprang auf.

»Mutter, liebe Mutter, wohin ist Ralf gereist? Ich muß zu ihm, Mutter, muß ihn suchen, und wenn ich die ganze Welt durchreisen müßte.«

Die alte Dame sah sie mit feuchten Augen an. »Und was willst du ihm sagen, Töchterchen?« Dagmar umarmte sie.

»Daß ich ihn liebe, Mutter, ihn allein, mit aller Kraft und Innigkeit meines Herzens, ihn, den herrlichsten, treuesten, besten Mann. Ach, Mutterle, ich hatte eine so namenlose Angst, daß er mich nicht mehr liebt. Aber gottlob – es ist nicht zu spät, wenn ich ihn nur finden kann. Sag es mir, Herzensmutter, weit kann er noch nicht sein, ich hole ihn wohl noch ein.« Frau Jansen zog sie innig an sich.

»Also haben meine alten Augen doch besser gesehen als seine jungen. Ja, ja – die Liebe macht oft blind. Nun sei ganz ruhig, du wirst ihn einholen. Komm, setze dich noch ein Weilchen zu mir und höre mir zu. Ich sah meines Sohnes Glück bedroht. Da habe ich, zu seinem Heil, ein wenig Komödie gespielt. Er wollte ja nicht hören, der Heißsporn, und wollte dir durchaus davonlaufen. Den Brief solltest du erst haben, wenn du heute von Schönau zurückkämst. So habe ich die Lotte angestellt, dich sogleich zurückzubringen. Und nun habe ich dir, gegen seinen Willen, den Brief früher gegeben, als er wünschte. Seine Koffer sind zwar fort, aber er selbst ist noch hier — unten in seinem Arbeitszimmer.«

Dagmar richtete sich auf und wollte mit einem Jubellaut davonstürzen. Die Mutter hielt sie am Kleid fest.

»Halt, halt, du Ungestüm! Könnt ihr euch denn gar keine Zeit lassen, ihr junges Volk? Der Ralf läuft einfach davon, weil ihm sein junges Weib nicht gleich an den Hals flog. Und du fliegst mir nun wieder davon, um in eine Konferenz zwischen Ralf und dem Verwalter hineinzuplatzen. Bleib ruhig hier sitzen, bis er allein ist, denn eure Unterhaltung wird keine Zeugen vertragen. Lotte ist ja auf dem Posten und sagt es uns, wenn der Verwalter fortgeht. Dann magst du davonfliegen zu deinem Ralf und ihm sagen, wie töricht ihr gewesen seid.«

Dagmar sank wieder auf ihren Platz zurück und streichelte und küßte nun die harten Hände der alten Dame. Ein wunderbares Gefühl der Erleichterung beherrschte sie, eine Zentnerlast war ihr vom Herzen gesunken.

»Mein Mutterle, wie danke ich dir, daß du mir den Brief gabst, ehe Ralf fortging.«

Humorvoll lachte Frau Jansen. »Nun, einen Schreck wird mein Büble bekommen, wenn er erfährt, wie seine Mutter mit ihm Komödie gespielt hat. Aber ich konnte ihn doch nicht in sein Elend hinauslaufen lassen. Und da er sich von meinen alten Händen nicht halten ließ, habe ich mir ein Paar junge zu Hilfe geholt.«

Dagmar wartete in zitternder Ungeduld. »Lotte wird doch den Verwalter nicht verpassen? Wenn Ralf doch abreiste, ehe ich es hindern könnte?«

»Keine Angst, Töchterchen. Um zwei Uhr will er reisen, und um ein Uhr will er hier bei mir sein. Jetzt ist es halb ein Uhr. Er wird nicht abreisen, ehe er noch einmal bei mir war. Du kannst ihn gar nicht verpassen.«

Da atmete Dagmar tief auf und küßte wieder die Hände der alten Dame.

In diesem Augenblick trat Lotte schnell ins Zimmer.

»Eben ist der Verwalter aus dem Schloß gekommen.«

Da sprang Dagmar auf und eilte zur Tür. Diese war verschlossen. Dagmar öffnete sie hastig und verschwand. Lotte sah ihr verdutzt nach.

»Was ist denn geschehen, Mutterle Jansen, wo läuft denn Dagmar so eilig hin?«

Frau Jansen zog sie lachend an sich. »Mitten ins Glück hinein, Lottekind. Brav hast du deine Sache gemacht, sehr brav. Und zur Belohnung will ich dir nun auch eine hübsche Geschichte erzählen von zwei lieben, törichten Menschen, denen wir zwei zu ihrem Glück verholfen haben — durch unsere Verschwörung. Wir werden sehr, sehr lange Zeit haben.«

Und Lotte erfuhr nun, was geschehen war, und was noch geschehen sollte.

Dagmar war hinuntergeeilt, als ob sie flöge. Aber je näher sie dem Arbeitszimmer ihres Mannes kam, desto langsamer wurden ihre Schritte. Eine süße Scheu befiel sie und legte ihrer Sehnsucht Zügel an.

Zaghaft, mit heftig klopfendem Herzen lehnte sie an der Tür seines Zimmers und lauschte mit verhaltenem Atem.

Dagmar hörte Ralf unruhig drinnen auf- und abgehen und vernahm schließlich einen Laut, wie ein qualvolles Stöhnen.

Da klopfte sie zaghaft an die Tür. Er rief zum Eintritt, und sie öffnete und trat ein.

Ralf stand mitten im Zimmer und starrte sie an wie eine Erscheinung. Er war sehr blaß, und sein Gesicht zuckte.

»Dagmar — du hier?« stieß er heiser hervor.

Sie sah ihn an. Das Leid hatte seine Züge gezeichnet. Gramvoll sahen seine Augen zu ihr hinüber.

»Was willst du von mir?« kam es rauh über seine Lippen.

Da überwand sie ihre Scheu. Sie eilte auf ihn zu und warf sich an seine Brust.

»Ich will dich halten, Ralf. Du darfst nicht fort, ich kann nicht mehr leben ohne deine Liebe, denn ich liebe dich allein — schon lange —, ehe ich es selbst wußte.«

Er faßte sie mit einem Griff, der ihr weh tat und sie doch beglückte, an den Schultern und hielt sich von sich ab. Die Muskeln seines Gesichtes spannten sich: Er sah sie an mit einem Blick, der sie erschütterte.

»Du — du — sprichst du wahr? Ist es nicht Mitleid, was dich jetzt zu mir führt? Wehre dich, Dagmar, wenn ich dich jetzt in meine Arme reiße, lasse ich dich nicht mehr los — nie mehr!«

Ihre Augen leuchteten in strahlender Liebe in die seinen. »Halte mich — halte mich fest für alle Zeit. Ach, Ralf — mein Ralf —, wie gut, daß ich bei dir bin.«

Ihre letzten Worte erstickte sein Kuß.

Er hielt sie fest an seinem klopfenden Herzen und küßte sie wieder und wieder, wie ein Verdurstender, der nach mühseligem Wandern einen frischen Quell entdeckt. Seine Zärtlichkeit strömte über sie hin wie ein glühender Strom. Sie schmiegte sich an ihn und erzitterte vor Seligkeit unter der leidenschaftlichen Innigkeit seiner Liebe.

Fort waren alle Schatten von Ralf Jansens Glückshimmel. Zärtlich ließ er Dagmar endlich in einen Sessel gleiten.

»Liebe, Süße, ich bin ein Wildling! Vergib mir, daß ich so ungestüm bin. Aber das Glück ist so plötzlich zu mir gekommen — und weiß Gott, zur höchsten Zeit. Ich wollte fort von dir, Liebling, in die Welt hinaus, weil ich es nicht mehr ertragen konnte, als ungeliebter Mann neben dir zu gehen und —«

Liebevoll legte sie ihm die Hand auf den Mund.

»Du brauchst mir nichts mehr zu sagen, Ralf, ich weiß alles, alles. Da sieh hier —, das ist dein lieber, lieber Brief, den mir Mutterle erst nach deiner Abreise geben sollte. Sie hat aber besser als du gewußt, wem mein Herz gehört, hat meinen Kummer erkannt, daß ich deine Liebe verloren zu haben glaubte.«

Und sie erzählte ihm alles, was sie in den letzten Wochen gelitten hatte in ihrer Angst um ihn und seine Liebe, und was dann heute geschehen war, seit sie mit Lotte davon gefahren war.

Er lauschte mit angehaltenem Atem und küßte dazwischen immer wieder ihren Mund, ihre Augen und ihre Hände. Und als sie geendet hatte, sagte er aufatmend:

»Gottlob, daß Mutterle hellere Augen hatte als ihr törichter Sohn. Ach, mein holdes Lieb, meine Märchenprinzessin mit der goldenen Krone, ahnst du denn, wie namenlos ich dich liebe, und wie unsagbar glücklich du mich machst?«

Sie streichelte sein Haar und legte ihre Wange an die seine. »Mutterle hat schon recht, ein ungestümer Heißsporn bist du«, sagte sie voll zärtlicher Schelmerei.

Er lachte, ein frisches, jungenhaftes Lachen, das vom Glück durchzittert war. »Hat das mein Mutterle gesagt?«

»Ja, sie sagte: der ungestüme Heißsporn läuft davon, weil ihm sein junges Weib nicht gleich an den Hals flog! Sie hat mich besser durchschaut als du — du lieber, törichter, herrlicher Mensch.«

»Ach, Liebling, wie hat mich die Eifersucht gequält! Bist du nun wirklich innerlich ganz fertig mit Korff?«

»Ja, Ralf, schon lange. Zur Gewißheit ist mir das in Köln geworden, als er in der Vorhalle vor mir stand. Er wagte es, mich an einstmals zu erinnern, mir von Liebe zu sprechen. Da habe ich ihm gesagt, wie verächtlich er mir sei, und daß ich mir seine Aufdringlichkeit verbitte. Nur aus Angst, daß es zwischen euch eine Auseinandersetzung geben könnte, und aus Zorn über seine Unverfrorenheit kamen mir die Tränen, die du so falsch gedeutet hast. Ach, mein Ralf, wie bin ich glücklich, daß du mich noch liebst, und daß ich dich lieben kann, wie du es verdienst.«

Frau Jansen und Lotte mußten allein zu Mittag speisen, und sie taten es mit glücklichen Gesichtern. Endlich kamen die beiden Glücklichen in Frau Jansens Stübchen, mit strahlenden Augen und geröteten Wangen. »Bist du nun glücklich, mein Büble?« fragte Frau Jansen ihren Sohn.

Er nickte ihr zu. »Dein Sohn bleibt ein Obenhinaus, Mutterle, jetzt fliegt er gar direkt in den Himmel hinein«, sagte er leise.

Und in Berndorf hielt nun ein lachendes, wolkenloses Glück seinen Einzug. Mutterle Jansen hatte einige Jahre später zwei reizende Enkelkinder, die zu ihren Füßen spielten und die das Glück ihrer Eltern vollkommen machten.

Kurz vor Lottes Hochzeit mit Hans von Wollin wurde das erste Kind von Dagmar und Ralf, ein kräftiges »Büble«, wie Frau Jansen sagte, getauft.

Lotte war wirklich nach der zweijährigen Frist von Hans nach Wollin heimgeholt worden, und sie fand, wie ihre geliebte Schwester Dagmar, ein reiches volles Glück in ihrer Ehe.